北京の秋

ボリス・ヴィアン

野崎歓＝訳

河出書房新社

北京の秋

A

この問題を研究したことのない人々は、過ちへと誘い込まれがちである……
ロード・ラグラン『近親相姦のタブー』パイヨ社、一九三五年、一四五頁

1

アマディス・デュデュは狭い道をとぼとぼと歩いていた。九七五番のバスの停留所への近道が何本かあるうち、いちばん遠回りになる道だった。毎日、彼は乗車券を三枚半使っていた。なぜなら、目的の停留所に着く前に、走行中のバスから飛び降りることにしていたからだ。彼はチョッキのポケットを探って、乗車券がまだあるかどうか確かめた。まだあった。鳥が一羽、ゴミの山の上にとまって、空缶三つをくちばしで交互につつき、ヴォルガの舟歌の冒頭を上手に奏《かな》でていた。彼が足を止めると、鳥はその拍子に音程を狂わせてしまい、かんかんに怒って鳥語で汚い言葉をくちばし

のあいだから吐きながら飛び去った。アマディス・デュデュは、ヴォルガの舟歌の続きを歌いながらまた歩き出した。ところが彼も音程を狂わせ、ののしり言葉をもらした。

太陽が出ていた。さんさんと輝いているわけではないにせよ、とにかく彼の正面には太陽があり、小道の先がぼうっと光っていた。それは舗石《ほせき》がつるつるだったからだ。しかし彼にはそこまで見とおすことはできなかった。道が右、それから左へと二度曲がっていたからである。欲望を抱えた女たちが戸口に姿を現した。ふくらんだ欲望がぐにゃりと垂れ下がっている。女たちは貞操のかけらもないしるしにガウンの前をはだけ、道にゴミバケツを空けていた。それから女たちはいっせいにゴミバケツの底を叩き、ロール音を立てた。アマディスはいつものように、その響きに歩調を合わせた。彼がこの小道を好む理由はそこにあった。アメルロー人たちと一緒に兵役についていたころを思い出す。あのころはさっきの鳥がつついていたみたいな、でもあれよりもっと大きなブリキ缶に入ったピヌトゥ・ブトゥル［ピーナッツ・バター］をたっぷりなめたものだ。ゴミが捨てられ、ほこりが舞い散った。それが彼は好きだった。太陽の輪郭がほこり越しにはっきりと見えるからだ。大きな七階建ての建物の赤ランタン［娼家のしるし］が落とす影から判断すると――その建物では変装した警官たちが暮らしている（そこは実際には警察署で、隣にある娼家は疑いをかけられないよう青ランタンを吊るしていた）――まもなく八時二十九分というところだった。停留所に着くまであと一分。それは一秒あたり一歩として、正確に六十歩を意味していたが、アマディスの歩調は四秒ごとに五歩だから、計算しようとしても複雑すぎて、答えは頭の中で散《ち》り散《ぢ》りになってしまう。そしてあげくのはてに、小便とともに排出され、陶製便器にぶつかってこつんと音を立てるのがつねだった。とはいえ、それはずっとあとになってからのことではあるが。

九七五番のバスの停留所の前には、すでに五人並んでいた。最初の一台がやってきた。全員が乗り込んだが、車掌はデュデュの乗車を拒んだ。デュデュは車掌に向かって整理券の端を突き出した。その券を見れば彼が六番目の乗客であることは明らかだったが、バスには空席が五つしかなかった。そのことを彼に告げるため、バスは発車の際、ガスを四発放った。バスはゆるゆると走り去ったが、車体の後部を引きずっていたので、丸っこい敷石の上に火花を散らした。運転手によってはより派手な効果をあげようと、車体の後部にライターの石をくっつけておく輩《やから》もいた（そういう運転手に限って、遅れてやってくるものと相場が決まっていた）。

九七五番のバスの二台目がアマディスの鼻先で停まった。超満員で、バスは青息吐息のありさまだった。太った女と、菓子を手に持ったひょろ長い男児が降りてきた。男児を抱きかかえているのは、いまにもくたばりそうな様子の小柄な紳士だった。アマディス・デュデュが乗車口の垂直の棒をつかんで乗車券を差し出すと、車掌は改札バサミで彼の指を叩いた。

「手を放しなさい！」車掌が言った。

「でも三人降りたじゃないですか！」アマディスが言い返した。

「定員オーバーだったんですよ」車掌は秘密を打ち明けるような口調で言い、何やら気色の悪いしぐさとともにウインクをしてみせた。

「そんなことないでしょう！」アマディスは抗議した。

「そんなことあるよー」そういうと車掌はジャンプ一番、紐《ひも》に飛びついて懸垂《けんすい》で半回転し、アマディスに向かって尻を突き出した。運転手はすかさずバスを発車させた。耳にくくりつけてあるピンクの紐がひっぱられるのを感じたからだ。

アマディスは腕時計を見て、針を後戻りさせようと「フーッ！」と息を吹きかけたが、秒針が逆回転し始めただけで、他の二本の針に影響はなかった。これではどうにもならない。彼は通りの真ん中に突っ立ち、九七五番のバスが去っていくのを見送っていたが、そのとき三台目のバスが到着し、フロントのバンパーが彼の尻を直撃した。彼はばたりと倒れた。運転手はそのままバスを直進させてから、アマディスの体の真上で停め、エンジン冷却水が熱湯になったやつを放出してアマディスの首に浴びせかけた。その間に番号順では彼のあとになる二人の乗客がさっさと乗り込んだ。アマディスが起き上がると、バスは彼を置いてきぼりにして走り去った。彼の首は真っ赤になっていた。アマディスは怒りを覚えた。これでは間違いなく遅刻だ。そうするうち、さらに四人やってきて、レバーを押して整理券を取った。五人目は太った若い男で、整理券に加えて、バス会社が百人ごとに特典として提供している香水のひと吹きをくらった。男はわめきながら一目散に走り去った。香水は純度百パーセント近いアルコールで、目に入ったりするとひどく痛むのだ。反対方向からやってきた九七五番のバスが親切にも男を轢《ひ》いてやったので、男の苦しみには終止符が打たれた。男が出がけにイチゴを食べてきたことが見て取れた。

やがてやってきた四台目のバスには、いくらか空席があった。アマディスよりあとからきた女が整理券を差し出した。車掌が大声で番号を読み上げた。

「百五十万六千九百三番！」

アマディスが前に出た。

「わたしは九百番ですが……」

「いいでしょう」車掌が言った。「で、一番と二番は？」

「わたし、四番です」一人の紳士が言った。

「わたしたち、五番と六番です」他の二人が言った。

アマディスは先に乗車していたが、車掌に襟首《えりくび》をつかまれた。

「地面に落ちてる券を拾ったんでしょう？　降りなさい！」

「わたしたち、ちゃんと見てました！」他の客たちがわめいた。「その人、バスの下から言《は》い出《で》てきたんです」

　車掌は大きく息を吸い込むと、アマディスをデッキ［旧式バス車体後方の屋根のない乗降用部分］の下に突き落とし、彼の左肩に軽蔑《けいべつ》のまなざしを突き刺した。アマディスは痛さのあまり飛び上がった。ほかの四人は乗車し、バスは身を縮めるようにして走り去った。なぜならバスは少し恥ずかしく感じていたからだった。

　五台目がやってきたが満員で、乗客たちはみな、停留所で待っているアマディスおよびその他の人々に向かって舌を出した。車掌までアマディスに向かって唾《つば》を吐いたが、バスはさほどスピードを出していなかったので勢いがつかず、唾は地面に到達しなかった。アマディスは空中に浮かぶ唾の玉を指ではじいて潰《つぶ》そうとしたが失敗した。彼は汗をかいていた。なぜならまったくのところ、こうした一切のせいでとてつもなく腹が立っていたからだ。六台目、そして七台目もだめで、彼は意を決して歩き出した。次の停留所でバスをつかまえることにしよう。ふだん、次の停留所では大勢の客が降りるのだ。

　彼は、怒っていることがはたから見てもわかるように、わざと道を斜めに歩いた。四百メートルほど歩いたところで、九七五番のほとんど客の乗っていないバスが何台も彼を追い抜いて行った。ようやく、停留所の十メートル手前にある緑色に塗られた店まで来たとき、目の前の門から七人の若い司祭と、十二人の生徒たちが出てきた。生徒たちは偶像崇拝まるだしの旗を掲げ、色とりどりのリボンをつけている。彼らは停留所のまわりを取り巻いた。司祭たちは二台の聖体パン発射機を据えつけ、九七五番のバスに近づく気をなくさせようと企てた。アマディス・デュデュは合言葉を思い出そうとした。しかし教理問答を習ったのははるか昔のことなので、思い出すことができなかった。後ろ向きに停留所に近づこうとしたが、聖体パン弾を背中に受け、その強烈なショックで一瞬、息がつまって咳《せ》き込《こ》んだ。司祭たちは笑いながら発射機のまわりで立ち働き、聖体パン弾がたえず吐き出され続けた。そこに九七五番のバスが二台やってきた。空席は小学生たちによってほぼ占領された。二台目にはまだ席が残っていたが、司祭たちの一人がデッキに陣取ってアマディスが乗り込むのを邪魔した。整理券を取ろうとして彼が後ろを振り向くと、すでに六人も並んでいた。彼はあきらめた。そして次の停留所をめざして全力で駆け出した。はるか前方に九七五番の車体後部と火花が見えた。そのとき彼は地面にぺたりと身を伏せた。司祭が彼に向けて聖体パン発射機をかまえていたからである。絹糸が燃えるようなちりちりいう音を立てながら、彼の頭上を聖体パン弾が飛んでいった。聖体パン弾はどぶに転がった。

　立ち上がったアマディスの服はすっかり汚れていた。そのまま会社に行くことが憚《はばか》られるほどだった。だがタイムレコーダーが黙っちゃいないだろう。彼は右ももの縫工筋《ほうこうきん》に痛みを覚えた。ほっぺたに針を突き刺して、右ももの痛みを忘れようとした。ボティヌ・ド・ムーラン博士［「瀕死之深靴」博士とでもいった名前］の著作で鍼《はり》療法について学ぶことは、彼の暇つぶしの一つだった。残念ながら正しいツボではなかったので、まだかかってもいない脹脛腎炎《ふくらはぎじんえん》を治すことになってしまい、それでまた遅れが出た。次の停留所にたどり着くと、そこでも大勢の人たちが待っており、新入りを寄せつけまいと整理券発券機を取り囲んで壁を作っていた。

　アマディスは彼らの意を汲《く》んで距離を保ち、このひとときの静けさを利用して、落ち着いて考えてみることにした。

　——一方では、さらに次の停留所まで進むとすれば、もはやバスに乗るまでもない。なぜなら会社に着くのがあまりに遅くなってしまい、その結果……。

――他方では、もし先ほどの停留所まで戻るなら、また司祭たちに出くわしてしまう。

――第三に、ぜひともバスには乗りたい。

彼はにやりと笑みを浮かべた。なぜなら、ことを荒立てないため、理詰めに考えるのはやめにしたからだ。そして彼は次なる停留所をめざした。前よりもいっそうジグザグに歩いているのを見れば、いや増す怒りに突き動かされていることは明白だった。

だれもいない停留所にたどり着いたとき、九七五番のバスが彼の耳元でエンジンを唸らせた。彼は止めようとして腕を上げたが、遅すぎた。運転手は目にもとめず、お気に入りのアクセルペダルを楽しげに踏み込むと、停留所を過ぎ去った。

「くそったれ！」アマディス・デュデュは歯がみした。

「いや、まったく」あとからやってきた紳士が賛成した。

「わざとやっているとしか思えませんよね！」アマディスは憤慨して言った。

「ほほう」紳士が言った。「わざとやっているんですかね？」

「そう確信してます」とアマディス。

「心の底から？」紳士が尋ねた。

「心の底からそう思います」

「誓って言えますか？」

「どういうことですか、いったい！　間違いありませんよ！」とアマディス。「しゃらくさいなあ。いいですよ、お望みとあらば誓いましょう。まったくもう」

「本当に誓うんですね？」紳士が言った。

「誓います！」アマディスはそういってぺっと唾を吐いた。ちょうど彼の口もとに手を伸ばしてきた紳士の手に唾を吐きかけるかたちになった。

「汚いな！」紳士がうめいた。「あなたは九七五番の運転手の悪口を言いましたね。法規違反で罰金を科します」

「ええっ、そんな」とアマディス。

燃え上がっていた彼の怒りはたちまち弱火になってしまった。

「これがわたしの任務でしてね」紳士はそう言うと、それまではねあげてあった帽子のひさしをきちんと戻した。

彼は九七五番担当の監督官だった。

アマディスはまず右、続いて左に鋭い視線を向けた。そして特徴あるあの音を聞きつけると、すぐ横を通り抜けていこうとする新たな九七五番に飛び乗ろうとジャンプした。そのまま転落してデッキを踏み破り、車道に数デシメートルほどはまりこんだ。かろうじて頭を下げたとき、頭上をバスの後部が一瞬にして通り過ぎていった。監督官は彼を穴からひっぱり出し、罰金を払わせた。そのあいだにさらに二台、バスを逃した。そこで彼は次の停留所をめざし、猛然と駆け出した。異常なことに思えるが、彼はそうしたのだ。

無事、次の停留所には着いたものの、会社まであと三百メートルしかないことに気がついた。それだけの距離のためにバスに乗るなんて……。

そこで彼は道を横断し、舗道を反対方向に歩き出した。乗る価値のある場所まで行ってからバスに乗るために。

2

やがて、毎朝バスに乗る地点までやってきた彼は、さらに先まで行ってみることにした。路線のその先はよく知らなかったからである。町のそちら側にも観察すべき事柄はいろいろとあるはずだ。バスをつかまえるという直近の目標は見失わずにいたものの、この日の出だしからいまいましい目にあわされたことを、せいぜいプラスに転じたいと思ったのだ。九七五番のバスの通る街路はまっすぐに延びていき、アマディスの目には興味津々《しんしん》なものが次々に飛びこんできた。しかし怒りは収まらなかった。血圧が危険なほど高くなっているのを感じて、それを抑えるために並木の数をかぞえながら歩いたが、たえず数え間違いをした。そこで左のももをぽんぽんと叩き、当世流行の軍隊マーチ風の拍子を取りながら進んだ。中世に建てられてこのかた、すっかり古びた建物が取り囲む大きな広場に出た。そこが九七五番のターミナルだった。彼は元気を取り戻し、振り子のように勢いをつけて軽やかにデッキに駆けのぼった。バスをつなぎとめていたロープを係員が断ち切った。バスが動き出した。

うしろを振り返ると、係員がロープのはしを顔面にまともに食らうのが見えた。鼻の一部が欠け、コナダニのパウダーのように飛び散った。

エンジンはのどをごろごろと鳴らしていた。なぜならネコざかな［キャットフィッシュすなわちナマズ］の骨を大盛一皿ぶん食べさせてもらったからだ。アマディスは最後部、右側の座席に座り、貸切気分を味わっていた。デッキでは、車掌が乗車券吐き出し機のハンドルを機械的に回していた。車掌はその装置を車内のオルゴールに連結させていた。シンプルな旋律がアマディスの心をなごませた。車体後部が敷石をこするたびにバスはうなり声を上げ、火花のぱちぱちはぜる音が単調なメロディーにアクセントをつけた。いろいろな店が建ち並び、玉虫色の輝きを放っていた。彼は大きなショーウィンドーに映る自分のシルエットをいい気分で眺めていたが、そのシルエットがしめしめとばかり、ショーウィンドーの中の品物を勝手にくすねているのに気づき、思わず顔を赤らめた。そしてあらぬ方を眺めた。

運転手はまだ一度もバスを停車させていなかったが、アマディスは驚かなかった。朝もこの時間になると通勤客はもういない。車掌は居眠りし、デッキの床にずり落ちながらもまだ目を覚まさず、より寝心地のいい姿勢を探っていた。アマディスは自分の体を眠気がふてぶてしく、猛毒のように侵していくのを感じた。投げ出していた両脚を引き寄せて、向かいの座席の上に乗せた。並木もまた、商店と同じように陽光に輝いていた。みずみずしい葉っぱがバスの屋根をこすり、小舟に海藻が触れるときと同じ音を立てた。アマディスはバスに心地よく揺さぶられていた。バスは相変わらず停車していなかった。アマディスが、会社を通り過ぎてしまったのに気がついたのは、完全に眠りに落ちる直前のことだったが、それとても安眠の邪魔にはならなかった。

アマディスが目を覚ましたときも、バスはやはり走り続けていた。外はかなり暗くなっていた。彼は道を見た。灰色の運河にはさまれていることからして、これは埠頭《ふとう》行き国道にちがいない。彼はしばしその景色を眺めた。運賃に見合うだけの乗車券が残っているかどうか気になった。うしろを振り向いて車掌を見た。大画面に広がるエロチックな夢に心を乱されて、車掌はあられもなく身をよじったあげく、屋根を支えるニッケルメッキの細い棒に体をらせん状に巻きつけた。それでもなお眠りから覚めなかった。アマディスは車掌の人生もさぞかし苦労が多いのだろうと思いつつ、脚のしびれを取ろうとして立ち上がった。バスは途中で一度も停車しなかったにちがいない。なぜならほかにだれも乗っていないからだ。彼は車内をのびのびと好きなように歩き回ることができた。

後部から前方へ、それからまた後部に戻って、デッキに降りたはずみに音を立てて車掌を起こしてしまった。車掌はさっとひざまずくと、乗車券吐き出し機を彼に向け、パンパンパンと口から音を発しながら猛烈な勢いでハンドルを回した。

アマディスは彼の肩を叩いた。車掌は至近距離から撃とうとしたが、アマディスはタンマのしるしに親指を立てた。さいわい、車掌はお遊びのつもりだった。車掌は目をこすって立ち上がった。

「どこに向かっているんです？」アマディスが尋ねた。

ドゥニという名前の車掌は、さあねとそぶりで示した。

「行き先はわからないんです。いまハンドルを握ってる二一二三九番が決めるんだが、なにしろ気が狂ってるんでね」

「つまり？」

「つまり、あいつが相手ではどうなるかわからんということですよ。だいたい、この車にはだれも乗らないことになってるんですがね。あんたはどうやって乗ったんです？」

「普通にですよ」

「なるほど」車掌は自ら事情を説明した。「今朝は、ちょっと居眠りしてたからな」

「わたしに気がつかなかったわけですね？」とアマディス。

「運転手があいつだと、困ったものなんです」車掌は続けた。「なにしろこっちは何も言えないんだ。言ってもわからないから。実際の話、気が狂ってるうえに馬鹿なんでね」

「お気の毒に」アマディスが言った。「それは悲惨だ」

「そうだとも」車掌が言った。「釣りでもしててくれればいいのに、それがどうです……」

「バスを運転している」アマディスが補った。

「そのとおり」と車掌。「あんたは、馬鹿じゃないね」

「どうして気が狂ってしまったんです？」

「わかりませんよ。なぜだかわたしはいつだって、狂った運転手に当たるんだ。それが面白いとでも思いますか？」

「いやいや、大変でしょう！」

「会社が決めるんですよ」車掌が言った。「そもそも会社の人間はみんな狂ってるからね」

「よく辛抱できますね」とアマディス。

「そりゃね」と車掌。「わたしは連中とは違うから。わかるでしょう、わたしは狂ってなんかいませんよ」

そこで車掌は笑い出し、笑いすぎて息ができなくなってしまった。アマディスは車掌が床を転がって、顔が紫に、さらには蒼白になり、ついには体がかちかちにこわばったのを見て少々肝を冷やした。しかしすべて演技だと見て取ってすぐに安心した。車掌は彼にウインクしていたのだ。白目を剥《む》きながらのウインクだったから、とてもきれいな眺めだった。しばらくして車掌は起き上がった。

「わたしはひょうきん者でしてね」車掌が言った。

「そうでしょうとも」アマディスが答えた。

「根暗なやつらってのが、いるんですよ。だがわたしは違う。そうでなけりゃ、あの運転手みたいなのと一緒にやっていけませんよ！……」

「これはどういう道なんですか？」

車掌は疑わしげに彼を見た。

「そんなの、おわかりでしょう？　埠頭行き国道ですよ。あの運転手、三回に一回はこの道を選ぶんです」

「どこに向かっているんですか？」

「そういうわけか」車掌が言った。「わたしはおしゃべりだし、親切だし、間抜けときている。そこでわたしを買収しようっていうわけだ」

「いや、買収なんてとんでもない」アマディスが言った。

「第一に」と車掌。「もし道に見覚えがなかったなら、あんたはまず、ここはどこなのかと訊いたはずだ。事実それ自体によりて《イプソ・ファクト》、明白なり」

アマディスは口をはさまず、車掌は先を続けた。

「第二に、あんたにはこの道に見覚えがあるのだから、どこに向かうのかも知っているはずだ……。そして第三に、あんたは乗車券を持っていない」

車掌はこれ見よがしに笑い出した。アマディスは居心地が悪かった。乗車券を持っていないのは事実だった。

「乗車券を売ってください」彼は言った。

「すみませんね」車掌が言った。「乗車券を売るのは、定期路線のときに限ります。ご注意くださ い」

「それじゃ、どうすればいいんです？」アマディスが尋ねた。

「どうもしなけりゃいいでしょう」

「でも乗車券がいりますよね」

「あとで払えばいいんですよ」車掌が言った。「ひょっとするとあいつ、運河に突っ込んでいくかもしれないでしょう？　だとしたら、お代は払わないでおいたほうがいい」

アマディスはそれ以上深追いせず、話題を変えようとした。

「ええっと、ご存じですかね。この道がいったいどうして、埠頭行き国道という名前なのか？」

彼は道の名前を出すのをためらった。話を蒸し返すことになり、車掌がまた怒り出すのではないかと恐れたのだ。車掌はなんとも悲しげに自分の足元に目を落とし、両腕も力なく垂らして、そのままの恰好でいた。

「ご存じない？」アマディスは食い下がった。

「もし答えを言ったら、あんたが困ることになるんじゃないかな」車掌がつぶやいた。

「そんなことないですよ」アマディスは先をうながした。

「そうですか。とにかく、わたしはなんにも知らんのです。それについては、なんにも。この道を行けば船に乗れるのかどうかだって、だれにもわからないんですから」

「じゃあこの道はどこに向かってるんです？」

「ほら、ご覧なさい」車掌が言った。

前を見ると、高い柱が近づいてきた。ほうろう引きした鉄の掲示板がついていて、白い文字で「エグゾポタミー」と書かれているのがはっきり見てとれた。矢印があり、何ムジュールの距離があるかも記されている。

「あそこに向かってるんですね？」彼が言った。「陸地をたどっても行けるんですか？」

「もちろんですとも」車掌が言った。「回り道していけばいいんだ。あとは、あんまりびくびくしないことだね」

「というと？」

「なにしろ戻ってから、こっちがどやしつけられるに決まってるんだから。あんたがガソリン代を持ってくれるわけじゃないんでしょ？」

「だいたいどれくらいで着きますか？」アマディスが尋ねた。

「そうだね」車掌が答えた。「明日の朝ってところかな」

3

朝五時ごろ、アマディス・デュデュは目を覚まそうという気になった。いいアイデアだった。そのおかげで、自分がひどい恰好で寝ており、そのせいで背中がとんでもなく痛いことがわかったのである。口の中は歯を磨《みが》いていないときならではのねばねばした感じだった。立ち上がり、少しばかり体操をやって手足の感覚を取り戻させた。そして車掌の視野に入らないように注意しながらこそこそと朝の用事をすませた。車掌は座席と座席のあいだに寝そべって、オルゴールを回しながらぼんやりと考えにふけっていた。外はすっかり明るくなっていた。ぎざぎざのタイヤが舗装道路の上でうたう歌は、まるでラジオ受信機からニュルンベルク［古来おもちゃの生産で有名］のコマのうなりが幾重にも聞こえてくるかのようだった。エンジンは安定した回転数で響き続けていた。その気になればいつでも魚料理にありつけるんだと信じているのだ。アマディスは暇つぶしに幅跳びの練習を始めたが、勢いあまって車掌の腹に着地してしまった。すると猛烈な勢いではじき返されて、天井に頭をぶつけ、天井をへこませた。彼はへなへなと落ちてきて、座席の肘掛《ひじかけ》の上に引っかかった。そのはずみで今度は、一方の脚を座席の上に高々と上げ、もう一方の脚は廊下側にストレッチする羽目になった。まさにそのとき、窓の外に新たな掲示板が見えた。「エグゾポタミーまで、あと二ムジュール」そこでアマディスはブザーに飛びつき、一度だけ、しかし長々と押した。バスはスピードを落とし、道端に停車した。車掌はすでに立ち上がって、紐の垂れている後部左隅の定位置に、何食わぬ顔で陣取っていたが、腹が痛むせいで威厳が損なわれていた。アマディスは余裕しゃくしゃくと通路を進み、軽くジャンプしてバスから降りた。そこで運転手と鉢合わせした。運転手は運転席を離れ、いったい何が起こったのか様子を見ようと後ろまで回りこんできていたのである。運転士はアマディスを怒鳴りつけた。

「やっとだれかさんがブザーを押したというわけか！　ずいぶん待たせてくれたじゃないか！」

「そうですか」アマディスが答えた。「まあずいぶん来ましたよね」

「まったく、どうなってやがるんだ！」運転手が言った。「九七五番を運転するといつだって、だれもブザーを押そうとしない。たいていは一度も止まらないで引き返すことになる。そんなのが仕事といえるかね？」

車掌は運転手の後ろから、アマディスに向かって目くばせし、議論しても無駄だぞというしるしに額を叩いてみせた。

「きっとお客のほうでも、忘れちゃうんでしょう」アマディスが言った。運転手が答えを待っていたからだ。

運転手はせせら笑った。

「そうじゃないってことはおわかりだろう。だってあんたはちゃんとブザーを押したじゃないか。それより、厄介《やっかい》なのは……」

彼はアマディスのほうに身をかがめた。車掌はそこにいてもしかたがないと悟り、さっと立ち去った。

「……あの車掌なんですよ」運転手が説明した。

「ほお！」とアマディス。

「あいつはお客が好きじゃないんだ。だからお客を乗せないで出発できるように仕組むわけだよ。紐で合図したりもしない。わたしにはお見通しさ」

「そうなんですね」とアマディス。

「あいつは気が狂ってるんだ。わかるでしょう」運転手が言った。

「なるほど……」アマディスはつぶやいた。「様子が変だと思いました」

「会社の連中は、みんな気が狂ってるんだよ」

「いや、そうなんじゃないかと思ってました！」

「わたしが全員を支配してるんだがね」運転手が言った。「盲人の国では片目が王様っていうだろう。刃物をもってるかい？」

「ポケットナイフならあります」

「貸してもらおうか」

　アマディスはポケットナイフを運転手に手渡した。運転手は刃の長い方を開くと思い切り片目に突き刺した。それから刃先を回した。激痛に耐えかねて彼は絶叫した。アマディスは肝をつぶして逃げ出した。両肘をきっちり脇腹につけ、できるだけ膝を上げて走った。体を鍛えるためのこんないい機会を逃してはいけない。スピニフェックス〔オーストラリアのイネ科多年草〕の茂みをいくつか通り過ぎてから、うしろを振り返った。運転士はナイフを折りたたんでポケットにしまっていた。アマディスのいる場所からでも、もう出血していないことは見て取れた。実に手際よく手術を終えた運転手は、片目をすでに黒い眼帯で覆っていた。車掌はバスの中にいて、通路を行ったり来たりしている。アマディスにはガラス窓越しに、車掌が腕時計で時刻を確認しているのが見えた。運転手はふたたび運転席に座った。車掌は少し待ってから、もう一度腕時計を見た。そして立て続けに何度も紐をひっぱった。運転手は準備完了と心得てバスを発車させた。エンジン音が高まる中、重い車体が動き出した。アマディスは火花が散るのを見届けた。やがてエンジン音は小さくなり、弱まり、消えた。それと同時にバスの姿も見えなくなり、かくしてアマディスは乗車券を一枚も使うことなくエグゾポタミーにやってきたのだった。

彼は歩き出した。ぐずぐずしているつもりはなかった。なぜなら車掌の気が変わるかもしれなかったし、彼としてはお金を使わずにすませたかったからである。

B

憲兵隊隊長が、死人のように蒼《あお》ざめた顔をして、そっと部屋の中にすべりこむ（弾丸を食らうのではないかと恐れながら）。

モーリス・ラポルト『ロシア内務省警備局《オフラーナ》の物語』パイヨ社、一九三五年、一〇五頁

1

クロード・レオンは船の左舷でトランペットの目覚まし音が鳴り響くのを聞いた。その音色に耳を澄まそうといったんは起きたものの、無意識のうちにまた眠り込み、五分後にはっと目を開いた。目覚まし時計の蛍光文字盤を見て、起きる時間であると悟り、毛布をはねのけた。毛布は人なつこく、すぐさま彼の脚にそって這い上がってきて、体に巻きついた。室内はまだ暗く、三角形の窓も

見分けられなかった。クロードがなでてやると毛布はもはや無駄な抵抗をせず、起床を邪魔しなかった。そこで彼はベッドのふちに腰かけ、枕元のランプをつけようとして左腕を伸ばし、ランプがあるのは右側だったといつもながら気がつき、右腕を伸ばした拍子にベッドの木枠に腕をぶつけたが、これまたいつもの朝と同じだった。

「いつかのこぎりで挽《ひ》いてやる」彼は歯がみしてつぶやいた。

ところが上下のあごが勝手に大きく開き、声が部屋じゅうに荒々しく響いてしまった。

「しまった！」彼は思った。「部屋を起こしちまう」

しかし、耳を澄ませても部屋の床や壁の息づかいには乱れがなく、穏やかなままだったので、彼はほっとした。カーテンの周囲には灰色の光の線が見え始めていた……。外は冬の朝の青白い陽光に包まれていた。クロード・レオンはため息をつき、ベッドの下に敷いたマットの上にあるはずのスリッパを両足で探し求めた。それからしぶしぶ立ち上がった。全身のゆるんだ毛穴から、眠気が残念そうに去っていったが、去りぎわにまるで夢見るハツカネズミの寝息のようなとてもやわらかい音をもらした。彼は部屋のドアまで行き、電気のスイッチを入れる前にたんすのほうを振り返った。前夜は、たんすの鏡に向かってしかめつらをしながら突然スイッチを切ったのだった。今朝仕事に行く前に、あのしかめつらをもう一度見たかった。えいやっとスイッチをつけた。昨晩の顔がまだ鏡に映っていた。それを見て彼は声をあげて笑った。照明の光を浴びて昨晩の顔は消え、鏡にはこの朝のレオンが映し出された。そいつは彼に背を向けるとひげを剃《そ》りに行った。レオンは上司より先に職場に着こうと考えて支度を急いだ。

2

ラッキーなことに、彼は会社のすぐそばに住んでいた。冬はラッキーだが、夏は近すぎた。ジャック＝ルマルシャン大通りを三百メートル行くだけである。ルマルシャンは一八五七年から一八七〇年まで徴税監督官を務めた人物だが、プロイセン兵を相手にたった一人でバリケードを守った英雄でもあった。結局はプロイセン兵につかまってしまったのだが、というのもプロイセン兵たちはバリケードの裏側からやってきたのだ。気の毒なルマルシャンはバリケードをよじ登ろうにも高すぎて逃げられず、シャスポー銃を口にくわえて二度引き金を引いた。さらにその反動で右腕まで吹き飛ばされた。クロード・レオンはその種の逸話に非常に興味を持っていて、黒革で装丁して会計簿のように見せかけたカバネス博士[*1]の全集を職場の机の引き出しに隠していた。

寒さのせいで舗道のふちの赤い氷のかけらがかちかち鳴っていた。短いビロードのスカートをはいた女たちは脚をすくませた。クロードは「おはよう」といって門番の前を通り過ぎ、ルー＝コンシリアビュジエ製エレベーターのほうにおずおずと近づいた。エレベーターの鉄柵の前にはすでにタイピスト三人と会計係一人が待っていた。クロードはみんなに向かって控え目に会釈した。

＊1　オーギュスタン・カバネス、医師にして作家（一八六二－一九二八年）。歴史の裏話を集めた著作が多数ある。

3

「おはよう、レオンくん」上司が彼のオフィスのドアを開けながら言った。

クロードはびくっとして、その拍子に手元に大きな染《し》みをこしらえた。

「おはようございます、サクヌセンさん」彼は口ごもりながら言った。

「不器用だな、きみは！」相手はたしなめた。「染みばかり作って！……」

「申し訳ありません、サクヌセンさん。でも……」

「その染みを消したまえ！……」

クロードは染みの上にかがみこむと懸命になめ始めた。インクの味は酸《す》っぱくて、アザラシの匂いがした。

サクヌセンは上機嫌な様子だった。

「それできみ、新聞を読んだかね？　順応主義者たちはわれわれに一泡ふかそうとしているらしいじゃないか、ええ？……」

「はあ……そうですね……その……」クロードはつぶやいた。

「ろくでなしどもめが。いやはや……じゅうぶん用心しなければならん……なにしろ連中はみんな武器をもっているからな。わかるだろう」

「なるほど……」

「経験ずみのことだよ。解放騒ぎのときにな。連中はトラック何台分も武器を運んできやがった。そしてもちろん、きみやわたしのようなまっとうな人間は武器を持っていないというわけだ」

「もちろんですとも……」

「持っていないかね、きみも?」

「ええ、サクヌセンさん」

「どうだ、ひとつ、ピストルを調達してきてもらえんかな?」サクヌセンはだしぬけに尋ねた。

「それはその……」クロードは言った。「アパートの家主の、義理の弟に頼んだらひょっとしたら……わかりませんが……その……」

「そいつはいい。それじゃ、頼りにしてるからな。あまり値が張らんように頼むぞ。銃弾も一緒にな。順応主義者のろくでなしどもめ……やつらにゃ注意しなければならん、なあ?」

「いやもう、おっしゃるとおりで」

「ありがとう、レオン。頼むぞ。いつ調達できる?」

「まず訊いてみませんと」

「もちろんだ……急がなくていい……だが、すぐにでも行ってきたいのなら……」

「いえ、大丈夫です。その必要はありません」

「いいだろう。それから、染みには気をつけろよ、いいな? 仕事はきっちりやってくれよ。やれやれ、給料だけもらって何もしないというわけにはいかんのだぞ……」

「気をつけます、サクヌセンさん」クロードは約束した。

「それから時間厳守でやれよ」上司は釘を刺した。「きのう、きみは六分遅刻したろう」

「いえ、九分前に着いていましたが……」

「うむ。だがいつもは、十五分前に着いているじゃないか。頑張ってもらわんとな」

上司は部屋から出ていき、ドアを閉めた。クロードはすっかり動転しながら、ふたたびペンを握った。手がふるえていたので、またも染みを作った。巨大な染みだった。その染みの模様はこちらをあざわらう顔のように見え、なめると灯油の味がした。

4

彼は夕食を終えるところだった。チーズがひとかけら、大きめのやつが残っていて、薄紫色の穴があいた薄紫色の皿の上でうごめいていた。食事のしめくくりに彼はカラメル味をつけた水酸化リチウムをコップになみなみと注いで飲み干した。飲み物は音を立てて食道を下っていった。湧《わ》き上《あ》がってくる小さな泡が、喉《のど》もとで破裂しては金属的な音を放った。ドアの呼び鈴が鳴ったので、立ち上がってドアを開けにいった。アパートの女家主の義弟が入ってきた。

「こんにちは」男が言った。その正直そうな笑顔と赤毛からして、カルタゴの出身と見て取れた。

「こんにちは」クロードが応えた。

「ブツをもってきました」男が言った。

ジアンという名前だった。

「ああ、そうですか……つまり……」

「そうなんです……」

そしてジアンはポケットからブツを出した。

それは十連発式の立派な平等銃[*1]で、ワルサー製PPK型、弾倉の底はエボナイトで、にぎりの部分の二本の溝にぴたりとはまるようになっていた。

「みごとな仕上がりですね」クロードが言った。気圧《けお》されながらも知識のあるところを見せた。

「銃身はびくともしない」男が言った。「精度抜群です」

「なるほど。狙いがつけやすい」

「手にもしっくりくる」

「よくできた銃だ」クロードはそういいながら植木鉢に狙いをつけたが、植木鉢は照準線の外に身をかわした。

「立派な銃です」ジアンが言った。「三千五百」

「それはずいぶん高いなあ」クロードが言った。「わたしが買うんじゃないんです。もちろん、それだけの値打ちはあるのでしょうが、探し主は三千以内という希望でして」

「おまけはできません。こっちもそれだけ出しているんだから」

「わかりますよ」とクロード。「高いですよね」

「高くはないです」とジアン。

「いや、つまり、銃というのは高いものですよね」

「ええ、それはそうです。こんなピストルは簡単には見つからない」

「おっしゃるとおり」

「三千五百、これがぎりぎりの値段」

サクヌセンは三千までしか出さないだろう。靴底の張り替え代を倹約すれば、クロードは自腹を切って五百フラン払うことができるかもしれない。

「きっと、今年はもう雪は降りませんよね」クロードが言った。

＊1　死を平等に分配する銃という含意か。『うたかたの日々』にも登場。

「かもしれません」ジアンが言った。

「靴底を張り替える必要もないかな」

「どうでしょう」とジアン。「まだ冬だから」

「この値段で、おまけに弾倉をもう一つつけましょう」ジアンが言った。

「それはご親切に」クロードが言った。

これから五日か六日のあいだ、食費を切り詰めることにしよう。そうすれば五百フラン浮かすことくらいはできる。それが偶然、サクヌセンの耳に入ることだってあるかもしれない。

「ありがとうございました」ジアンが言った。

「いやこちらこそ」クロードが言った。そしてジアンをドアまで見送った。

「きっとご満足いただけますよ」ジアンはそう言い残して部屋を出た。

「わたしが買うんじゃないんです」クロードは念を押して言った。ジアンは階段を下りていった。

クロードはドアを閉めてテーブルに戻った。黒くて冷たい平等銃は、まだ何も口をきかずに、チーズの横に寝そべって貫禄を示していた。チーズは震えあがってすぐさま避難しようとしたが、とはいえ自分を生かしておいてくれる皿の外に出るわけにはいかなかった。クロードの心臓はふだんより鼓動が速くなった。陰気な様子の武器をつかみ、手の上で引っくり返してみた。指先まで力がみなぎってくるような気がした。しかしそれは室内での話で、これから彼は部屋を出てサクヌセンに銃を届けなければならないのだ。

そもそも、ピストルを携帯して通りを歩くのは禁じられていた。彼はピストルをふたたびテーブルに置き、静まりかえった中で耳を澄ました。ジアンとの会話が隣人たちに聞かれはしなかったかと気になった。

5

彼はももに張りついたブツが、死んだ獣のように重く冷たいのを感じていた。その重さでポケットとベルトがひっぱられ、シャツはズボンの右側でふくらんでいた。コートのおかげで外からは見えないものの、一歩前に踏み出すごとにコートには深いしわが寄った。これでは人に気づかれてしまうだろう。別の道をとおって行くほうがよさそうだった。そこでアパートの外に出るとすぐ、わざと左に曲がった。駅のほうに向かい、狭い道ばかりを選ぶことにした。天気はぱっとせず、前日同様の寒さである。あまりなじみのない界隈《かいわい》だったが、最初の道を右に折れると、これではすぐにふだんの道に出てしまうと思い、十歩ほど先の角を左に折れた。先ほどまでの道に対して今度の道は九十度弱の角度で斜めにのびていく。いろいろな店がぎっしりと並んでいるが、いつも通っている道とはまったく違っていて、どれもこれも何の面白みもない店ばかりだった。

彼は足早に歩いたが、ブツがももに重くのしかかった。一人の男とすれ違いざま、相手が彼のポケットに目をやった気がして、クロードはひやりとした。二メートルほど進んでから振り返ると、相手も振り返ってこちらを見ていた。クロードはうつむいてまた歩き出し、最初の交差点で左に折れた。その拍子に小さな女の子に衝突し、女の子は路上を吹っ飛び、舗道の脇に積み上げられた汚れた雪の上に尻もちをついた。彼は女の子を助け上げる勇気もなく、ポケットに両手を突っ込んで先を急ぎながら、こそこそとうしろを振り返った。そばの建物からほうきをもって出てきたおかみさんの鼻先をかすめて過ぎると、女は聞こえよがしにののしり文句を叫んだ。彼は振り返った。おかみさんは彼を目で追っていた。足どりを速めた彼は、道路工事の労働者たちによってマンホールの上に置かれた四角い柵にぶつかりそうになった。よけようとして気が焦るあまり、柵にコートのポケットを引っ掛け、コートが破れてしまった。労働者たちは彼を馬鹿、まぬけ呼ばわりした。彼は恥ずかしさのあまり真っ赤になり、凍った水たまりに足を取られながら、さらにスピードを増した。ウールのベストの下に汗をかき始めていた。道を渡ろうとして、突然、角を曲がってきた自転車と衝突した。彼は自転車のペダルにズボンの裾《すそ》を引きちぎられ、くるぶしを裂かれた。悲鳴を上げながらも、地面に倒れまいとして両手を突き出したが、相手もろとも泥まみれの舗道に転がった。遠からぬところに警官がいた。クロード・レオンは自転車の下から這い出した。くるぶしがひどく痛んだ。自転車の男は手首をくじき、鼻血を垂らし、クロードをののしっていた。クロードもさすがに怒りを覚えた。心臓が激しく鼓動し、両手がかっと熱くなった。血のめぐりが俄然よくなった。くるぶしも、ももずきずきと疼き、脈打つたびに平等銃が持ち上がった。突如、自転車の男が彼の顔面を左こぶしで殴りつけた。クロードの顔はいよいよ真っ青になった。彼はポケットに手を入れて平等銃を取り出し、自転車の男がしどろもどろに言い訳しながら後ずさるのを見て笑い出した。そのとき彼は手にひどい衝撃を受けた。さらにもう一撃。警棒で痛打されたのだ。警官は平等銃を拾って、クロードの襟首をつかんだ。クロードは手の感覚がなくなっていた。そこで不意に振り向き、右足で警官の下腹部をキックした。警官は体を二つ折りにして平等銃を取り落とした。満足のうなり声を上げながら、クロードは平等銃に飛びついて拾い上げ、自転車の男に向かって狙いを定め、撃った。男は両手をベルトに当てて、へたりこみ、のどの奥から、ああ……と声を絞り出した。硝煙はいい匂いがした。クロードは映画で見たように銃口に息を吹きかけた。平等銃をふたたびポケットに収めると、クロードは警官の上にばたりと倒れ込んだ。そのまま眠ってしまいたかった。

6

「それにしても」弁護士は立ち上がると去り際に尋ねた。「本当のところ、あなたはどうしてあのピストルをもっていたんです？」

「それはもう申し上げたでしょう……」

彼は同じことを繰り返した。

「上司のサクヌセンさんに言われて手に入れたんです。アルヌ・サクヌセン部長です」

「でもあちらは否定していますよ」弁護士が言った。「そのことはよくご存じでしょう」

「でも、本当にそうなんです」クロード・レオンが言った。

「わかりましたよ。でも、別の言い訳を見つけてください。そのための時間はあったでしょうに……」

弁護士は苛立《いらだ》った様子で扉のほうに向かった。

「では失礼しますよ。あとは待つほかないですね。まあ、できるだけのことはやってみますが。なにしろあなたときたら全然、助けにならないから！……」

「それはぼくの仕事じゃありませんよ」とクロード・レオンは言った。

彼には弁護士のことが、自転車の男や、警察署で彼の指を一本潰してくれた警官とほとんど同じくらい憎らしかった。またも彼は手足が熱くなってくるのを感じた。

「ではまた」弁護士はそう言って立ち去った。

クロードは返事もせず、寝床に腰を下ろした。看守が扉を閉めた。

看守が寝床の上に手紙を置いた。クロードはうとうとしていた。看守の制帽が目に入ったので体を起こした。

「お願いがあるんですが……」クロードが言った。

「何だ？」

「紐がほしいんです。ひと巻きお願いできませんか」

クロードは頭をかいた。

「それは禁止されてる」

「首を吊ろうというんじゃないんです。サスペンダーがありますから、その気になればもうやってますよ」

看守はそう言われて考えこんだ。

「二百フラン出すなら、十メートルか十二メートル、もってきてやろう。それ以上はだめだ。こっちだって危ない橋を渡るんだからな!……」

「わかりました。お金は弁護士に請求してください。どうぞお願いします」

看守はポケットを探った。

「おや、あったぞ」

看守は丈夫そうな紐の小さな玉を手渡した。

「ありがとう」

「いったい何に使うんだ？　とにかく、馬鹿なまねはするなよ」

「首を吊るんですよ」クロードはそう言って笑い出した。

「ははあ！……」看守は口をおっぴろげて叫んだ。「そんな馬鹿な、サスペンダーがあるって言ってたじゃないか」

「まだ新品なんでね」クロードが言った。「だめにしたくないんですよ」

看守は感心した様子で彼を見た。

「あんた、タフな人だなあ。新聞記者だろう？」

「いや、ちがいます。とにかく、ありがとう」

看守は扉のほうに向かった。

「それじゃ、お金のことは弁護士に言ってください」

「そうするよ。確かなんだろうな？」

クロードは大丈夫と頷いた。扉の錠が静かに下ろされた。

7

二重にして編み上げると、紐は二メートルほどだった。ちょうどいい長さである。ベッドに上がれば、紐を窓格子にゆわえることができるだろう。長さの調節が難しいところだった。両足が床についていては話にならない。

ひっぱってみたが、紐は丈夫そうだった。ベッドに上がり、壁に背中をつけ、窓格子まで手を這わせた。格子の根元に苦労して紐をゆわえつけた。それから自分の首を輪の中に入れて、身をおどらせた。後頭部にがつんと衝撃を受け、紐が切れた。そのまま着地した。彼はかんかんになった。

「あの看守ときたら、ろくでもないやつだ」彼は声を荒らげた。

そのとき看守が扉を開けた。

「あんたの紐は粗悪品だな」

「知ったことか。弁護士はちゃんと金を払ってくれたからな。今日は角砂糖があるぞ。一個あたり十フラン、いらんかね」

「いらないね。もうあんたには何も頼まない」

「まあ見てなよ。二、三カ月もすれば考えが変わるさ。それどころか、一週間たてばもう、そんなこと言っちゃいられなくなるぞ」

「かもしれないな。どちらにしろ、あんたの紐は粗悪品だった」

彼は看守が立ち去るのを待った。そして意を固め、サスペンダーを外した。革とゴムを編み込んだまったくの新品だった。二週間倹約して買った品物である。長さは約一メートル六十。ふたたびベッドに上がり、一方の端を窓格子にきつく縛りつけた。それからもう一方に輪を作り、首を入れた。改めて身をおどらせた。サスペンダーが伸びきって、彼は窓の下方にふわりと着地した。すると窓格子が外れ、雷のように彼の頭を直撃した。星が三つ見えた。

「マーテル［コニャックの老舗。「三ツ星」銘酒で知られる］！……」

背中を壁につけたまま、彼はずるずるとくずおれ、床に坐《すわ》りこんだ。頭がふくれあがり、とんでもなく不快な耳鳴りがしていた。サスペンダーは無事だった。

8

プチジャン神父は刑務所の通路から通路へと飛びまわり、それを看守が追いかけた。彼らはシラミ探しごっこに興じているのだった。クロード・レオンの独房に近づいたとき、神父はネコ――しかも九尾のネコ［紐が九本ついた拷問用の鞭の通称］――のふんに足を取られた。そして空中でくるりと一回転した。たくましい脚のまわりに長衣《スータン》が優雅に広がったところは、まるでロイ・フラー[*1]そのもので、看守は神父を追い越しざま、うやうやしく制帽を脱いだ。それから神父はどさっと音を立てて床に落ち、看守はその背中に馬乗りになった。神父はまいったというしぐさをした。

「捕まえましたよ」看守が言った。「一杯おごってもらわなくちゃ」

プチジャン神父はしぶしぶ頷いた。

「冗談抜きですからね。書類にサインしてください」

「腹這いのままじゃサインなどできん」

「それなら放してあげましょう……」

立ち上がるやいなや、神父は大声で笑い、一直線に飛び出していった。前には頑丈な壁がそびえていたから、看守はやすやすと神父を捕まえた。

「あなたはとんだ喰わせ者ですな。さあ、サインを」

「話し合いで解決しよう。二週間分の免罪符でどうだ？」

＊1　アメリカ出身の女性ダンサー（一八六二－一九二八年）。長いスカートを波打たせるダンスで人気を呼び、パリで活躍。

「たわけたことを」

「しかたない、わかったよ。サインしよう」

看守は必要事項を書き込み済みのページを控え付きの帳面から一枚切り離し、プチジャンに鉛筆を渡した。プチジャンはサインすると、クロード・レオンの独房の扉に近づいた。鍵が鍵穴に差し込まれた。鍵穴は鍵を自分の身内と認め、扉が開いた。

クロード・レオンはベッドに坐って物思いにふけっていた。窓格子が外れた際にできた隙間から太陽の光が一すじ入り込み、独房内を軽く一周すると、便器の中に消えていった。

「こんにちは、神父さま」クロード・レオンは神父が入ってきたのを見て言った。

「こんにちは、クロードくん」

「うちの母は元気にしていますか？」

「もちろんだとも」

「わたしは、神の恩寵を受けたんです」

そう言ってクロードは後頭部をなでた。

「触ってみてください」

神父は触ってみた。

「いやはや……。恩寵というのは、なかなか手厳しいものですな」

「神よ、称えられんことを」クロード・レオンが言った。「わたしは罪を告白したいのです。魂をきれいにしてから創造主の前に出たいですから」

「……ペルシル［ドイツ製の液体洗剤］で洗い上げたかのごとくに！……」二人はカトリックの典礼に基づき、声をそろえて言った。そしてこのうえなく伝統的なしぐさで十字を切った。

「だがあんたはまだ、吊り落しの刑と決まったわけじゃないんですぞ」

「わたしは人を一人殺したんです。しかもそれは、自転車に乗った男でした」

「話は聞きました。弁護士に会いましたよ。自転車の男は順応主義者だったというじゃないですか」

「人を殺したことに変わりはありません」

「サクヌセンはあんたのために証言することを引き受けたそうです」

「そんな必要はありません」

「わが子よ、よく考えてみなければなりませんぞ。自転車の男は聖母教会の敵だったのです、われらが奇天烈《きてれつ》なる使徒伝来の教会の……」

「あの男を殺したとき、わたしはまだ恩寵を受けていませんでした」

「そんなことはどうでもいい。われわれはあんたを救い出してあげよう」

「いけません。わたしは隠者になりたいんです。そのために、刑務所ほどふさわしい場所があるでしょうか？」

「よろしい。隠者になりたいのなら、明日には出してあげよう。司教さまは刑務所長と昵懇《じっこん》の仲ですからな」

「でもわたしには隠者として暮らす先などありませんから。ここがいいんです」

「安心なさい。ここよりもっとひどい場所を見つけてあげます」

「それなら話は別です。では、行きましょうか？」

「ちょいと待った、不信心者め。手順を踏まねばなりませんぞ。明日、霊柩車で迎えにきましょう」

「行き先はどこなんです？」クロードは興奮もあらわに尋ねた。

「エグゾポタミーに、隠者には打ってつけの場所があります」神父は答えた。「そこをお世話しましょう。住み心地は最悪ですぞ」

「文句ありません！　神父さまのためにお祈りします」

「アーメン！」神父が言った。「ブールにバンに、ラタトゥール！……」二人は声を合わせてしめくくった。これまた、カトリックの典礼にのっとったものである。言うまでもなく、これを唱えたならば十字は切らなくてよい。神父はクロードのほっぺたを撫《な》で、鼻を思い切りつねってから独房をあとにした。看守が扉を閉めた。

クロードは小窓の前に立ち、体を折ってひざまずくと、神妙きわまる心もちで祈り始めた。

C

……あなたがたは、宗派を異にする者どうしの結婚の不都合について、大げさに考えすぎている。

ルイ・ロセル『回想録』ストック社、一九〇八年、一一五頁

1

アンジェルはアンヌとロシェルを待っていた。彼は石のすりへった欄干《らんかん》に腰かけて、職人たちが年に一度の広場のハトの剪毛《せんもう》にとりかかるのを眺めていた。それは心奪われる光景だった。職人たちはいかにも清潔な白い作業着姿で、市の紋章が入った赤いモロッコ革のエプロンをつけていた。彼らは特別製の羽用シェーバーと、それからこのあたりに多い水辺で暮らすハトの羽のあぶらを落とすためのクリーナーを手にしていた。

アンジェルはハトの綿毛が剃られたのち、宙に舞い上がる瞬間を待ちかまえていた。綿毛はすぐさま、クロムめっきした円筒形吸引機に吸い込まれていく。車輪付きの小ぶりな台にのせられたその吸引機を、助手たちが操作している。綿毛は総裁閣下の羽毛布団の詰め物として用いられるのだ。その情景は、浜辺の白い泡が風に吹かれる様子を思わせた。大きな白いかたまりが砂の上で風にふるえている。その上に素足をのせると、足の指のあいだから泡が湧き出てくる。やわらかい感触は、泡が乾くにつれておぼろになっていく。アンヌとロシェルはまだ来ない。

アンヌがまた何か悪ふざけをしているに違いない。あいつは決して時間通りにこようとしないし、車を整備に出す気もない。きっとロシェルは、迎えにくるはずのアンヌを待っているのだろう。アンジェルは五年前からアンヌを知っているが、ロシェルと知り合ったのは最近のことだった。アンヌと彼は同じ学校で学んだ仲間だが、アンジェルは勉強が好きではなかったので席次はアンヌより下だった。アンヌはルルド鉄道会社系列の小石製造会社で課長を務めていた。アンジェルはランプのほやを作るガラス工房で、より実入りの悪い仕事に甘んじていた。アンジェルは工房の技術監督、アンヌは会社の営業部だった。

太陽は空を行ったり来たりして、気持ちを決めかねていた。「西」と「東」はほかの仲間たち二人とともに、隅取りゲームをやったところで、面白半分に、それぞれが別の場所に移っていた。遠くの太陽としては、もう自分の位置がわからなくなっていた。人々にとってはそのほうが好都合だった。ただ日時計だけは、歯車が逆向きに回転し始め、ミシミシと不吉な音を立てながら次々に故障していった。とはいえ明るい陽光が、そのぞっとするような音を和《やわ》らげてくれた。アンジェルは腕時計を見た。アンヌとロシェルは半時間遅れていた。これはもはや重大な遅刻だ。彼は立ち上がり、場所を変えた。彼は羽を剃るハトを押さえておく係の女の子たちの一人と向かい合っていた。

その娘はとても短いスカートを穿《は》いていた。アンジェルの視線は彼女の黄金色のなめらかな膝にそって這っていき、すらりとした紡錘形のもものあいだに忍び込もうとした。そこはぬくぬくとしていた。アンジェルがやめさせようとするのを聞かず、視線は奥のほうに進んでいき、我が物顔にふるまい出した。困ったアンジェルは、遺憾ながら目をつぶることにした。それで視線は息絶え、死《し》骸《がい》がその場に付着したまま残ったが、数分後に立ち上がった娘は、スカートを軽く叩いて、気がつきもしないまま視線の死骸を払い落とした。

羽を剃られたハトたちはふたたび飛ぼうと必死に努力していたが、たちまちくたびれてぽとりと落ちてしまった。それでもう動けなくなり、職人が黄色や赤、緑や青の絹の翼を結びつけようとするのを抵抗もせずに受け入れた。それらは市当局が気前よく提供したものだ。そして職員たちは新しい翼の使い方をハトたちに教えた。ハトたちは新たな威厳をそなえた姿で自分の巣に戻っていった。持ち前の重々しい物腰は、いまやおごそかな宗教性を帯びていた。アンジェルはこのスペクタクルに飽きてきた。アンヌは来ないだろう、それとも彼はロシェルを伴って別の方向からやって来るのだろうと思った。彼はまた立ち上がった。

彼は公園を抜け、子どもたちの一群の横を通り過ぎた。子どもたちは金づちでアリを殺したり、石けりをしたり、緑のカメムシをつがわせたり等々、彼らの年頃ならではの遊びに興じていた。女たちが何人か、赤ん坊にお粥《かゆ》を食べさせるときに首からかけてこぼしてもいいようにしてやるためのオイルクロスの袋を縫ったり、お子さまがたの世話を焼いたりしていた。編み物をしている者もいたし、編んでいるふりをしている者もいた。それはうわべを取り繕うためだったが、編針に毛糸がついていないのですぐにばれた。

アンジェルは小さな鉄柵を押した。後ろで柵がパタンと閉まる音がした。いまや彼は歩道に出ていた。人々が行きかい、車道を車が走っている。だが、アンヌは？　彼はしばらくそこに佇《たたず》んでいた。歩き出すのがためらわれた。車道を渡っているとき、自分はまだロシェルの瞳の色を知らないという考えが頭に浮かび、思わず足が止まった。一人の運転手が車を猛烈な勢いで空中にスピンさせた。というのもアンジェルが近づいてくるのを見て急ブレーキを踏んだからだった。その後ろにアンヌの車が続いていた。アンヌは車を歩道に寄せて止め、アンジェルは乗り込んだ。

ロシェルはアンヌの隣に坐っていた。アンジェルは細いばねとカポック繊維の切れはしを詰めたシートに一人で腰を下ろした。彼は身を乗り出して二人と握手した。アンヌは遅刻をあやまった。車はふたたび出発した。アンヌは急いでハンドルを切って引っくり返ったタクシーの残骸を避けた。

さらに進んでいくと街路樹が歩道を縁どり始めた。彫像のある角を左に折れた。車がまばらになったのでアンヌはスピードを上げた。太陽がようやく「西」を見つけ、大急ぎでそちらに向かっていた。遅れた分を挽回しようと泡を食って進んでいた。アンヌは巧みな運転の腕前を見せ、歩道を行く子どもたちの耳の先を自動方向指示器でかすめては喜んでいた。そのためには車を歩道ぎりぎりに走らせなければならず、タイヤの塗装がはがれる危険が絶えずあったが、しかしかすり傷一つつけずにやりおおせていた。ところが不運にも、九歳か十歳の、耳が異様に突き出た女の子が通りかかり、その耳たぶの直撃をくらって方向指示器がぽきりと折れてしまった。ちぎれたコードの端から電流が血のしずくとなってぽたぽたとしたたり落ち、電流計の針が下がって不安をかきたてた。ロシェルは電流計を叩いてみたがその甲斐はなかった。イグニッションシステムの温度が下がり、エンジンの回転速度が落ちた。何ムジュールか進んだのち、アンヌは車を止めた。

「どうしたんだ？」アンジェルが尋ねた。

自分でも意識していなかったが、アンジェルは自分がずっとロシェルの髪の毛を見つめていたことに気がついた。

「なんてこった！」アンヌは文句を言った。「しょうもないガキめが！」

「方向指示器がこわれちゃった」ロシェルがアンジェルを振り返って言った。

アンヌは故障を修理しようとして車から降り、脆弱《ぜいじゃく》な機械を相手にあれこれやってみた。手術用縫合糸で結紮《けっさつ》を試みさえした。

ロシェルは助手席の上に膝をついて体を完全にアンジェルのほうに向けた。

「ずいぶん待ったでしょう？」

「いや、たいしたことは……」アンジェルはつぶやいた。

彼にはロシェルの顔を正面から見るのはとてもむずかしかった。彼女はあまりにまぶしかった。とはいえ、彼女の瞳……瞳の色を見きわめなければ……。

「いいえ、待ったでしょう。でもアンヌがうっかり屋さんなのよ。いつだって遅くなるんだから。わたしは準備ができてたの。わかるでしょ、あの人、家を出たらすぐにおふざけをはじめるの」

「あいつはおふざけが好きだからね。それがいいところさ」

「そうね。とっても陽気なのよ」

その間アンヌは馬車引きのようにののしり続け、電流のしずくが手にしたたり落ちるたびに飛び上がっていた。

「これからどこに行くんだろう？」アンジェルが尋ねた。

「踊りに行こうって言ってるわ」ロシェルが答えた。「わたしは映画のほうがいいんだけど」

「あいつは映画なんか見るより、自分の姿を見てるほうがいいんだよ」

「あら！　そんな言い方するべきじゃないわ」

「ごめん」

ロシェルは少し顔を紅潮させ、アンジェルは友を裏切るようなことを言ったのを後悔した。

「あいつはいいやつだよ。ぼくの一番の親友なんだ」

「あの人のこと、よく知ってるの？」

「五年前からね」

「あなたたち、全然似てないわね」

「うん。でも気が合うんだ」アンジェルは断言した。

「あの人は……」

彼女はそこで言いさして、いっそう赤くなった。

「どうして最後まで言わないの？　何か言いにくいこと？」

「そうじゃないけど。でもくだらないことだから。わたしには関係ないし」

「きみが知りたいのはこういうことだろ？　そう、あいつはいつだって女の子にもてるんだ」

「とってもハンサムだから」ロシェルがつぶやいた。

彼女は口をつぐんで前を向いた。アンヌが運転席に戻るため、さっきとは逆方向に車を回り込んできたのだ。アンヌはドアを開けた。

「なんとかもってくれるといいんだが」彼が言った。「もうそれほど出血しちゃいないが、電圧が変なんだ。いまバッテリーを充電してきた」

「ついてないな」アンジェルが言った。

「あのアホ娘、なんであんな耳をしてやがるんだ！……」アンヌが怒った。

「きみこそ、方向指示器で馬鹿なことしなければよかったんだよ」

「本当ね」ロシェルが賛成した。

彼女は笑い声をあげた。

「ほんとにおかしかったわ！……」

アンヌも笑った。もう怒っていなかった。車はふたたび出発したが、すぐにまた止まってしまった。道が抵抗して、先まで延びていこうとしなかったからだ。だが彼らの向かっているのはその先だった。

そこにはダンスクラブがあった。真の音楽を愛する者たちが集《つど》って、愛好家同士、関節脱臼《だっきゅう》ダンスを踊るための場所だった。アンヌはダンスがひどく下手だった。アンヌがリズムをはずして踊るのを、アンジェルはいつも辛い思いで眺めていた。彼がロシェルと踊るところは見たことがなかった。

クラブは地下にあった。白くて曲がりくねった狭い階段が地下に通じている。キヅタのような太い綱が垂れ下がっていて、それを頼りに何とか転落死せずに下りていくことができた。そのキヅタ綱から生え出す葉っぱは毎月剪定されていた。途中、ところどころに純銅が張られ、円窓がついていた。

ロシェルが先頭を行き、続いてアンヌ、そしてアンジェルがしんがりを務めた。次に下りてくる客にもキヅタ綱を使えるようにしておいてやらなければならない。ときおり綱を無造作に放り出す者がいて、そのたびにギャルソンはすっころがる羽目になる。盆を持っているせいで前が見えないのだ。

階段を下りている途中から、リズムセクションの鼓動する音が聞こえてきた。さらに下りると、クラリネットとトロンピネットの交差する音が耳を直撃した。二種類の楽器は互いに支えあいながら前進していき、あっという間に猛烈なスピードに達するのだった。やがて階段の下まで来ると、漠としたざわめきが聞こえてきた。足音や、体を撫でまわす音、くすくす笑いやあけっぴろげな笑い、低音で響くおくびや興奮した口調の話し声が、ちょっと高級なバーならではのグラスや炭酸水の立てる音と混じりあっていた。アンヌは目で空席を探し、ロシェルに合図した。ロシェルは真っ先にそこに坐った。彼らはポルト・フリゼを注文した。

聴覚印象というやつが残るせいで、音楽は決して途切れることがなかった。楽団がことのほか悩ましげなブルースを演奏し始めたので、アンヌはロシェルをダンスに誘った。曲のスローさにうんざりして席に戻る客も多かったが、へそ曲がりたちはタンゴを思い出して一斉に立ち上がった。そんな連中は、オーソドックスな連中——アンヌも自分をその一員とみなしていたが——の関節脱臼ダンスに対抗して、タンゴ流のバックコルテやためらうようなステップを繰り出してきた。アンジェルは二秒ほど二人に視線を向けたのち、吐き気がして目をそらした。アンヌはたちまちリズムに乗りそこねた。ロシェルは平然とそんなアンヌに合わせていた。

二人が席に戻ってきた。アンジェルもロシェルを誘った。彼女はほほえみ、承諾し、立ち上がった。今度もまたスローな曲だった。

「アンヌとはどこで知り合ったの？」アンジェルが尋ねた。

「そんなに前のことじゃないのよ」

「ひと月かふた月ほど前？」

「ええ。サプライズパーティーで知り合ったの」

「そんなこと、あまり聞かれたくないかな？」

「あの人のことを話すのは好きだわ」

アンジェルにとって彼女はほとんど知らない相手だったが、それでも胸が痛んだ。なぜなのか説明しろといわれても難しかっただろう。きれいな女の子と出会うたびごとに、彼は所有欲を覚えるのだった。その子を自分の好きなようにしたいという欲望だ。でもアンヌは彼の友だちだった。

「あいつはすごいやつだよ。とっても才能があるんだ」

「それは一目でわかる。すてきな目をしているし、立派な車に乗っているし」

「学校じゃ、みんなが何時間もかかってやるような問題を、苦もなく解いたものさ」

「体もとてもたくましいしね。スポーツに打ち込んでるんでしょう」

「あいつは三年間で、一度だって落第点を取ったことがない」

「それに、あの人の踊り方も好きよ」

アンジェルは彼女をリードしようとしたが、彼女は断固、リズムに乗りそこねたまま踊るつもりらしかった。アンジェルは抱擁《ほうよう》をゆるめて、彼女の勝手にさせるほかなかった。

「あいつにも一つだけ欠点があるんだ」

「そう、でもそんなのかまわない」

「きっと自分で改めると思うよ」アンジェルは保証した。

「ほかの人に世話を焼いてもらう必要があるのよ。だからいつもだれかにそばにいてほしいんだわ」

「きっとそうなんだろうね。それにあいつはいつだって、だれかにそばにいてもらってる」

「でもあんまり大勢にいてほしくないわ」ロシェルは思案顔で言った。「信頼できるお友だちだけにしてほしい。たとえばあなたみたいな」

「ぼくは信頼できる友だちかな？」

「あなたはお兄さんだったらいいなと思うようなタイプ。まさにそうよ」

　アンジェルはうつむいた。彼女はあまり幻想を抱かせてはくれなかった。彼にはアンヌみたいにほほえむことができない。そのせいなのだ。ロシェルはリズムを無視して踊り続け、音楽にすっかり酔いしれているようだった。周りで踊っている連中もみなそうだった。店内は暑く、煙がもうもうとし、音楽は煙草から立ち上る灰色の渦巻のあいだを縫うようにして流れていった。煙草は広告入り灰皿の上で息を引き取ろうとしていた。灰皿にはデュポン社［パリの老舗医療器具会社］、オートフィユ通りと記されていて、病人のためのおまるや医療器具の縮小版といったところだった。

「きみは何をしているの？」アンジェルが尋ねた。

「わたしがを何してるのかって、どういうこと？」

「仕事とか」

「しょっちゅう踊ってるわ。バカロレア［高校卒業資格兼大学入学資格］を取ってから秘書の勉強をしたけど、まだ仕事はしていないの。両親は、世の中でちゃんとやって行けるように経験を積みなさいって言ってる」

　音楽がやんだ。アンジェルはその場に残って、ミュージシャンたちが次の曲を始めたらすぐまた踊りたいと願った。しかしミュージシャンたちは楽器の手入れを始めていた。彼はロシェルのあとに従った。彼女はいそいそと席に戻り、アンヌのすぐ隣に坐った。

「それじゃ、次の曲はぼくと踊ってくれるかい？」アンヌが言った。

「ええ。わたし、あなたと踊りたいわ」ロシェルが答えた。

　アンジェルは聞かなかったふりをした。同じくらいきれいな髪をした女の子だっているだろう。でも同じ声となるとどうか？　姿かたちもかなり重要なポイントだ。

何と言っても彼はアンヌの気にさわるようなことはしたくなかった。ロシェルはアンヌの知りあいなのであり、アンヌ以外には関わりのないことなのだ。彼は緑色の氷で満たされたワインクーラーからボトルを取りだすとグラスに注いだ。女の子たちのだれ一人として彼の気を引く子はいなかった。ロシェルだけだ。でもアンヌに優先権がある。

アンヌは彼の仲間だった。

2

彼らは夕食を取るために店を出なければならなかった。翌日仕事があるのに一晩中外で過ごすわけにはいかない。車ではロシェルが前の席、アンヌの隣に坐り、アンジェルは後ろの席に坐った。アンヌはお行儀よくしていた。ロシェルの腰に腕をまわしたり、彼女のほうにかがみこんだり、手を握ったりはしていなかった。アンジェルならばそうしただろう。もしロシェルがアンヌより先に彼と知り合っていたなら。だがアンヌは、稼ぎの面でも彼を凌《しの》いでいた。アンヌはこうしたすべてに値する男なのだ。リズムを無視して踊ることも、音楽などもう耳に入っていないとなれば重大な欠陥とはならない。目くじらをたてることではない。ときおりアンヌは馬鹿なことを言うが、ロシェルは笑い声を上げる。すると明るい緑のテーラードスーツの襟もとで、まばゆい髪が揺れるのだ……。

アンヌがアンジェルに何か言ったが、アンジェルは当然ながら、別のことを考えていた。そこでアンヌは後ろに坐っているアンジェルのほうを振り返り、その拍子にハンドルが少し動いた。何ともつらい話だが、そのとき一人の男が歩道を通りかかり、フェンダーの一撃を腰にくらった。車の右の前輪が歩道に乗り上げた。男は派手な音を立てながら倒れ、腰に手をやったまま動かなかった。体を小刻みにけいれんさせていた。アンジェルはすでにドアを開けて飛び出していた。彼はひどく心配して負傷者の上にかがみこんだ。負傷者は身をよじって笑っていた。そしてときおり笑いを中断すると、盛大にうめき出し、それからまた愉快そうに笑いころげるのだった。

「苦しいですか？」アンジェルが尋ねた。

ロシェルは見ようとしなかった。車から外に出ず、両手で顔を覆っていた。アンヌはひどい顔をしていた。顔面蒼白だった。男が瀕死《ひんし》の状態だと思ったのだ。

「あんたですか？」男はアンジェルを指さしてしゃくりあげるように言った。

男はまたも馬鹿笑いの発作に襲われていた。涙さえ流しながら。

「落ち着いてください」アンジェルが言った。「ひどく痛むんでしょう」

「苦しくって、子牛みたいにわめいちまうんだ」男は何とか説明した。

そう言ってから男はまた発作にとらわれて、横ざまに転がり、六十センチほど進んだ。アンヌは困惑して立ち尽くした。彼は振り返ってロシェルを見た。ロシェルは泣いていた。男が苦痛を訴えているのだろうと想像し、アンヌのことが心配になったからだった。アンヌは彼女に近づき、開いたままだったドア越しに両手を広げて彼女の頭を抱き、まぶたの上にキスした。

アンジェルは見たくもないのにその様子を見た。しかしロシェルが両手をアンヌの上着の襟に巻きつけたとき、ふたたび男のうめき声が聞こえてきた。男は苦労してポケットから財布を取り出そうとしていた。

「あなたは技師ですか？」男がアンジェルに言った。

笑いは少し収まっていた。

「ええ、まあ……」アンジェルがつぶやいた。

「それじゃ、あなたにわたしの代役をやってもらいましょう。腰の骨が五つに砕けた状態で、エグゾポタミーに出張などとても無理な話ですから。おわかりにならんだろうが、わたしにとっては、どんなに嬉しいことか！……」

「でも……」

「運転していたのはあなたですね？」

「違います。アンヌです……」

「それは困った……」

彼は顔を曇《くも》らせ、口もとをふるわせた。

「泣かないでくださいよ」アンジェルが言った。

「女性を代役に立てるわけにはいかないんでね……」

「アンヌといっても、男なんですよ……」アンジェルが言った。

それを聞いて、男はたちまち元気を取り戻した。

「その人のお母さんに、わたしからの感謝を伝えてください……」

「必ず伝えます。でもあのお母さんは、この件で感謝されるのには慣れっこなんですけど」

「それでは、アンヌにエグゾポタミーに行ってもらいましょう。わたしはコルネリウス・オントと申します」

「わたしはアンジェルです」

「アンヌに知らせてください。サインしてもらう必要がありますから。それにしても、契約書の署名欄がまだ空白のままになっていてよかったです！」

「どうしてそうなっていたんです？」

「会社がわたしを信用していないんでしょう。アンヌを呼んでください」

アンジェルは振り返った。そちらを見ると気分が悪くなったが、それでも近寄ってアンヌの肩に手を置いた。アンヌは周りの何も目に入らないようで、その目つきときたら……まったく見ちゃいられない。ロシェルのほうは目を閉じたままでいた。

「アンヌ」アンジェルが言った。「ここにサインしてくれ」

「何だ？」アンヌが尋ねた。

「エグゾポタミー行きの契約書だよ」

「鉄道建設のためです」コルネリウスが説明した。最後はうめき声を上げた。折れた腰の骨どうしがぶつかりあって、耳ざわりな音を立てたからだった。

「そんなところに行っちゃうの？」ロシェルが言った。

アンヌはふたたび彼女のほうに体をかがめて、もう一度言ってくれないかと頼んだ。それから、そうだよと答えた。彼はポケットを探ってペンを取り出した。コルネリウスは契約書を差し出した。アンヌは必要事項を書き込み、下の署名欄にサインした。

「車で病院までお連れしましょうか？」アンジェルが尋ねた。

「大丈夫」コルネリウスが答えた。「そのうち救急車が来るでしょう。契約書を返してください。いや、わたしは本当に嬉しい」

彼は契約書を手にすると気絶した。

3

「いったいどうしたらいいんだろう」アンヌが言った。

「行くしかないだろう」アンジェルが答えた。「サインしちゃったんだもの」

「ひどく退屈するだろうな。一人ぼっちになるんだから」

「コルネリウスには会ったのか？」

「電話をもらったよ。あさって出発しろとさ」

「そんなに気が進まないのか？」

「いや。知らない土地を見る機会にはなるからな」

「きみはそうとは言わないけど」アンジェルが指摘した。「気が進まないのはロシェルのせいだろう」

アンヌは驚いた顔でアンジェルを見た。

「いや、そんなこと本当にちっとも考えなかったよ。ぼくがいなくなったら、彼女、ぼくのことを恨むかな？」

「知らないよ」

アンジェルは、もし彼女が残るなら、ときどき会えるかもしれないなと考えていた。彼女の瞳はブルー。アンヌはいない。

「なあ……」アンヌが言った。

「何だ？」

「一緒に来てくれよ。技師が何人か必要なはずだから」

「でもぼくは鉄道のことなんて、何も知らない」アンジェルは答えた。

アンヌがいなくなるなら、ロシェルを放っておくわけにはいかない。

「ぼく程度には知ってるだろう」

「きみはとにかく小石に関係したことは何でも知ってるじゃないか。それがきみの仕事なんだから」

「売ってるだけさ。何にも知らない。ほんとだよ。自分が売ってるもののことをわかって売っているとは限らないだろう」

「ぼくらが二人ともいなくなったら……」アンジェルが言った。

「あの子なら、かまってくれる相手をきっと見つけるさ……」

「でもきみはあの子に恋してるんじゃないのか？」アンジェルが尋ねた。

アンジェルは心臓のあたりがいささか異常なほど高鳴るのを覚えた。それを止めるために息をするのをこらえようとしたが、うまくいかなかった。

「あの子はとても美人だけどさ」アンヌが言った。「でも犠牲を払わなければならないときもある」

「それなら、出発することにどうしてそんなに悩んでるんだ？」

「だって、退屈するだろうからさ。きみが一緒に来てくれるなら、気晴らしもできるだろうけど。一緒に来れないか？　ロシェルを残して行けないなんて思ってるわけじゃないだろう？」

「もちろんそうじゃない」アンジェルは言った。

そう言うのはひどく胸が痛んだが、骨折したわけではない。

「そうだなあ」アンヌが言った。「コルネリウスに頼んで、あの子を秘書として雇ってもらうことにしたらどうだろう？」

「いいアイデアだな」アンジェルが言った。「コルネリウスに、ぼくに仕事がないかどうか訊くとき、一緒に頼んでみるよ」

「きみも来てくれるのか？」

「友だちを見捨てるわけにはいかないだろ」

「そう来なくちゃ。きっと楽しいぞ。コルネリウスに電話してくれ」

アンジェルはアンヌの椅子《いす》に腰を下ろし、受話器を手に取った。

「それじゃ、ロシェルも一緒に行っていいかどうか、それからぼくも雇ってくれるかどうか、訊いてみよう」

「そうしてくれ。結局、何かを犠牲にしなくてすむなら、それにこしたことはないからな」

D

活発な議論ののち、かくのごとき決定が下された。この議論における各自の立場を知っておくのは、興味あることと思われる。

ジョルジュ・コニオ「宗教教育に対する補助金」「ラ・パンセ」第三号、一九四五年四月・五月・六月合併号

1

マンジュマンシュ教授は、ショーウィンドーを見つめているうちに目が離せなくなった。乳白色の電球の光にぼうっと照らし出されて、すべらかな木材からなる十二枚のプロペラが輝いていた。彼の心臓は喜びのあまり暴れ出し、跳ね上がった勢いでその先端が上腕臨時神経叢の十八番目の対にまで達した。そこでマンジュマンシュは店のドアを開けた。店内にはおが屑《くず》の匂いが漂っていた。

バルサやプリュシュ［カナダツガ］、ツガ、ヒッコリーを切った材料がいたるところに散らばっている。あらゆる形、あらゆる値段のものが揃っている。ショーウィンドーにはボールベアリングや飛行機用の装置、そして決まった名前のない円形のしろものが並んでいた。真ん中に穴が開いているからというので、店主はそれを輪っかと呼んでいた。

「こんにちは、教授」店主が言った。

マンジュマンシュは馴染《なじ》みの客だった。

「クリュックさん、いい知らせがある」マンジュマンシュが言った。「患者を三人ばかり殺してきたよ。これでまた作業に打ち込む時間ができそうだ」

「素晴らしい！　仕留めそこなってはいけませんからな」

「医学ってのもお楽しみにはなるもんだが、とはいえ模型飛行機にはかなわんて」

「そんなことおっしゃらないで」とクリュック氏。「わたしは二日前から医学に入門いたしましたが、なかなか面白いです」

「いやいや、そのうち意見が変わるだろうさ！　ところで、新しいイタリア製の小型エンジンというのはもう見たかい？」

「いいえ。どんなものです？」

「凄いんだな、これが！　われながら、マンジュマンシュしたくなっちゃうくらいさ」

「あははは！　先生はいつでもおかしなことをおっしゃる」

「そう、だがな、そいつには点火装置がついておらんのだ」

クリュックの両目が横に長く伸びた。そのせいでまぶたが下りる結果となった。彼はカウンターに両手をつき、教授のほうにかがみこんだ。

「点火装置がついていない？」クリュックはあえぐような声を出した。

「そうだとも……」

マンジュマンシュの明るく温和でバラ色の口調には、不可能なことなどありえないと思わせるものがあった。

「ご覧になったんですか？」

「うちに一個もっておるのさ。うまいこと動くぞ」

「どこから入手なさったので？」

「イタリアの文通相手、アルフレド・ジャベスが送ってくれたのだ」

「今度見せていただけますか？」

クリュックの洋梨形にふくれたほっぺたが期待でへこんだ。

「ああ、それは場合によりけりだ」

マンジュマンシュはきんぽうげ色の襟カラーと尖頭円錐形の首のあいだに指を突っ込んだ。

「いろいろと小物が入り用なんだがね」

「どうぞどうぞ。お好きなようにお持ちになってください。お代はいただきません。ただしあとで、お宅にお邪魔させていただきますよ」

「よろしい」

マンジュマンシュは両方の肺を空気でふくらませると、軍歌を口ずさみながら店の奥に突入した。

クリュックはそれをただ眺めていた。店ごと持っていかれても文句を言わなかっただろう。

2

「こりゃあ、とてつもない代物だ！……」クリュックが言った。

エンジンが止まったところだった。マンジュマンシュはニードルバルブをひねってから、エンジンをもう一度始動させようとプロペラをまわした。三回目に突如としてプロペラが回転し始め、マンジュマンシュは手を引っ込めようとしたが間に合わなかった。彼はうめきながらその場で飛び跳ねた。クリュックが彼に代わってやり直した。エンジンはたちまち始動した。小型の燃料ポンプにバルブから空気の泡が入っていくのが見て取れた。まるで粘液を出しながら進むカタツムリのようだった。そして二つの排気バルブからオイルが少しずつ流れ落ちていた。

プロペラから吹きつける風が、また近寄っていたマンジュマンシュに排気ガスをあびせかけた。圧力を調整するために制御装置のハンドルを回そうとしたが、手の指をひどくやけどした。彼は手を振り動かしてから、その手をまるごと口にくわえた。

「コンチクショウったらコンチクショウ！」彼はののしった。

口が手でふさがれていたので、さいわいその言葉はよく聞き取れなかった。クリュックは催眠術をかけられたようになって、プロペラの動きを目で追おうとした。そのため眼窩《がんか》の中で眼球がぐるぐる回転したが、遠心力によって水晶体が外に飛ばされてしまった結果、自分のまぶたの内側のふちしか見ることができない。クリュックはプロペラの動きを見つめようとするのをやめた。エンジンはカバーケースごと、ずっしりと重そうなテーブルにねじで固定されていた。テーブルは震動し、部屋じゅうがふるえ出した。

「すごいぞ！……」クリュックが大声を出した。

彼はテーブルから離れ、マンジュマンシュの両手をつかんだ。青い煙が部屋の奥へと流れていく中、二人は輪になって踊った。

二人が危険なほど高くジャンプしたまさにそのとき、電話が鳴った。電話機はクラゲの叫び声を思わせるような甲高い音を何としても発してやるという強い意志を示していた。宙に浮いていたマンジュマンシュは不意を突かれ、仰向けに墜落した。クリュックのほうは緑の鉢植えの中に頭から突っ込んでいった。鉢には大きな教育功労シュロ〔教育功労勲章はシュロの枝を図案化〕が植えられていた。

マンジュマンシュがまず立ち上がり、電話に出た。クリュックは土の中から頭を出そうとしてとうとう鉢植えごと起き上がった。自分の首とかんちがいしてシュロの幹をひっぱったせいだった。背中に鉢植えの土がどさりと落ちてきて、ようやく間違いに気がついた。

マンジュマンシュはかんかんになって戻ってきた。そしてエンジンを止めろとクリュックに命じた。耐えがたいうるささだったからである。クリュックはエンジンに近づき、ニードルバルブを閉めた。エンジンは無作法なキスのような、息を吸い込む乾いた音をたてて停止した。

「わたしは行くぞ」マンジュマンシュが言った。「患者が待っておるんだ」

「いつも診ている患者さんですか？」

「そうじゃないが、行かなければならん」

「うんざりですなあ」

「きみは残って試運転を続けたまえ」

「おっ、そうですか。了解です。では行ってらっしゃいませ！」

「抜け目がないな。自分には関係がないと思ってるんだろう」

「おっしゃるとおりです」

クリュックはぴかぴかのシリンダの上にかがみこみ、ニードルバルブを少しゆるめ、立っている場所をずらしてエンジンをふたたび回転させた。マンジュマンシュが出て行こうとしたまさにそのとき、エンジンがスタートした。クリュックにより圧力を調節されたエンジンは猛烈な唸りを上げ、プロペラの回転力でテーブルが床から持ち上がった。そしてテーブルごと反対の壁に激突した。その音を聞きつけてマンジュマンシュが戻ってきた。惨状を目にしてマンジュマンシュはひざまずき、十字を切った。クリュックはすでに祈りの文句を唱え始めていた。

3

コルネリウス・オントの小間使いは、マンジュマンシュ教授を負傷したコルネリウスの寝ている部屋に案内した。コルネリウスは暇をつぶすため、ポール・クローデル［カトリック文学を代表する詩人・劇作家］のジャガード織模様を編んでいた。それは「カトリック思想」と「巡礼者」が合併した雑誌［それぞれは別個に実在］のある号で紹介されていた模様だった。

「こんにちは！」とマンジュマンシュ。「あんたはとんだ邪魔をしてくれましたぞ」

「そうですか？」とコルネリウス。「それは痛み入ります」

「見りゃわかります。痛むんですな？」

「腰の骨が五つに砕けたんです」

「だれに診てもらいました？」

「ペリルジョンです。ずいぶんよくなりました」

「それならなぜわたしを呼んだのです？」

「先生にご提案したい件がありまして」

「勝手に失せやがれ！」

「そうさせていただきましょう。それでは、失礼」

コルネリウスは起き上がろうとした。片足を床につけるなり、腰の骨がまた砕けた。どう見ても彼が気を失ったことは明らかだった。マンジュマンシュは受話器をつかんで、コルネリウスを自分の勤務先の病院まで運ぶため、救急車を呼んだ。

4

「毎朝エヴィパンを注射するんだ」マンジュマンシュが言った。「わたしが診察に来るとき、目を覚ましてほしくないからな。なにしろ毎度うんざりなんだよ、この患者には……」

彼はそこで言いさした。インターンが彼をまじまじと見つめていた。

「いや、そもそもきみには関係ない話だった」マンジュマンシュが言った。「腰の具合はどうなんだ？」

「ビスを入れました。大型のビスです。あの患者の骨折、すごいもんですね」

「きみはキララというのがだれか知っているかね？」

「ええっと……」

「知らないのなら、黙っておきたまえ。キララというのは、機関車の排気装置を考案したフィンランド人のエンジニアさ」

「はあ……」

「それをのちに完成させたのがシャプロンだ」マンジュマンシュは付け加えた。「だが結局のところ、これもまたきみには関係のない話だな」

彼はコルネリウスの枕辺を離れた。その目は隣のベッドに向けられた。掃除に取りかかろうとした掃除婦が、ベッドにだれも寝ていないのをいいことに、そこに椅子をのせていた。

「この椅子はいったい、どこが悪いのかね?」マンジュマンシュはふざけて言った。

「熱があるんですよ」インターンがそれに合わせて答えた。

「わたしを馬鹿にしているんだな、ええ?」マンジュマンシュが言った。「体温計を当ててみたまえ。どれくらいの熱だか」

彼は腕組みして待った。インターンはいったん病室を出ると、ドリルと体温計を持って戻ってきた。椅子の上下をひっくり返し、腰を下ろす部分に穴を開け始めた。同時に、削り屑を吹き飛ばすために息を吹きかけた。

「急いでくれよ。次の用事があるんだ」

「お昼ごはんですか」

「そうじゃない。ピング九〇三の模型を組み立てるんだ。きみ、今朝はやけに質問が多いな」

インターンは姿勢を正すと、穴に体温計をさした。水銀が縮こまったかと思ったら、たちまち跳ね上がり、驚異的スピードで目盛りを駆け上がった。体温計の上端がシャボン玉のようにふくれ出した。

「さっさと抜き取るんだ!……」マンジュマンシュが言った。

「うわあ！……」インターンが言った。

玉のようなふくらみはさらに少し大きくなり、その根元にひびが走って破裂し、燃えるように熱い水銀がベッドの上に落ちてきた。その部分のシーツが焦《こ》げた。白い布地の上に何本か焦げあとが平行線を描き、その先はひとかたまりの水銀につながっていた。

「椅子を元どおりにして、ベッドに置きたまえ」マンジュマンシュが言った。「ゴングルドウィユ婦長を呼ぶんだ」

婦長が駆けつけた。

「この椅子の血圧を測ってください」マンジュマンシュが言った。

彼の目の前で婦長は椅子をそっとベッドに寝かせた。

「これはじつに興味深いケースだ」彼はうなった。「おい、そんなふうに揺さぶっちゃいかん！……」

インターンはむかっ腹を立てて椅子を手荒に扱い、ぎしぎしとひどい音をさせていた。マンジュマンシュににらみつけられて、彼は卵呑み競技のプロのような繊細なしぐさで、かいがいしく椅子の世話を焼いた。

5

「わたしなら翼の前縁《ぜんえん》は、かたまりから切り出したいところですが」クリュックが言った。

「いや」マンジュマンシュが答えた。「十分の十五のバルサ材で作る、普通の外装がよろしい。そのほうが軽くできる」

「このエンジンですと、もし何かとぶつかったら一発でおしゃかになりますよ」

「飛ばす場所をよく考えるさ」とマンジュマンシュ。

二人はピング九〇三の大縮尺版設計図を研究中だった。マンジュマンシュはエンジン部分を改造しようとしていた。

「危険ですよ」クリュックが意見した。「こいつの前には立ちたくないな」

「クリュック、きみはあれこれ、うるさいんだよ。おあいにくさま、このわたしは何といっても博士だからな」

「いいですとも。足りない部品はわたしが集めてきましょう」

「上等なやつにしてくれよ、いいな？　代金はわたしが払うから」

「いえ、これは自分のものも同然と考えていますので」

「いかん！……これはわたしのものだからな。忘れてほしくないね。きみも趣味が悪い。さて、一緒に出ようか。患者の往診に行かなければならんのだ」

「では行きましょう」

彼らは立ち上がり、部屋を出た。

6

「はなしを……きいてください……」コルネリウス・オントが言った。

その口調はぼんやりとして不明瞭。いまにもまぶたが落ちそうだった。マンジュマンシュはうんざりした様子である。

「エヴィパンだけでは足りませんかね？　例の提案というやつを、またぞろ持ち出そうというんじゃないでしょうな？」

「ちがいます！……ただ……その椅子が……」

「椅子がどうしました？　その椅子は病気なんですよ。治療してやってるのです。病院というのがどういう場所かは、おわかりでしょうに」

「ううっ！……」コルネリウスはうめいた。「そいつをどかしてください！……一晩中ぎしぎしいっているんです……」

マンジュマンシュの横に立っているインターンも、やはり我慢の限界に達しているようだった。

「本当なのか？」マンジュマンシュが尋ねた。

インターンはうなずいた。

「放り出してしまいましょうか」彼が言った。「たかがおんぼろ椅子ですから」

「ルイ十五世様式の椅子だぞ」マンジュマンシュが言った。「それに、熱があると言ったのはきみだったか、それともわたしだったか？」

「ぼくです」インターンが言った。

インターンはマンジュマンシュが椅子にかかずらうたびごとに、腹立たしい気分になった。

「それなら、治療してやるがいい」

「ああ、気が変になりそうだ！……」コルネリウスがうめいた。

「けっこうなことですな。おかげであんたの提案を聞かされずにすみますからな。もう一度注射しておけ」彼はインターンのほうを振り向き、コルネリウスを指さして言った。

「うーん……うーん……」コルネリウスはつらそうにうめいた。「自分の尻が、どこかにいってしまったような気がする！……」

そのとき椅子が、骨のきしむような恐ろしい音を延々と響かせた。椅子をのせたベッドのまわりには耐えがたい悪臭が広がった。

「一晩中この調子なんだ……」コルネリウスがつぶやいた。「病室を変えてください……」

「あんたはベッドが二つしかない部屋に入れてもらってるというのに、それでも不満なんですか？……」インターンが非難した。

「ベッド二つと、くさい椅子だ」コルネリウスが言った。

「やめてくださいよ」インターンが言った。「自分はいい匂いがするとでも思ってるんですか」

「わたしの患者には礼儀正しく接してくれたまえ」マンジュマンシュが注意した。「この椅子はどうなっているんだ。穿孔性閉塞《せんこうせいへいそく》か？」

「そうらしいですね」インターンが言った。「そのうえ、血圧は四二です」

「よろしい」マンジュマンシュが言った。「どういう処置をするべきかはわかっているな。それではまた」

マンジュマンシュはコルネリウスを笑わせるため、彼の鼻をぎゅっと押してやってから立ち去った。クリュックとピング九〇三が彼を待っていた。

7

クリュックはいらいらした様子で唇をかんでいた。目の前に置いた紙きれには計算式がぎっしり書きつけられ、二十六次方程式が解けないまま、どうしたものかと放り出されていた。マンジュマンシュは大股で室内を行ったり来たりしていた。アオカメムシ色に塗られた壁に突きあたっては、方向転換するかわりに後ろ向きに歩き出すのだった。

「ここでは無理ですよ」押し黙っていたクリュックが言った。

「クリュック、きみは意気地なしだ」

「スペースが足りません。毎分四ムジュールのスピードが出るんですよ。おわかりですか？」

「それがどうした？」

「砂漠にでも行かなくちゃ」

「患者を放り出して行くわけにはいかん」

「植民地の医師にでも任命してもらったらいかがです」

「馬鹿を言うな。そうなったら村から村へと絶えず回らなければならんだろう。ピングに割く時間などあるものか」

「休暇を取ったらどうです」

「そんなことはできない！……」

「それじゃ無理ですよ！……」

「まったく、何だって言うんだ！……」とマンジュマンシュ。

「いやはや！……」とクリュック。

「おっと！……もう病院に戻らなければならん……。きみは計算を続けたまえ」

彼は階段を下り、円筒状の玄関ホールから外に出た。柵のある歩道に寄せて車が停めてあった。お気に入りの女性患者が死んでしまって以来、彼はもう自分のクリニックでの診察を事実上やめてしまい、病院での勤務に限っていた。

コルネリウスの病室に入ると、椅子の置かれたベッドの上に、たくましい金髪の青年が腰を下ろしていた。青年はマンジュマンシュを見ると立ち上がった。

「アンヌといいます。こんにちは、先生」

「いまは面会時間じゃありませんよ」教授のあとから入ってきたインターンが言った。

「この人がずっと眠っているもんですから」アンヌが言った。「目を覚ますまで待っているほかなくて」

マンジュマンシュは振り向いてインターンを見た。

「きみはいったいどうしたんだね？」

「あ、じきにおさまりますから」

インターンの両手は杭打機のようにふるえていた。そして両目から顔の真ん中あたりまでがどす黒くくすんでいる。

「眠れなかったのかね？」

「はい……。椅子のせいで……」

「ほう？　具合が悪いのか？」

「あいつはとんでもない性悪《しょうわる》ですよ！……」インターンが言った。

すると椅子が揺れ出し、きしむ音を立て、またしてもいやな臭いを漂わせ始めた。インターンはかんかんになって詰め寄ったが、マンジュマンシュは彼の腕を手で押さえた。

「落ち着きたまえ」

「無理です！……あいつめ、ぼくを馬鹿にしてるんですよ！」

「おまるはあてがってやったか？」

「いやがるんです」インターンは嘆いた。「ぎしぎしときしむ音を立てて、熱を出して、ぼくを手こずらせてばかりで」

「しっかりするんだ」マンジュマンシュが言った。「そいつのことはあとで診てみよう。で、あなたは？」彼はアンヌに向かって言った。

「オントさんとお話ししたいんです。わたしの契約書のことで」

「そんな話、聞きたくもありませんな……。わたしは何も知りませんから」

「オントさんは、先生にも何か提案をもちかけませんでしたか？」

「オントさんはとにかくおしゃべりなので、わたしが一日中眠らせておいているんですよ」

「あの」インターンが言った。「ぼくがやっているんですが」

「そうだな」マンジュマンシュが言った。「きみがやっているんだ……その点にこだわるのなら」

「オントさんの提案について、知ってますよ」アンヌが言った。「わたしからご説明できます」

マンジュマンシュはインターンをちらりと見て合図を送った。インターンはポケットに手を入れた。彼はアンヌの後ろに立っていた。

「ほう？　それは興味ぶかいですな」マンジュマンシュが言った。「さあ、今だ！」

インターンはポケットから大きな注射器を取り出して、アンヌの上腕二頭筋のふくらんだあたりを目がけて針を突きたてた。アンヌは抵抗しようとしたものの、たちまち眠りに落ちた。

「こいつをどこにやりましょう？」インターンが訊いた。アンヌを支えているのは重かったからだ。

「なんとかしたまえ」マンジュマンシュが言った。「わたしは回診に行ってくるぞ。そのうちオントが目を覚ますだろう」

インターンが両腕を開くと、アンヌは床にすべり落ちた。

「椅子の代わりに、こいつを寝かせておきましょうか……」インターンが提案した。

椅子はあざわらうような音を立て続けに響かせてそれに抗議した。

「椅子はそのままにしておけ」マンジュマンシュが言った。「もしきみがこの椅子にちょっかいを出したりしたら……」

「わかりました」インターンが言った。「それなら男はこのままにしておきます」

「好きなようにしたまえ」

教授は白衣を整えると、しなやかな足取りで音も立てずに出ていった。そしてラッカーを塗った廊下の先に姿を消した。

一人残されたインターンはゆっくりと椅子に近づき、しげしげと見つめたが、その目つきには悪意がにじみ出ていた。あまりの疲労でたえず目蓋《まぶた》が下りてくる。そこに看護婦が入ってきた。

「おまるを当ててくれましたか？」インターンが尋ねた。

「ええ」看護婦が答えた。

「そうしたら？」

「そうしたら、木のギョウチュウが出てきました。それから、ひとりでぱっと立ち上がったんです。左側の脚を二本ずつ、次に右側の脚を二本ずつ上げて歩くんですよ。見てて気持ちが悪くて。ぞっとしちゃった」

「聴診してみよう」とインターン。「きれいなタオルを取ってください」

「どうぞ」

インターンは手を彼女の脚のあいだに差し込む元気さえ出なかった。そうすれば彼女はいつもおり白衣の前を開けただろうに。当てがはずれて、彼女はタオルを手渡すと、エナメルを塗った鉄の床を波打たせるほどの勢いで立ち去った。インターンはベッドの上に腰を下ろし、椅子を覆っているいる毛布をめくってみた。息を吸い込まないよう我慢した。なぜなら椅子がここぞとばかり、ぎしぎしと音を立てていたからだ。

8

マンジュマンシュが回診から戻ってみると、インターンまでもが、コルネリウスのベッドの足元で、アンヌに折り重なるようにして眠っていた。その隣のベッドに何かただならぬものを感じて、彼はルイ十五世様式の椅子を覆っている毛布をさっとめくった。椅子は両脚を硬直させていた。二十歳は老け込んでいた。冷たく、生気がなく、ルイ十六世になってしまっていた。背の部分のカーブがぴんとまっすぐに伸び切っていて、どんなにひどい苦しみ方だったかを物語っていた。教授は、木材が青みを帯びた白に変色していることに気がついた。振り返って、インターンの頭に思いきりキックをくらわせたが、インターンは動かない。いびきをかいて寝ている。教授はかたわらにかがみこんで揺さぶった。

「おい……どうした？　眠っているのか？……いったい何をしでかしたんだ？……」

インターンはもぞもぞ体を動かし、寝ぼけまなこを開いた。

「いったいどうしたんだ？」マンジュマンシュがもう一度聞いた。

「ぼく、自分で自分に注射を打ったんです……」インターンはつぶやいた。「それから、エヴィパンも。ああ眠い」

彼はまた目を閉じて、くぐもったいびきを響かせた。

マンジュマンシュはさらに力を込めて揺さぶった。

「で、椅子はどうした？」

インターンはあざわらうような調子でゆっくりと言った。

「ストリキニーネです」

「馬鹿なことを！……」マンジュマンシュが言った。「こうなったらもう、椅子を立たせて藁《わら》を詰めてやるほかない」

彼は困惑顔で立ち上がった。インターンは安らかに眠っていた。アンヌも、そしてコルネリウスも同様だった。マンジュマンシュはあくびした。そっと椅子を持ちあげると、ベッドの足元に置いた。椅子は最後にもう一度きしるような音を発したが、小さく鈍い音だった。マンジュマンシュは椅子に腰を下ろした。右から左へとしばらく頭を揺らしていたが、ようやく位置が定まったそのとき、だれかがドアをノックした。教授には聞こえなかった。アンジェルは、もう一度ノックしてから病室に入った。

マンジュマンシュは彼にどんよりとした表情のない目玉を向けた。

「あれは決して飛べないだろうな」彼はつぶやいた。

「何とおっしゃいました？」アンジェルは礼儀正しく尋ねた。

教授はなかなか眠気を払いのけられなかった。重い努力を何キロ分も払ってから、やっとものを言うことができた。

「この国には、ピング九〇三を飛ばすだけのスペースは絶対にない。マンジュマンシュが誓って言う！……樹木が多すぎる」

「それなら、ぼくらと一緒にいらしたらどうです？」アンジェルが言った。

「ぼくらとはどなたかな？」

「アンヌとぼくと、ロシェルです」

「いったいどこへ？」

「エグゾポタミーです」

マンジュマンシュのおつむの上方でモルペウス［ギリシア神話の夢の神］のヴェールがさっと開き、モルペウスが手ずから、マンジュマンシュのひよめき［胎児や新生児の頭蓋泉門］に小石を投げつけた。彼はすっかり目を覚ました。

「なんてこった！　そこは砂漠じゃないか！……」

「そうです」アンジェルが言った。

「それこそが必要なんだよ」

「では、オーケーですね？」

「だがいったい全体、どうなっているんだい？」マンジュマンシュは話が見えなくなって言った。

「つまりですね。オントさんから聞いていませんか？」

「オントさんにはうんざりなんだ」マンジュマンシュは言った。「この一週間というもの、おとなしくしていてもらうためにエヴィパンを注射させているのです」

「でもあの人はただ、先生にエグゾポタミーでのポストを提案したいだけなんです。基地の主任医師のポストです」

「何の基地？　きっちりいつからの話？」

「あちらに鉄道を敷設することになっていまして、その建設基地です。工事は来月からで、アンヌとぼく、そしてロシェルは明日出発することになっています」

「ロシェルというのは？」

「友だちの女の子です」

「美人かね？」

　マンジュマンシュは姿勢をしゃんとさせた。元気を取り戻していた。

「ええ」アンジェルが言った。「少なくとも、ぼくはそう思います」

「きみたちは恋人同士ですな」教授は決めつけた。

「いえ、違います！」アンジェルが言った。「彼女が愛してるのはアンヌなんです」

「でも、あなたはその子を愛してるんでしょう？」

「ええ。だからこそ、アンヌにも彼女を愛してもらわなければ困るんです。だって彼女はアンヌを愛してるんだから。彼女はそれで幸せになれる」

　マンジュマンシュは鼻の頭をこすった。

「あんたたちだけの問題というわけですか。だがね、そういう理屈をあんまり信じちゃいけませんよ。では、ピング九〇三を飛ばすためのスペースもあるというわけですな？」

「いくらでも」

「なぜわかります？」

「ぼくはエンジニアですから」

「素晴らしい！」

教授はコルネリウスの枕元にある呼び出し用ベルを押した。

「少しばかり待っていてくれませんか」彼はアンジェルに言った。「二人の目を覚まさせるとしよう」

「どうするんです？」

「それはね……」マンジュマンシュは自信たっぷりに言った。「注射一本ですむ話なんだよ」

そして口をつぐみ、考え込んだ。

「何を考えていらっしゃるんです？」アンジェルが尋ねた。

「わたしのインターンを一緒に連れて行こうと思ってね」マンジュマンシュが言った。「まじめな青年なんです……」

マンジュマンシュは問題の椅子に坐っていることに居心地の悪さを覚えながらも、さらに言った。

「それから、クリュックも雇ってもらえるといいんだが。機械いじりが得意な男でしてね」

「きっと大丈夫ですよ」アンジェルが言った。

そこに看護婦が注射のために必要な一式を携えて入ってきた。

パサージュ

ここでしばし立ち止まるべきだろう。なぜならいまや話の筋はつながろうとしているし、通常の章立てが可能になりつつあるのだから。なぜかはおわかりだろう。何しろすでに娘が一人いる。きれいな娘である。ほかにも何人か登場することだろう。となると何も長続きしなくなる。

そうでなければ、おそらく、もっと陽気にやる機会がしょっちゅう訪れるはずなのだ。しかし娘たちが加わると、悲しみが必要になる。娘たちが悲しみを好むわけではないが——少なくとも彼女たちはそう言っている——彼女らとともに悲しみが訪れる。きれいな娘たちとともに、である。みにくい娘たちについては、さて、どう言ったものか。彼女らがいるというだけで十分だ。そもそも娘たちはすべて美しい。

一人はキュイーヴルという名前、もう一人はラヴァンド。さらに何人かの女性たちの名前が続くだろう。しかしそれはこの本の中においてではないし、同じ物語の中でもない。

エグゾポタミーには大勢の人間がいるだろう。なぜなら砂漠だからだ。砂漠では人は群れたがるものである。何しろスペースが余っているのだから。ほかのところでやっていたことを、ここでやり直したくなる。それが彼らには新鮮に思える。なぜなら砂漠を背景としたとき、一切はくっきりと浮かび上がるのである。とりわけ、そこでは太陽が特別な性質を備えていると仮定するならば。

砂漠はしばしば話題にされる。アーサー・エディントン[*1]は、砂漠に棲息するあらゆるライオンを得るための方法を提案した。砂をふるいにかけさえすれば、ライオンは網の上に残るというのである。この作業にはある段階——もっとも面白そうな段階——すなわちふるいを揺さぶるという段階が含まれている。なるほど最後には、ライオンはすべて、ふるいの網の上だろう。ただしエディントンはそこに小石も混じっていることを忘れていた。わたしは折にふれ、小石についても語ることになるだろう。

＊1　イギリスの天体物理学者（一八八二－一九四四年）、相対性理論の先駆者。

第一楽章

それは実に有益な方式である。その経済的な方式に、高品質の繊維が加わるならば、格別に儲けの上がる方式となるにちがいない！

ルネ・エスクルー『紙』アルマン・コラン社、一九四一年、八四頁

I

そのとき、お腹が空いたので、アタナゴール・ポルフィロジェネートは考古学用ハンマーを置いた。そして自らのモットー（土塊《つちくれ》が汝に軽からんことを［シト・チビ・テッラ・レウィス。古代ローマの墓にしばしば刻まれている銘文］）に従い、昼食を取ろうとテントの中に入った。トルコ鞍《あん》［脳下垂体直下の骨性部］形の壺《つぼ》をきれいにする作業がもうすぐ終わるところだったが、壺はその場に残していった。

それからアタナゴールは、読者の便宜を図るため、身元調査票に次のように記した。以下はその《イン・》

全体《エクステンソ》をそっくり、ただし活字のみによって復元したものである。

身長：一メートル六十五
体重：六十九キロ・フォルス［一九三〇年まで使用された重さの単位］
髪：白髪交じり
無駄毛：さほど目立たず
年齢：不詳
顔：面長
鼻：完全にまっすぐ
耳：大学人タイプ、古代の壺の取っ手形
衣服：身だしなみにかまわず、見さかいなく物を突っ込むせいでポケットは型くずれ
その他の補足的特徴：興味深い点いっさいなし
習慣：移動期間以外はこもりがち

調査票に記入し終わると、彼はそれを破った。彼にとっては必要のないものだったからである。なにしろ彼はまだ若いころから、俗に

γνῶθι σεαυτόν［グノーティ・セアウトン。汝自身を知れ］

と呼ばれるちょっとしたソクラテス流訓練を行ってきたのだ。

アタのテントは特別に裁断されたカンバス地で作られ、的確な位置に覗《のぞ》き窓《まど》が開けてある。そしてバズーカ状の円筒形をした木の竿によって地面の上にしっかりと、十分な強度で支えられていた。

このカンバス地のテントの上に、さらにもう一枚、カンバスの布地が適切な間隔をおいて張り渡されている。それを固定しているロープの先は金属の杭に結びつけられており、そうやって全体を

地面の上に安定させることで、テントが耳ざわりなぱたぱた音を立てないようにしている。

このテントを立てる作業をみごとにやってのけたのはアタナゴールの助手マルタン・ラルディエで、おかげでテントはいつ訪問客がやってきても、その人物に備わった能力や鋭敏さに応じて心地よい感覚を提供することができるようになっている。ただしテントには、将来さらに発展する可能性も残されている。実際、テントの広さは六平方メートルにすぎない（正確には六平方メートル、プラスアルファ。というのもテントはアメリカ製で、ほかのところではメートルで表す長さを、アングロサクソンの連中はインチやフィートで表現しているのであり、アタナゴールをして「足《フィート》が幅をきかせている国々でもメートルが足場を築くべきだ」と言わしめている）。脇にはまだ空き地がたっぷりと広がっている。

マルタン・ラルディエはテントのそばでルーペの枠のゆがみを直す作業に取り組んでいた。あまりにものを拡大しすぎたせいで、ルーペはすっかりねじ曲がってしまったのである。マルタンも先生に続いてテントに入った。そして彼もまた、身元調査票に情報を記入した。残念ながら彼はそれを早々に破り捨てたので、書き写すだけの時間がなかった。しかし、いずれ折を見てまた書かせるとしよう。一目見ただけで、彼の髪が茶色であることは見て取れた。

「食事をしたまえ、マルタン」考古学者が促した。彼は自分の発掘現場には鉄の規律を行きわたらせている。*

「はい、先生」マルタンは気のきいたせりふを吐こうなどという無駄な努力なしに答えた。

＊〔原注〕鉄の規律によって誘導電流を生じさせ、螺旋状コイルを経由させることで照明を灯しているのだ。

彼は皿をテーブルの上に置き、アタナゴールの正面に坐った。彼らは五本指のフォークを騒々しくぶつけ合いながら、黒人召使のデュポンが開けたコンデンスシチューの大きな缶詰を二人してつつき合った。

　黒人召使のデュポンは台所で、夕食のために別の缶詰を準備していた。彼はまず、ミイラの筋張った肉をたっぷりのお湯で煮て、典礼にのっとった味付けをする。木化《もくか》したブドウの若枝を焚《た》きつけ、苦心して火を保ちながら調理したのち、はんだを溶かす。錫《すず》めっき板の缶に小麦とライ麦のミックスパンを詰め、たっぷりのお湯で煮込んだミイラの肉料理を注ぎ入れる。ただしたっぷりのお湯のほうはちっぽけな流し台に流してしまう。それから蓋をはんだづけして鉄のようにがっちりと固める。これで夕食用缶詰のできあがりだ。

　デュポンの両親は、職人として仕事に明け暮れていた。デュポンは二人が仕事から解放されて安らかに眠れるようにと、両親を殺害した。人々から大げさにお祝いを言われるのをいやがって、彼は人里離れた場所で、ひたすら宗教に身を捧げて暮らしていた。説教で十字軍クルージングのありがたみを説いたド・フーコー神父[*1]のごとく、自分も死ぬ前には教皇によって一世一代、列聖してもらえるのではないかと願っていた。いつもは胸を張っているが、いま彼は火の勢いを一定に保とうと焚きつけをのせたり、べちゃっと湿った何匹ものイカに次々に鉈鎌《なたかま》の先を突きさしたりと忙しく立ち働いている。イカスミを豚肉に向けて発射してから、イカの身をバケツで沸騰しているミネラロジックウォーターの中に投入する。バケツは芯《しん》の赤いチューリップツリーの板を水漏れしないように張り合わせて作ったものだ。熱湯に触れて、イカはきれいなインディゴに色を変えた。煮えたぎる湯のおもてに火の輝きが映え、台所の天井には大麻草のかたちをした影が躍った。ただしあたりに漂う匂いはパトレル毛染め剤の匂いと大差なかった。この毛染め剤はちゃんとした理髪店、とりわけアンドレとギュスターヴの店であれば必ず備えてある。

体を折り曲げ、疲れ切った様子のデュポンの影が台所内を行き来した。彼は食卓を片づけるため、アタナゴールとマルタンが食事を終えるのを待っていた。

いっぽうマルタンはアタナゴールに、その日あった事柄についての報告を対話形式で行っていた。

「何かあったかい？」とアタナゴール。

「石棺については別に」とマルタン。「何もなしです」

「掘り続けてる？」

「掘り続けてます。四方八方に向けて」

「そのうち一方向に集中できるようになるだろう」

「新しい人が一人、やってきたそうです」

「何をしにきたんだ？」

「九七五番のバスに乗ってきたようです。名前はアマディス・デュデュ」

「ああ」アタナゴールがため息をついた。「あのバスもとうとう、客を乗っけることができたのか……」

「さっそく腰を落ちつけています。仕事机を借りてきて、手紙を書いています」

「仕事机なんか、どこから借りてきたんだろう？」

「わかりません。ずいぶん仕事に励んでいるようです」

＊1　シャルル・ド・フーコー（一八五八－一九一六年）、放蕩生活ののち悔い改めサハラ砂漠で修行。死後福者に列せられた。

「そりゃまた変わっている」

「で、石棺は？」マルタンが尋ねた。

「いいか、マルタン。毎日石棺が一つずつ見つかるだなんて思ってはいけないよ」

「でも、まだ一つも見つかっていませんが？……」

「どんなに珍しいものか、それでわかるだろう」アタナゴールはそう結論づけた。

マルタンはさも嫌気がさしたような様子で首を振った。

「このあたりを掘ったって、無駄ですよ」マルタンが言った。

「まだ掘り始めたばかりじゃないか」アタナゴールがさとした。「きみは焦りすぎだよ」

「すみません、先生」

「まあいいさ。夜までに、二百行ほどやっておいてもらおうか」

「どんな文章ですか、先生？」

「イジドール・イズーの文字主義《レトリスム》*1の詩をギリシア語に翻訳してくれたまえ。何か長いやつを選ぶんだ」

マルタンは椅子を引いてテントを出た。少なくとも夜の七時まではかかるだろう。おまけにひどい暑さときていた。

アタナゴールは食事を終えた。テントを出る際に考古学用ハンマーをふたたび手に取った。トルコ鞍形の壺をきれいにする作業を終えてしまいたかったし、それに急ぐ理由もあった。アマディス・デュデュなる人物に興味を引かれ始めていたのである。

その大きな壺は原始的な焼き物で、底には目が描かれていたが、石灰とシリカで半ば覆われていた。アタナゴールはこつこつと正確にハンマーを当ててそれを削り落としていく。虹彩と瞳孔がまざまざと現れつつあった。全体としてはとても美しい青い瞳で、まなざしは少しきつかったが、まつ毛がいたずらっぽくカールしていた。じっと向かい合っていると、その瞳が何か執拗《しつよう》に問いかけてくるようで、アタナゴールは気づまりになり、つい横を向いてしまった。作業が完了すると、彼はもうその目を見なくていいように、壺を砂で満たした。壺をひっくり返し、ハンマーを幾度もふるって壺をこなごなにしてから、破片を拾い集めた。そうすれば壺は場所ふさぎにならず、スタンダードサイズのケースに収まって、アタナゴールのコレクションの整然とした秩序を乱すこともない。アタナゴールはポケットからくだんのケースを取り出した。

作業を終えて、アタナゴールは膝を伸ばし、アマディス・デュデュがいると思われる方角に向かって歩き出した。もしその男が考古学に関心を持ち合わせているとしたら、こちらとしてもその男に関心を抱いてやろう。何をするにしても決して過つことを知らない持ち前の感覚が導いてくれるおかげで、考古学者はつねに正しい場所へと向かっていくのである。このたびも思ったとおりで、アマディス・デュデュは仕事机に坐って電話の最中だった。アタは彼の左肘の下に敷かれたデスクパッドに目を留めた。吸い取り紙にはすでにして熱心な仕事ぶりの痕跡があった。アマディスの前には手紙が山と積まれて発送されるのを待っており、かごの中には早くも届いた郵便物が入っている。

「このあたりで昼ごはんを食べられる店をご存じですか?」アマディスは考古学者の姿に気づくやいなや、受話器を手で覆って尋ねた。

＊1　文字の配列や音声的効果を重視する前衛詩の運動。イズー(一九二五－二〇〇七年)はその主唱者。

「あなた、仕事のしすぎですよ」アタナゴールが答えた。「そんな様子じゃ、太陽にやられてしまう」

「ここはなかなか魅力的なところですね」アマディィスが応じた。「なにしろやらなければならないことだらけなんです」

「その机、どこから見つけてきたんです?」

「机ならいつだって見つかりますよ。机なしでは仕事になりません」

「九七五番のバスでいらしたんですね?」

アマディィスの電話相手はじりじりしているらしかった。彼の手の中で受話器が身をよじっているのを見ればそれがわかった。ニヤリと悪意ある笑みを浮かべて、アマディィスはペン立てにあったピンをつかむと受話器の小さな黒い穴に突きたてた。受話器はぴんと体を伸ばし、アマディィスは受話器を置くことができた。

「何でしたっけ?」アマディィスが尋ねた。

「九七五番でいらしたんですねと訊いたんです」

「ええ。じつに便利ですね。毎日乗っていますよ」

「これまでお見かけしたことがありませんでしたが」

「いや、あの九七五番に毎日乗っているわけではないんです。とにかく、ここにはやらなければならないことが山ほどある。ついでと言っちゃなんですが、昼ごはんを食べられる店を教えてもらえませんか?」

「レストランなら見つかるはずです」アタナゴールが言った。「じつは、ここにやってきて以来、レストランのことなど考えたことがないのです。食糧は持参しましたし、ジグリヨン川で釣りもできますから」

「ここにはいつから？」

「五年前からですね」アタナゴールは正確に答えた。

「それならこの土地のことはよくご存じでしょう」

「まあまあ知ってはいますがね。どちらかといえば地下で仕事をしておりまして。シルル・デボン紀の褶曲《しゅうきょく》があるんです。素晴らしいものですよ。それから、更新世の地層がところどころ見られる点も気に入っています。グリュールの都市遺跡を見つけました」

「知りませんなあ」アマディスが言った。「で、地上は？」

「そちらについてはマルタンに案内を頼むといいでしょう。わたしの助手です」

「その人は男色者ですか？」

「そうです。デュポンのことを愛している」

「それはわたしには関係のないことです」アマディスが言った。「デュポンには悪いけれど」

「あなた、デュポンに辛い思いをさせようというんですな」アタが言った。「わたしは料理を作ってもらえなくなってしまう」

「でもレストランがあるんだから……」

「それは確かですか？」

「一緒においでなさい」アマディスが言った。「ご案内します」

彼は立ち上がり、椅子を元どおりの位置に戻した。黄色い砂の上に椅子を立たせておくのは容易だった。

「砂というのは清潔ですね」アマディスが言った。「この場所、じつに気に入りました。風が吹くことはないんですか？」

「決して吹きません」アタナゴールが請け合った。

「この砂丘沿いに下りていけば、レストランが見つかりますよ」

まっすぐにぴんと長く伸びた、蠟引《ろうび》きしたような緑の草が砂地に糸状の影を落としていた。二人が歩いても足音はいっさい立たない。砂のおもてには足跡が円錐状に掘られていった。足跡の輪郭はやわらかく丸みを帯びていた。

「ここに来たら、自分が別人になったような気分ですよ」アマディスが言った。「空気がとても健康的で」

「空気などないんですよ」アタナゴールが言った。

「何もかもがシンプルになりますね。ここに来る前は、わたしにも臆病なところがあったんですが」

「吹っ切れたように見えますな」アタナゴールが言った。「あなたはおいくつですか？」

「はっきりした数字は申し上げられません。最初のほうのことを思い出せないんです。わたしにできるのはただ、人に言われたことを繰り返すことだけですが、自分で確信があるわけじゃない。だから数字は言わずにおきたいのです。いずれにしても、わたしはまだ若いはずですよ」

「二十八歳というところじゃないかな」アタナゴールが言った。

「ありがとうございます。でもわたしにはぴんとこないのです。きっと、そう言われて喜ぶ人が、ほかに見つかりますよ」

「あ、そうですか」アタが言った。

彼は少々困惑していた。

いまや砂丘は急な下り坂になっていた。もう一つ、いま下りてきたのと同じくらいの高さの砂丘がそびえており、黄土色の地平線を隠していた。それに寄り添うようにして、より小ぶりな砂丘が起伏を描き、峠や狭い通路を形作っていたが、アマディスはそのあいだをためらう様子もなく進んでいった。

「わたしのテントからはずいぶん遠いですな」アタが言った。

「大丈夫。われわれの足跡をたどっていけば帰れますから」

「だが行きの道で迷ったとしたら？」

「うーん、そうしたら帰りも道に迷う、それだけのことですよ」

「困ったものですな」

「怖がらなくても大丈夫です。場所はちゃんと知っていますから。ほら、ごらんなさい」

大きな砂丘の向こうに、確かに見えた。イタリアン・レストラン、経営者はジョゼフ・バリゾーネ。通称ピッポ。ラッカーを塗った壁板に、赤い布地のブラインドが映え、楽しげな雰囲気をかもしだしている。壁板の色は白――念のため書き添えておく。明るいれんがの基壇の前では、ニスを塗った素焼きの鉢に野生のエパトロールの花が絶えることがない。窓辺にも茂っている。

「居心地がよさそうですね」アマディスが言った。「宿泊用の部屋もあるはずです。ここに仕事机を運ばせることにしよう」

「ここで暮らすつもりなんですか？」とアタ。

「これから鉄道を敷設します。その件で会社に手紙を書きました。今朝思いついたんです」

「だが、乗客がいませんよ」

「乗客なんてものが、鉄道にとって都合のいいものだと思いますか？」

「いや。もちろん、そうじゃないでしょう」

「乗客がいなければ、鉄道を傷めずにすむ。とすると、経営費用を計算するときに、減価償却を勘定に入れなくてもよくなる。おわかりですか？」

「だがそれは帳簿上のことにすぎんでしょう」アタナゴールは指摘した。

「あなた、事業について何か知っておられるとでも？」アマディスは素っ気なく言い返した。

「何も」アタナゴール。「わたしは考古学者にすぎません」

「それなら、昼ごはんにしましょう」

「昼はもう食べました」

「あなたのお年なら、昼は二度たいらげられるはずです」

彼らはガラス張りのドアのところまで来た。一階はファサードが全面ガラス張りになっており、きれいに整った小さなテーブルと、白い革張りの椅子が並んでいるのが見えた。

アマディスがドアを押すと、呼び鈴がけたたましく鳴った。右側のカウンターの中で、ジョゼフ・バリゾーネ、通称ピッポが新聞の大文字で印刷された言葉だけを拾い読みしていた。りゅうとした真新しい白の上着に黒のズボン。襟元は開けていた。何と言っても、けっこうな暑さなのである。

「ケサ、七時ニ、ファッチェ・ラ・バルバ［髭を剃りましたか］？」彼はアマディスに尋ねた。

「ええ《シ》」アマディスは答えた。

綴りはわからなくとも、ニースの方言なら意味はわかった。

「けっこう！」ピッポが言った。「お昼ごはん？」

「そうです。何があるかな？」

「この外交官ご用たっし陸上リストランテにありますものなら、なんでも」ピッポが相変わらずイタリア語訛《なま》りで答えた。

「ミネストローネ？」

「ミネストローネにスパゲッティ・ア・ラ・ボロネーゼも」

「アヴァンティ［そいつを頼む］！」アタナゴールも調子を合わせて言った。

ピッポは調理室に姿を消した。アマディスは窓ぎわのテーブルを選んで座った。

「あなたの助手にお会いしたいですね」彼が言った。「あるいは、あなたの料理人に。どちらでもいいんですが」

「まあそう急がなくても」

「それはどうですかな。なにしろ仕事がたっぷりあるから。もうすぐ、ここには大勢の人間がやってくるんですよ」

「それはいい。面白くなりそうだ。大夜会が開かれますかな？」

「大夜会というのはいったい何のことです？」

「社交の集いのことですよ」考古学者が説明した。

「ご冗談でしょう！　そんな大夜会なんてものをやっている時間がありますか！」

「なんだ、つまらない」

アタナゴールはにわかに、失望を覚えた。彼は眼鏡をはずして唾を吐きかけ、レンズを磨き始めた。

会議

II

このリストには、さらに硫酸アンモニウム、血を乾かしたもの、そして塵芥《じんかい》肥料を加えてもよい。

イヴ・アンリ『植物繊維』アルマン・コラン社、一九二四年

（1）

いつものように、まず守衛が到着した。理事会は十時半開始の予定であった。守衛は会議室を開け、それぞれのデスクパッドの前に灰皿を、そして各理事の手の届く場所に猥褻《わいせつ》な絵はがきを配置し、ところどころに殺虫剤を噴霧しておかなければならない。なぜなら取締役たちの中には皮膚の剝《は》がれる伝染病をわずらっている者がいたからだ。そして楕円形のテーブルに対し、椅子の背中がきちんと平行になるよう並べる仕事もあった。まだ夜が明けたばかりだった。守衛は足が不自由なので、時間の余裕をたっぷり取っておかなければならなかった。彼は古びた、とはいえ洒落《しやれ》っ気のあるサージの三つ揃いを着用していた。ダークグリーンのストライプ柄だった。首からは金の鎖を下げ、プレートに刻まれた名前が、その気になれば読み取れた。彼はぎくしゃくと動き回り、途切

れ途切れに進むたびごとに、麻痺した足が宙に弧を描いた。

彼は備品を収めた戸棚のねじ曲がった鍵を手に取り、会議室に隣接した部屋の隅へ進み出た。部屋には会議に欠かせない品々がすべて揃えてあった。彼はあえぎながら急いだ。戸棚の扉を開けると、棚が何段もあり、花綱模様つきのバラ色の紙が、こぎれいに張りめぐらしてあった。その模様はレオナルド・ダ・ヴィンチが遠い昔に描いたものである。灰皿の積み上げ方にもひそかな秩序があった。その秩序はこれみよがしなものではなく、何となくうかがえるといった体《てい》のものだったが、ともあれそこには確固たる意図があった。多色刷りのものを含む、さまざまなタイプの猥褻な絵はがきは、一枚ずつ特別なケースに収めてあった。守衛は各理事の好みをある程度までわきまえていた。それらとは少し離して、さりげなく小さな包みが置いてあり、守衛はそれにちらりと目をとめてほほえんだ。そこには個人的に彼が気に入っているはがきが集めてあった。彼はズボンの前開きのボタンをはずそうと手をやったが、お道具が言うことをきかない状態であるのを感じ取って、しわだらけの顔を曇らせた。今日が何日かを思い出し、あと二日ほどはまだ心配しなくていいと考え直した。自分の年を思えばそう悲観することはない。とはいえ、週に二回でも大丈夫だったころのことが思い出されるのだった。その思い出のおかげでいくぶん陽気な気分になり、薄汚い口元をニワトリの肛門の括約筋よろしくすぼませて、かすかな笑みを浮かべた。どんよりした両目にはいやらしい光が点滅した。

彼は必要な灰皿六つを取り出して、こうした折にいつも用いている底にガラスを張った日本製の盆にのせた。それから、扉に鋲《びょう》で留めたリストを見て確認しながら、絵はがきを一枚一枚抜き取った。一人あたり四枚ずつである。理事長の好みが、二組の結合からなる連作ものであることは、確かめるまでもなくわかっていた。それは理事長が化学を学んだ人間であるせいだった。彼は最初の一枚をほれぼれと眺めたが、そこにはまさしくアクロバット的な姿態が示されていた。だが彼はぐずぐずしてはいなかった。わけ知り顔で頭を振ると、てきぱきと選出作業を終えた。

（2）

ユルシュス・ド・ジャンポラン男爵は車で会議の場に向かっていた。

（3）

彼らは十時十五分前ごろ、同時に到着した。守衛はその三人にうやうやしくお辞儀をした。三人はかすかに古色を帯びた豚革の軽い書類かばんをもち、三つ揃いのスーツを着ていた。ダブルの上着に変わりチョッキだが、ただしチョッキもスーツと同じ布地で色も合わせてある。そしてボレロ風帽子をかぶっていた。彼らはまじめくさった様子で語りあい、その口調は断固としてあいまいさのないものだった。あごを反らし、スーツケースを持たない方の右手をしきりに振り動かしながら話していた。こう記しておいても今後の展開に先走った判断を下すことにはならないと思うが、書類かばんのうち二つは三辺がファスナーで開くようになっており、もう一辺が蝶番《ちょうつがい》の役割を果たしていた。ところが三つ目のかばんは持ち手のついた普通のかばんで、持ち主はそのことに恥じ入っていた。そして三分ごとに、午後にでもすぐ他の二つと同じ種類のものを購入するつもりであると繰り返し表明し、他の二つの持ち主たちはそれを前提条件として彼を仲間に入れ、断固たる口調で会話を続けるのだった。

（4）

あと二名のメンバーがまだやってくる途中で、それに加えてユルシュス・ド・ジャンポラン男爵が、車で会議の場に向かっていた。

その一人アガト・マリオンは十時二十七分に建物に入った。そこで立ち止まり、振り返り、右側の靴の端を玄関の明かりに照らしてじっくり検分した。迷惑なやつに踏みつけられたのである。ぴかぴかの革に傷跡がつき、少し持ち上がった三角の先端部分が落とす影も普段とは様子が違う。というのも影は見た目に忠実なものだからだが、いかにもみっともないありさまになっていた。アガト・マリオンは身ぶるいしたが、肩甲骨のあいだに走ったガチョウ肌《グーススキン》を肩の一振りで追い払い、正面を向いた。ふたたび歩き出し、途中で守衛におはようと声をかけ、会議室のドアのおもてに蹴りを入れたつもりが、かすかに触れたというに留まった。定刻一分前だった。

（5）

ユルシュス・ド・ジャンポラン男爵はその三メートルうしろに来ていた。

（6）

最後の一人は間に合わず、会議はその理事抜きで始まった。全員で五名、および守衛、それに遅刻者一名もとにかく勘定に入れるとして、計七名。これは丸く収まる、きりのいい人数だろうか？　残念ながらそうではない。なぜなら十以下の場合、丸く収まる数といえるのは〇《ゼロ》だけだからだ。七ではないのである。

「みなさん、ただいまより理事会を始めます。まず担当の理事にご報告いただきましょう。前回以来の事業の進展について、わたくしなどよりもはるかにうまく説明してくださるはずです」

「みなさま、まず確認しておきますが、技術部長アマディス・デュデュの示唆により創立されましたわたしどもの会社は、エグゾポタミーにおける鉄道の敷設と経営を目的としております」

「賛成できませんな」

「いや、賛成なさったでしょう。思い出してみてください」

「ああ、そうでした。勘違いしてました……」

「みなさま、前回の理事会ののち、デュデュ部長より一連の重要な研究結果を受け取りまして、それを社の技術部門で念入りに検討いたしました。その結果、現場を監督するための人員、ならびに実動部隊となる人員をアマディス・デュデュのもとに早急に派遣する必要があるという結論に至りました」

「前回の理事会の議論を受けまして、人員募集に関しては事務局長にご一任いただきましたが、今日は事務局長より、募集結果を発表していただきます」

「みなさま、鉄道に関しまして現在もっとも優れたエンジニアの一人というべき人物の協力を取りつけることに成功いたしました」

「賛成できませんな」

「おやおや、いま話に出ているのはそっちの件じゃありませんよ！」

「ああ、そうでしたか！」

「わたくしは、コルネリウス・オントを任命いたしました」

「それだけですか？」

「だが残念なことに、コルネリウス・オントは自動車事故で負傷してしまいました。とはいえ、それ以来交渉を続けてきましたおかげで、オント氏という優れた技術者に代えて、大変有能な別の技術者を雇うことができました。さらには一石二鳥ともういっちょう、別の才能あるエンジニアと、美しい女性秘書にも契約にサインしてもらいました。アガト・マリオンさんのお手元の四枚目の絵はがきをご覧ください。上部左側の女性は、行為の最中で顔をしかめているとはいえ、横顔がいま申し上げた女性秘書の横顔にかなりよく似ております」

「みなさま、はがきを順におまわしください」

「賛成できませんな」

「そうやってたえず邪魔を入れられては、わたしたちの時間が無駄になるばかりですぞ」

「申しわけない。別のことを考えていました」

「で、実動隊員は？」

「なかなかよくできた計画のようですな」

「みなさん、わたくしはさらに医師とインターンも雇い入れました。工事にともなう事故がいよいよ頻発《ひんぱつ》ということになったそのときには、医師の存在は貴重なものとなることでしょう」

「賛成できませんな」

「それで、実動隊員は？」

「デュデュ部長が現地で交わした取り決めにもとづき、現場を監督する技術者たちの食事と住居は、バリゾーネ・レストランによって提供されることとなりました」

「みなさま、事務局長の尽力がいまやみごとに実を結んでいることがわかりました。それに加えまして、わたしの甥《おい》っ子《こ》たちの一人であるロベール・グーニャン・デュ・ペロは、この事業の営業部長としてうってつけの人物ではないかと思われるのです。彼には自分の給料を自分で決めさせ、秘書も自分で雇わせたらよろしいのではないかとご提案申し上げます」

「異議なし」

「技術関係者につきましては、こちらと同じ待遇とするということでいかがでしょうか。それに出張手当をつけるということで」

「賛成できませんな」

「今度ばかりは、おっしゃるとおりだ」

「技術者とは何者であるのか？　特別な能力が要求されるわけではありません。教わったルーチーンを機械的に適用すればそれで十分なのです」

「出張手当なし」

「出張手当をほんの少しだけ」

「この問題は要検討ですな」

「みなさま、これにて本日の理事会を終了します」

「わたしの絵はがきを返してください」

「実動隊員については話をせずに終わりましたな」

「次回の議題にしましょう」

「賛成できませんな」

一同はてんでばらばらに立ち上がり、ハーモニーとは無縁の騒音を立てながら会議室をあとにした。守衛はお辞儀をして見送り、言うことを聞かない足を引きずりながら、いまは役割を終えた会議室へ、のろのろと近づいて行った。会議室内には胸のむかつくような臭いの煙がたちこめていた。

III

小さな子どもと生まれたばかりの動物は、口元にやってくるものにはなんにでも吸い付くので、どこに吸い付くべきかを教えてやらねばならないということは間違いなく確かであると思われる。

ロード・ラグラン『近親相姦のタブー』パイヨ社、一九三五年、二九頁

アンヌはスーツケースをずいぶん重く感じた。たいして必要のない品々まで詰め込んだのは間違いではなかったかと自問した。その問いに対して答えなかったのは、ひとえに彼の不誠実さゆえのことだった。そのせいで彼はワックスで磨かれた階段の最後の一段で足をすべらせた。片足が先に

出て、右腕がそれにつられ、スーツケースをドア上部の明かり窓のむこうに投げ出した。彼はすぐさま起き上がると、ひと跳びにドアから飛び出し、上から落ちてくるスーツケースを受け止めた。その重みで足元がよろめき、ぐっと力を入れたせいで首筋がふくれて、五年前に感謝祭のバザーで買ったぴかぴかの金属製カラーのボタンが吹っ飛んだ。その拍子にネクタイも数センチほどけてしまい、すべてやり直さなければならなくなった。スーツケースを抱えると力を振り絞って明かり窓の向こう側に放り投げ、うしろ向きに駆け出していって階段の下でスーツケースをキャッチし、さらにうしろ向きのまま階段を十段ほどバックして駆け上った。ゆるんでいたネクタイが元どおりきちんと結ばれ、カラーのボタンが新たに喉ぼとけをくすぐるのを感じて、彼はほっとため息をついた。

今度はつつがなく家を出てすぐに曲がり、歩道を歩き出した。

ロシェルも自宅から出発していた。彼女は駅で列車の運転士が出発の合図にピストルを撃つより先に駅に着こうと急いでいた。国営鉄道は節約のために古い湿った火薬を使用しており、三十分前に引き金を引くようにしていた。そうするとほぼ定刻にピストルが発射されるのだ。だがときには、ほとんど間を置かずにピストルが鳴ってしまうこともあった。彼女は旅装を整えるのにかなり手間取った。しかしその結果は素晴らしいものだった。

軽やかなスーパーカーリー・ウールのコートの前が開いて、シンプルな仕立ての浅緑色のワンピースがのぞいていた。脚は薄手のナイロンストッキングにきっちりと包まれ、きゃしゃな足は縁金具つきの鹿毛色の革靴に収まっていた。数歩あとからスーツケースがつき従う。弟が運んでくれていた。弟は姉の手伝いを買って出て一緒に来たのである。その気持ちに報いるために、ロシェルはスーツケース運びという緻密《ちみつ》さを必要とする仕事を委ねたのだった。

さほど遠くないところに地下鉄《メトロ》の駅が口を開き、不用心な人々を暗い口の中に吸い込んでいた。ときおり逆向きの運動も生じ、駅は青ざめて衰弱した様子の人々の一団を苦しげに吐き出した。彼らの衣服には怪物の内臓のひどい悪臭がしみついていた。

ロシェルは首を左右に振って目でタクシーを探した。地下鉄など考えるだけで恐ろしかった。ものを吸い込むような音がしたと思ったら、いましも彼女の目の前で、五人の人間が地下鉄に吸い込まれていくところだった。そのうち三人は田舎から出てきた人たちだった。ガチョウを入れたかごを運んでいるのでそうと知れた。彼女は気持ちを落ち着かせるために目をつぶらなければならなかった。タクシーは一台もこない。坂道を猛スピードで下っていく車やバスの流れを見ているだけでめまいの渦に巻き込まれそうだった。へとへとになった彼女が、地下鉄の悪辣《あくらつ》な階段につかまえられかけたそのとき、弟が追いついて姉のワンピースの裾をつかんだ。そのはずみにロシェルの魅惑的なふとももがあらわになり、何人かの男たちが気を失って倒れた。彼女は危険な階段を引き返し、弟を抱きしめて感謝した。彼女にとっては幸運なことに、気を失った男の一人が空車タクシーのタイヤの前にぶっ倒れた。タイヤは蒼くなってストップした。

ロシェルは駆け寄って、運転手に行き先を言い、弟が投げてくれたスーツケースをキャッチした。弟は姉が遠ざかっていくのを見送り、姉はタクシーのリアウインドーごしに右手で投げキッスを送った。リアウインドーには不気味な犬のぬいぐるみがぶらさがっていた。

前日アンジェルが取ってくれた乗車券にはそれらしい数字が記されていた。国営鉄道の五人の駅員が次々に与えてくれた指示は、彼女が案内板を頼りに見当をつけていた事柄と一致した。そうやって彼女はやすやすと自分のコンパートメントにたどり着いた。アンヌも到着したばかりで、スーツケースを網棚に上げているところだった。アンヌは顔に汗をかき、すでに上着を脱いで座席に置いていた。ロシェルはウールのポプリン地のシャツのストライプごしに浮かび上がる彼の上腕二頭筋をほれぼれと眺めた。アンヌはロシェルにおはようと言いながら彼女の手にキスをした。アンヌの目は満足そうに輝いていた。

「素晴らしい！　時間どおりに来たな！」

「わたし、いつだって時間は守ってるでしょう」ロシェルが言った。

「でも、きみには働く習慣はないだろう」

「うーん」ロシェルが言った。「そんな習慣、当分はごめんだわ」

アンヌはロシェルが荷物を網棚にのせるのを手伝った。彼女はスーツケースを手に下げたままだったのだ。

「ごめん。つい見とれちゃったもんだから……」

ロシェルはほほえんだ。嬉しい言い訳だった。

「アンヌ……」

「なんだい？」

「長くかかるの、この旅行は？」

「うんとかかるよ。鉄道の次は船、そしてまた鉄道に乗って、それから車で砂漠を横断する」

「素晴らしいわ」ロシェルが言った。

「ほんとに素晴らしいね」

二人はベンチシートに並んで腰を下ろした。

「アンジェルもいるよ……」アンヌが言った。

「あら！……」

「読み物や食べ物を買いにいってる」

「わたしたち二人を前にして、あの人、どうして何か食べたくなったりするのかしら……」ロシェルがつぶやいた。

「あいつのほうも同じ気分というわけじゃないからね」

「あの人のことは好きよ」ロシェルが言った。「でも全然、詩的な人じゃないわね」

「あいつ、少しきみに気があるんだよ」

「それならいっそう、食べ物のことなんかどうでもいいはずよ」

「自分が食べたいというわけじゃないんだろう」アンヌが言った。「そうかもしれないけど、どうかな」

「わたしに考えられるのはこの旅行のことだけ……あなたと一緒に行くのね……」

「ロシェル……」アンヌが言った。

彼はそっと小声でささやいていた。

「アンヌ……」

「きみにキスをしたいんだ」

ロシェルは何も言わずに、少し体を引いた。

「それじゃ台無しだわ。あなたもほかの男と同じね」

「きみがそばにいても何も感じないとでも言ったほうがいいのかい？」

「あなたも詩的じゃないのね」

ロシェルはがっかりしたような口調だった。

「きみみたいにきれいな女の子を相手にして、詩的でなんかいられないよ」

「ということはどんな馬鹿娘相手でも、キスがしたくなるんでしょう。思っていたとおりだわ」

「ロシェル、そんなのはいやだな」

「そんなのって?」

「そんなのってそんなのさ……意地悪ってこと」

彼女は少し体を寄せたが、相変わらずふくれ面をしていた。

「意地悪じゃないわ」

「きみはとってもかわいいよ」

ロシェルとしては、アンヌにキスしてほしいのはやまやまだったが、彼には少しお行儀よくしてもらう必要もあった。男の子を好き勝手にさせてはいけない。

アンヌは彼女に触れてはいなかった。乱暴なやり方はしたくなかった。何もかもいっぺんにやるつもりはなかった。それに、ロシェルはとても感じやすいタイプなのだ。とても優しい。まだ若くて、いじらしい。口にキスなんかできない。下品なまねはできない。そっと撫でるくらい。こめかみのところ、あるいはまぶたか、耳のあたりを。まず、彼女の腰に腕を回すこと。

「わたし、かわいくなんかないわ」

彼女はアンヌが腰に回してきた腕を払いのけるふりをした。アンヌも無理強いはしなかった。腕をどけたっていい、それが彼女の望みなら。

「迷惑かな?……」

それは彼女の望みではなかった。

「迷惑じゃないけど。あなたもほかの人たちと同じなんだわ」

「そんなことないさ」

「これから何をするつもりかはお見通しよ」

「そんなことないさ。きみがいやなら、キスするつもりはない」

ロシェルは何も答えずに目を伏せた。アンヌの唇は彼女の髪に触れそうなところまで近づいていた。彼はロシェルの耳にささやきかけた。彼女には彼のかすかな、抑えた息づかいが伝わってきた。彼女はまた体を離した。

アンヌにとってはそれがまだるこしかった。このあいだ車の中では、スケートで滑るみたいにすいすい行ったじゃないか……。彼女はなんにもいやがらなかった。ところが今度はやけにすましちゃって。女の子にキスしたいからといって、その気になってもらうために、毎回だれかを車で轢くわけにはいかない。彼はかまわず体を近づけ、彼女の頭に手を回し、バラ色の頬《ほお》にくちびるを押しつけた。そっとだ。彼女は少し抵抗を試みた。長くは続かなかった。

「だめよ……」彼女はつぶやいた。

「きみのいやがることはしたくない」アンヌはささやいた。

ロシェルは顔を少し彼の方に向けてくちびるを差し出した。彼女はふざけて彼のくちびるにかみついた。こんなに大きな男の子。とにかく、行儀作法を教えてあげなければいけない。扉のほうで音がしたので、体の位置を変えずに目でそちらを見た。車両の通路を遠ざかっていくアンジェルの背中が見えた。

ロシェルはアンヌの髪をなでた。

IV

……わたしはもう、この種のつまらない代物をあまりその辺に置かないようにするつもりだ。さもないと邪魔になってしまうから。

ボリス・ヴィアン『未完のパンセ』

マンジュマンシュ教授は自分の車で街道をひた走っていた。つまり彼はエグゾポタミーに自力で向かっていたのである。教授自らが製作したその車は、あまりに極端な代物で、およそ描写も不可能なほどだが、あえて不可能に挑んだ結果は以下のごとしである。

右側前方には、車輪が一輪、
前方左側には、車輪が一輪、
左側後方には、車輪が一輪、
後方右側には、車輪が一輪、

そしてまたこれらの車輪のうち三輪の中心によって決定される平面（たまたまその平面上に四番目の輪も見出されるのだが）に対して、四十五度傾斜した平面の中央に、五番目の輪。これがマンジュマンシュが名づけるところの「ハンドル」である。この五番目の輪に操られて、全体がときとして一丸となった動きを見せるのだが、それは当然至極のことというべきだろう。

鋼板や鋳鉄《ちゅうてつ》の板金で囲われた車体の内部には、輪の形をしたものがほかにも大量に存在した。数え上げようと思えば数え上げられるにせよ、そのためには指を油まみれにする覚悟が必要である。

さらに挙げるとすれば、鉄製のものや布製のもの、ヘッドライト、オイル、県の特産燃料[*1]、ラジエーター、いわゆる後車軸、旋回式ピストン、コネクティングロッド、クランク軸、マグマにインターンである。この最後のものはマンジュマンシュの隣に坐って『ジュール・グフェの生涯』という、ジャック・ルスタロとニコラの書いた立派な本を読んでいる。根菜スライサーを応用して作られた不可思議にして独創的な装置により、走行状態全般は瞬間的に記録され、マンジュマンシュはその動きを示す計測器の針を見張っていた。

「飛ばしてますね」インターンは目を上げて言った。

彼は本をかたわらに置くと、ポケットから別の本を取り出した。

「ああ」マンジュマンシュが言った。

彼の黄色いシャツは太陽の光を正面から浴びて、陽気に輝いていた。

「今晩には着くでしょうね」インターンがその新しい本のページをすばやくめくりながら言った。

「どうかな……」マンジュマンシュが答える。「まだ着いたというにはほど遠い。待ちかまえている罠だって、これから何倍にもなるだろう」

「何倍って、何をかけるんですか?」インターンが尋ねた。

「別に何をかけるわけでもない」

「それなら、罠はゼロということになりますね。だってゼロをかけるなら答えはゼロと決まってますから」

「きみにはいらいらさせられるな。そんなことをいったいどこで習った?」

「この本の中でです」

＊1　一九二〇年代にフランスで石油に代わる国産燃料の開発が試みられたことへの暗示。

それはブラシェとデュマルケによる代数学講義の本だった。マンジュマンシュはインターンの手から本を奪い取ると外に放り投げた。本は側溝に落ち、まぶしい光線が盛大にはね上がった。

「なんてことを」インターンが言った。「ブラシェとデュマルケはきっと死んじゃいますよ」

彼はさめざめと泣き出した。

「こんな目にはいくらでもあっているだろうさ」マンジュマンシュが言った。

「とんでもない」インターンが言った。「ブラシェとデュマルケはみんなに愛されています。先生がやったのは、さかさま言葉で呪いをかけるようなことです。それは法律で罰せられますよ」

「では別に何をしたわけでもない椅子にストリキニーネを注射するのは?」教授は厳しい口調で言った。「それは法律で罰せられんのかね?」

「ストリキニーネじゃありません」インターンはすすり泣いた。「メチレンブルーだったんです」

「同じことだよ。つべこべいうのはやめたまえ。しっぺ返しをくらうだけだ。わたしはとても意地悪だからな」

マンジュマンシュはせせら笑った。

「本当ですね」インターンが言った。

彼は洟《はな》をすすって袖口で鼻をぬぐった。

「先生は本当にいけすかないじいさんですよ」

「わざとそうしてるんだ」マンジュマンシュが答えた。「復讐するためにな。クロエが死んでしまって以来さ」

「ああ、そのことはもう考えないでください!」インターンが言った。

「考えないわけにはいかないんだ」

「それなら、どうして相変わらず黄色いシャツばかり着てるんです？」

「きみには関係ない」マンジュマンシュが言った。「一日に十五回もそう言ってきかせておるのに、また蒸し返すのか」

「ぼくは先生の黄色いシャツが大嫌いなんです。そんなのを一日じゅう見ていれば、だれだって気持ちがすさんできますよ」

「わたしの目には入らんのでね」

「わかってます。でもこちらの身にもなってください」

「きみのことなど、知ったことか。きみは契約書にサインしたのだろう？」

「脅すんですか？」

「とんでもない。本当のところを言えば、わたしにはきみが必要なのだ」

「でもぼくは医学に関しては無能ですよ！」

「それはわかっている」教授は認めた。「それは事実だ。きみは医学に関しては無能だ。むしろ害を及ぼすと言ってもいい。だがわたしには、模型飛行機のプロペラを回してもらうための、丈夫な男子が必要なんだ」

「そんなの大した仕事じゃありません。どこのだれを連れてきたってよかったでしょうに。四分の一も回せばエンジンは動き出しますよ」

「本当にそう思うかね、ええ？　火花点火式エンジンならばそうだろう。だがわたしは、ゴム輪式エンジンも造るつもりなのだ。三千回転に達するゴム輪式エンジンというのがどういうものか、わかっておるのかね？」

インターンは座席の上で体をもぞもぞと動かした。

「いろんなやり方がありますよね。ドリルを使えば、やっぱりどうってことないでしょう」

「ドリルではない。それではプロペラを傷めてしまう」

インターンは座席でしかめつらをしていた。もう泣いてはいない。何かぶつぶつと愚痴っていた。

「なんだ？」マンジュマンシュが尋ねた。

「なんでもありません」

「なんでもないのか」マンジュマンシュが言った。「答えはゼロと決まっているというわけか」

彼はインターンがドアのほうを向いて寝ているふりをするのを見て、また笑った。そして楽しげに歌いながら加速ボタンを押した。

日は傾き、陽光は車体の上に斜めに射していた。適切な条件のもとに身を置く観察者が見たならば、車体は黒を背景に輝かしく浮かび上がったことだろう。なぜならマンジュマンシュは限外顕微鏡[*1]の原理をそんな具合に応用していたのである。

V

船は防波堤にそって進み、港口の高波を乗り越えるべく勢いをつけようとしていた。エグゾポタミー行きの資材および乗客をはちきれんばかりに満載している。波と波の合間に入ったときなど、海底に船底をこすりそうだった。乗船したアンヌ、ロシェル、アンジェルは、それぞれが居心地の悪いキャビンに収まっていた。営業部長のロベール・グーニャン・デュ・ペロは乗っていなかった。鉄道が完成したあかつきには乗り込んでくるつもりなのだろう。さしあたりは前職を離れないまま、営業部長としての給料を受け取っていた。

中甲板では、船長が命令を出すためのメガホンを探して走り回っていた。これがなかなか見つからない。船長が次の命令を出せないまま船が進んでいくと「暴れゴマ」に激突する恐れがあった。獰猛《どうもう》さをもってなる暗礁《あんしょう》である。ようやく船長はロープの陰にメガホンがころがっているのを見つけた。ロープはとぐろを巻いて、カモメが飛んできたら飛びかかろうと待ち伏せしていた。船長はメガホンをつかみ、歩廊をどたどたと突き進んだ。上甲板への階段を上り、さらに甲板をまたぐ舷梯《タラップ》まで上った。ぎりぎりのところだった。まさに「暴れゴマ」接近が告げられていたのである。

泡立つ大波が次から次へと押し寄せてきた。船はともかく進んではいたが、ただし本来の方角とは違う方角に向かっており、波を受けて進行速度が上がっているわけではなかった。ヒメバチの羽音とヨウ素をたっぷり含んだ疾強風[*2]が舵手の耳介のひだに吹きつけ、ダイシャクシギの歌のようなやさしい音色をひびかせた。調は嬰《えい》ニ長調に近かった。

乗組員たちは政府の特別の配慮にあずかって船長がもらってきた内海用のビスケット入りスープをのろのろと食していた。おっちょこちょいの魚たちが船体に頭から突っ込んでくる。その結果生じる鈍い衝撃が、これが船旅初体験という乗客たちの不安をかきたてた。とりわけディディシュとオリーヴだ。マランの娘オリーヴと、カルロの息子ディディシュ。マランとカルロは会社に雇われた二人の実動隊員である。彼らにはほかにも子どもがいたが、いまのところは船の隅っこにもぐり

＊1　特殊な照明法によって通常の顕微鏡では見えない微粒子を観察する顕微鏡。
＊2　風力階級のうち上から五番目。風速毎秒十七・二－二十・七メートル。

こんでいる。なぜならまだ船の中にも、それから自分たちの身の上についても、見たり確かめたりしておくべきものが残っていたのだ。現場監督のアルランも乗っていた。これは本物のゲス野郎だ。船首はすりこぎでポテトを押しつぶすようにして波を砕いていた。なにぶん船は商船で、純粋にスピードを追求するような形をしていない。とはいえ、見ている者たちの心には洗練された印象を与えた。それというのも海水がしょっぱいからであり、塩はすべてを清めるからである。例のごとくカモメたちがひっきりなしにわめき立て、メーンマストのまわりで急カーブを切って遊んでいたかと思うと、今度は四つ目の帆桁の上、左側に一列に並んだ。ウが背面跳びに挑戦するのを見物するためだった。

このとき、ディディシュがオリーヴのために逆立ち歩きをしてみせていた。ウはそれを見て気持ちを乱した。上昇するはずが下降し、舷梯《げんてい》の床板に思いきり頭を叩きつけた。乾いた音がした。ウは目をつぶった。痛みのせいで目を開けていられなかったからだ。くちばしから出血していた。船長はそちらを振り返って肩をすくめると、ウにひどく汚れたハンカチを差し出した。

オリーヴはウが落ちるのを見た。抱っこしてあげていいかどうか訊いてみようと、駆け寄った。ディディシュは相変わらず逆立ちで歩き、オリーヴに、ほらこれからがすごいんだぞと呼びかけたが、オリーヴはもういなかった。彼は立ち上がり、控えめにののしり言葉を吐いた。けっこう下品な言葉ではあったが、状況には釣り合っていた。それから彼はオリーヴのあとを追ったが、急ぎはしなかった。女の子というのはとかく大げさに騒ぎ立てるものだからだ。おおむね二歩進むごとに、汚れた手のひらで欄干を叩き、その音が欄干にそってかなり大きく響きわたった。彼はそれに合わせて歌でも歌いたい気分になった。

船長はだれかが自分と話すためにタラップまでやってくるのが嬉しかった。というのも彼は警官が大嫌いだったが、警官の場合、話しかけることは固く禁じられているからだ。船長はオリーヴにほほえみかけた。オリーヴのすらりとした脚とまっすぐに伸びた金髪、それにきつきつのセーターの胸元を持ち上げている若々しい二つのふくらみが気に入っていた。セーターは三カ月前に幼子イエスから届いたプレゼントだった。まさにこのとき、船は「暴れゴマ」の脇を通り抜けるところで、船長は命令を出そうとメガホンを口に当てた。オリーヴ、そしていまその頭が鉄の梯子の下に見て取れたディディシュの前で恰好のいいところを見せたかった。船長は大声で叫び始めた。オリーヴには何を言っているのかが聞き取れず、ウのほうはただでさえひどい頭痛を抱えていた。

船長はメガホンを離すと、満足げに微笑みながら子どもたちのほうを振り返った。

「だれに向かって呼びかけているんですか、おじさん?」オリーヴが言った。

「わたしのことは船長と呼んでくれ」船長が言った。

「あの、だれに向かって呼びかけているんですか?」

「遭難者だよ」船長が説明した。「暴れゴマの上に遭難者が乗っかっているんだ」

「暴れゴマって何ですか、船長?」ディディシュが尋ねた。

「あの大きな岩のことさ」

「いつもいるんですか?」オリーヴが尋ねた。

「だれが?」

「遭難者が」ディディシュが補足した。

「もちろんだ」

「どうして?」オリーヴが尋ねた。

「なぜならあいつは馬鹿者だからさ。それに、連れ戻しに行くとしたらたいそう危険だろうからな」

「その人、かみつくの？」ディディシュが尋ねた。

「いいや。だが近づくとたちまち伝染するらしい」

「何が？」

「何がかはわからん」

船長はふたたびメガホンを口元に掲げて怒鳴った。一鏈《いちれん》*1先のあたりで海バエがばたばたと落下した。


　オリーヴとディディシュはタラップの手すりに肘をついて、大きなクラゲたちが猛烈な勢いで回転するのを見ていた。そうやって渦巻を生じさせ、不用心な魚をつかまえてしまうのだが、これはオーストラリアのクラゲたちが発明したやり方で、目下この沿岸で大流行していた。

　船長はメガホンを横に置き、風に吹かれてオリーヴの髪が丸い頭の上に白い筋目をつけて二つに分かれるのを嬉しそうに眺めた。ときおり彼女のスカートがもまでまくれ上がったかと思うと、ぱたぱたと音を立てて脚を叩いた。


　ウはもう自分が注目を集めていないのを悲しんで、つらそうな鳴き声を上げた。オリーヴはふと、なんのためにタラップまでやってきたのかを思い出し、傷を負った哀れなウのほうを振り返った。

「船長、あのウを抱っこしていいですか？」

「もちろんだとも。かまれるのが怖くないのなら！」

「でも、鳥は人をかみませんよ」

「いや、いや、いや！　その鳥は普通の鳥とは違うんだぞ」

「何という鳥ですか？」ディディシュが尋ねた。

「知らんね。だがそれこそは、普通の鳥じゃないという証拠だ。だって普通の鳥ならば、わたしはたいてい知っているのだから。カササギ、ヤスモノハエドリ、ホースパイプ、それからハッチカバー、そしてコナヒキ、ハイタカドリにトモダチダドリ、ベタドリにイボメロン、浜辺にいるクサムロン、メツツキにカイノカラ。そのほかにもカモメや、ありふれたニワトリがいるが、これはラテン語ではココタ・バカタレンスというのだ」

「すげえ!……」ディディシュがつぶやいた。「物知りなんですね、船長」

「勉強したんだぞ」と船長。

オリーヴはとにかくウを抱きかかえ、慰めてやるためにおかしな話をあれこれ聞かせながら揺すってやった。彼は自分の羽ですっぽりと身をくるみ、すっかり満足してバクのように喉をごろごろ鳴らしていた。

「ほらね、船長」オリーヴが言った。「とってもいい子でしょ」

「とするとそいつはハイタカドリだな」船長が言った。「ハイタカドリというのは感じのいいやつでな、紳士録にも載っておる」

ウは気をよくして、頭を品よく優雅にかしげてみせた。オリーヴはなでてやった。

「いつ着くんですか、船長?」ディディシュが尋ねた。彼だって鳥は嫌いじゃないが、それほど好きというわけでもない。

「なにしろ遠いからな」船長が言った。「まだかなりあるぞ。きみたち二人は、どこまで行くんだい?」

＊1　錨鎖一房の長さを示す海洋用語。約百八十五メートル。

「エグゾポタミーです」ディディシュが言った。

「なんとまあ！」船長は感心した。「ご苦労さまだな。ご褒美に、舵輪をひと回りよけいに回してやろう」

船長が言葉どおりにやってみせたので、ディディシュはお礼を言った。

「両親も乗っているのかね？」

「はい」オリーヴが答えた。「カルロはディディシュのパパで、マランはわたしのお父さんです。わたしは十三歳で、ディディシュは十三歳半です」

「ほほう！」船長が言った。

「お父さんたちはこれから自分たちだけで鉄道を作るんだって」

「おれたちも一緒に行くんです」

「きみたちは運がいいな。わたしだって、できることなら一緒に行きたいところだが。この船にはもう飽き飽きしているんだ」

「船長って楽しくないんですか？」

「楽しくなんかないさ！　せいぜい現場監督の仕事さ」

「アルランはほんとにひどいやつなんですよ」ディディシュが言った。

「そんなこと言ったら、怒られるわよ」オリーヴが言った。

「大丈夫」船長が言った。「あいつに教えたりはしないから。男同士の約束だ」

船長はオリーヴの尻をなでた。オリーヴは男扱いされたことが嬉しくて、いまのも男同士の友情のしるしだろうと考えた。船長の顔は真っ赤になっていた。

「船長、一緒に来てくださいよ」ディディシャが提案した。「船長が来てくれれば、お父さんたちも嬉しいと思います」

「そうよ、きっと楽しいわ。わたしたちに、海賊の冒険を聞かせてください。敵の船に乗り移る遊びをやりましょうよ」

「いいアイデアだ！」船長が言った。「でもきみに、そんな力があるのかね？」

「そんなこと言うなら、わたしの腕をさわってみてください！」

船長はオリーヴを自分のほうに引き寄せ、肩をもんだ。

「まあ大丈夫だろう」船長が言った。なにやら苦しげな口調だった。

「この子は女ですよ」ディディシュが言った。「戦いをするのは無理です」

「この子が女だって、どうしてわかる？」船長が言った。「ちっちゃなやつが二つついてるからっていうんじゃないだろうな」

「ちっちゃなやつってなんですか？」ディディシュが尋ねた。

「こいつさ……」船長が言った。

船長はディディシュに示すためにさわってみせた。

「そんなにちっちゃくありません」オリーヴが言った。

見せつけるために、彼女は眠り込んだウをわきに置いて上半身をそっくりかえらせた。

「なるほど」船長がつぶやいた。「そんなにちっちゃくはないな」

船長はオリーヴにそばに寄るよう合図した。

「もしきみが毎朝そいつをひっぱってやれば」船長は声をひそめて言った。「そいつはもっと大きくなるぞ」

「なんですって？」オリーヴが聞き返した。

ディディシュは船長がそんなふうに顔を赤くして、額に血管を浮き上がらせるのを見たくなかった。彼は気まずい様子で目をそらした。

「こんなふうにやるんだよ……」船長が言った。

するとディディシュにはオリーヴの泣き声が聞こえてきた。船長につねられたといって泣き出したのだ。オリーヴは身をもがいて抵抗した。ディディシュが見ると、船長はオリーヴをおさえつけていじめようとしていた。ディディシュはメガホンを手に取り、それで船長の顔を力まかせにひっぱたいた。船長はののしりながらオリーヴを放した。

「とっとと失せやがれ、悪ガキどもめ!……」船長はわめいた。

ディディシュが狙いをつけてひっぱたいたところが跡になっていた。オリーヴの両頬を大粒の涙がつたっていた。船長につねられた胸を自分の腕で抱えるようにしていた。彼女は鉄の梯子を下りていった。あとからついていくディディシュは、猛烈に怒っていた。なぜなのかはっきりとはわからなかったが、とにかく腹が立ってたまらず、むかむかした。まんまと一杯食わされたような気分だった。船長に蹴り飛ばされたウが、二人の頭を飛び越えて、二人の前に落ちた。オリーヴは体をかがめてウを拾い上げた。彼女は相変わらず泣いていた。ディディシュは彼女の首元に腕をまわし、もう一方の側の手で、彼女のぬれた顔にはりついた金色の髪をかきわけた。そしてできるだけそっと、彼女の頬にキスをした。彼女は泣くのをやめ、ディディシュを見て目を伏せた。彼女はウを抱え、ディディシュは彼女をひしと抱きしめた。

VI

アンジェルは甲板に出てきていた。船はいまでは外洋にあり、沖《ラルジュ》からの風が甲板を吹き抜けていった。風は縦にも横《ラルジュ》にも吹いて十字を描いていたが、これは当然の現象だった。というのも法王の国の法向に進んでいたからだ。

アンヌとロシェルはどちらか一方のキャビンに閉じこもっているらしかった。アンジェルとしては自分のキャビンにはいたくなかった。しかし何か別のことを考えようとしてもいらいらするばかり。アンヌは相変わらず彼に対し打ち解けた態度だった。いたたまれないのは、ロシェルもまたそうだったことだ。だが二人でキャビンに閉じこもって、これからアンジェルのことを話題にしようというわけではないだろう。話をしようというわけではないんだろう。そうじゃない……。でもひょっとしたら……。いやきっと二人は……。

アンジェルの心臓の鼓動はかなり高まっていた。どうしても下の階のロシェルのことを考えてしまう。キャビンで、アンヌと一緒にいるんだ。さもなければ扉を閉め切ったりしないだろう。

ロシェルは何日も前から、アンジェルにとっては何とも不愉快な目でアンヌを見つめていた。アンヌのほうも彼女を同じ目で見つめている。車の中でロシェルにキスしたときみたいな、少しうるんだような目。とても見てはいられない。目がよだれを垂らしているとでもいうか、まぶたはしなびた花の花びらが、軽く押しつぶされてくにゃりとなって、半透明になっているみたいだった。

風は歌をうたいながらカモメの翼を吹きあげていき、甲板からはみだした部分に引っかかっては、その先端に蒸気をたなびかせていく。それはエヴェレストにかかる羽毛のような雲を思わせた。太陽の光が、ところどころ白く見えるきらめく海面に反射して目に飛び込んできた。海の子牛《アザラシ》のクリーム煮と、暑さのせいで熟した海の幸盛り合わせのとてもいいにおいが漂っていた。エンジンのピストンは杵《きね》を打つような運動をたゆまず続け、船体は規則正しく揺れていた。換気用天窓のついた機関室のスレート屋根から青い煙が立ち昇っては、風でたちまち吹き散らされた。アンジェルはそんなすべてを眺めていた。海の旅は少しばかり気持ちを慰めてくれるし、海水の波打つ穏やかな響き、船体に泡がはりつく様子、カモメの鳴き声や羽ばたきがアンジェルの頭をぼうっとさせ、血が軽くなったような気がした。下の階ではアンヌがロシェルと一緒にいるとはいえ、彼の血管をめぐる血は泡立つシャンパンのようにはじけ出した。

空の色は明るいイエローと薄いターコイズブルーだった。魚たちはときおり船体を叩き続けている。アンジェルは下まで下りていって、ただでさえ古い船の鉄板を魚たちがでこぼこにして危険な状態になっていないかどうか見てみたいと思った。しかしその考えを追い払ったとき、彼の目にはアンヌとロシェルの姿はもはや浮かんでいなかった。なぜなら風は素晴らしい香りがしたし、甲板に塗られたくすんだ色のタールには気まぐれな葉脈のようなひびがきらきらと走っていたからだ。彼は船首に向かった。欄干にもたれかかろうと思った。オリーヴとディディシュが欄干から身を乗り出して、あごのように突き出した舳先《へさき》に奇妙な泡のシャワーが白い口ひげのようにくっつくのを眺めていた。あごに口ひげが生えるとはおかしなことである。ディディシュは相変わらずオリーヴの首に腕をまわしたままで、風は二人の子どもの耳元で歌をうたいながら彼らの髪を逆立てていた。アンジェルは立ち止まり、二人のそばで欄干にもたれかかった。二人は彼に気づき、ディディシュは疑いの目を向けた。しかしそのまなざしはやがて和らいだ。アンジェルはオリーヴの頰に涙の跡があるのを見た。彼女は袖口に顔を押し当ててまだ少し鼻をぐすぐすさせていた。

「どうだい」アンジェルが言った。「ご機嫌かな?」

「いいえ」ディディシュが答えた。「船長はひどいやつです」

「船長がいったい何をしたんだ？　きみたちをタラップから追い払ったのか？」

「オリーヴをいじめようとしたんです。そこをつねったんだ」

オリーヴは示された場所に手をやった。そしてまたひとしきり鼻をぐすぐすいわせた。

「まだ痛いんです」彼女が言った。

「スケベおやじめが」アンジェルが言った。

アンジェルは猛烈に腹が立った。

「おれ、あいつの顔をメガホンで叩いてやりました」ディディシュが言った。

「そうなんです」オリーヴが言った。「おかしかった」

そしてオリーヴはそっと笑った。アンジェルとディディシュも船長の顔を思い浮かべて笑った。

「今度またやろうとしたら」アンジェルが言った。「ぼくを呼びにおいで。あいつをぶんなぐってやるから」

「とにかく、あなたは」ディディシュが言った。「ぼくたちの仲間なんですね」

「あいつ、わたしにキスしようとしたんです」オリーヴが言った。「赤ワインの臭いがしたわ」

「オリーヴをつねったりしませんよね？……」

ディディシュは急に不安になった。大人を簡単に信じてはいけない。

「大丈夫だよ」アンジェルが言った。「ぼくはつねったり、キスしようとしたりはしないから」

「あら」オリーヴが言った。「あなたならキスしてもらってもいいんだけど。でもつねられるのは痛いからいや」

「おれは」ディディシュが口をとがらせた。「オリーヴにキスなんかしてもらいたくないです。そんなの、おれにだってできるんだから……」

「きみ、焼きもち焼いているな？」アンジェルが言った。

「そんなんじゃないよ」

ディディシュのほっぺたはみごとに真っ赤になった。彼はわざとらしくアンジェルの頭の上のほうを見やった。そのために首をぐっと後ろに傾けたので、かなり不自然な姿勢になった。アンジェルは笑った。彼はオリーヴのわきの下に手を入れて自分の顔の高さまで持ち上げ、彼女の両頬にキスした。

「これでよし」彼はオリーヴを下ろしながら言った。「これでぼくらは仲間だ。さあ、握手してくれ」彼はディディシュに言った。

ディディシュは汚れた手をしぶしぶ差し出したが、アンジェルの表情を見てにっこりした。

「おれより年をとってるから、得してるんだよなあ。でもまあ、どうでもいいや。だっておれのほうが先にオリーヴにキスしたんだからね」

「それはよかった」アンジェルが言った。「きみは見る目があるな。彼女だったら、キスしたくなっちゃうよね」

「あなたもエグゾポタミーに行くんですか？」オリーヴが尋ねた。

彼女としては話題を変えたかったのである。

「そうだよ」アンジェルが言った。「エンジニアとして雇われたんだ」

「わたしたちのお父さんは」オリーヴは誇らしげに言った。「実動隊員なんです」

「仕事は全部、実動隊員がやるんだ」ディディシュが付け加えた。「エンジニアだけでは何にもできないって、お父さんたちがいつも言っている」

「そのとおりだね」アンジェルが請け合った。

「それから、現場監督のアルランもいるわ」オリーヴが言った。

「あいつ、いやなやつなんだよ」ディディシュが説明した。

「よし、覚悟しておこう」アンジェルが言った。

「エンジニアはあなただけ？」オリーヴが尋ねた。

そこでアンジェルは、アンヌとロシェルが下のキャビンに閉じこもっているのを思い出した。ひんやりとした風が吹いてきた。太陽がかげり、船の揺れが強まった。カモメの鳴き声がとげとげしくなった。

「いや……」彼は重い口ぶりで言った。「ぼくの友だちで一緒に来ているやつがいるんだ。下の階にいる……」

「なんていう名前？」ディディシュが尋ねた。

「アンヌだよ」アンジェルが答えた。

「おかしいや」ディディシュが意見した。「それって、犬の名前じゃないか」

「きれいな名前だわ」オリーヴが言った。

「犬の名前だね」ディディシュが繰り返した。「馬鹿みたい。人間なのに犬の名前だなんて」

「馬鹿みたいだな」アンジェルが言った。

「わたしたちのウを見たいですか？」オリーヴが訊いた。

「いや」アンジェルが言った。「寝かせておいてやろうよ」

「わたしたち、なにか気にさわることでも言いましたか？」オリーヴが優しい口調で尋ねた。

「とんでもない」アンジェルが言った。

彼は片手でオリーヴの髪に触れ、丸い頭をなでてため息をついた。上空では、太陽が戻ってくるのをためらっていた。

VII

……そしてワインを少しばかり水で割るのも、必ずしも悪いことではない……

マルセル・ヴェロン『暖房論』デュノ社、第一巻、一四五頁

もうたっぷり五分間、だれかがアマディス・デュデュの部屋の扉を叩き続けていた。アマディスは我慢の限界を計るために腕時計を見ていたが、六分十秒の時点でテーブルをこぶしでどんと叩き、立ち上がった。

「お入りなさい！」彼は不機嫌な声で怒鳴った。

「わたしです」アタナゴールが扉を押しながら言った。「お邪魔でしたか？」

「もちろんです」アマディスが言った。

アマディスは気持ちを落ち着けようと超人的な努力を払っていた。

「それはよかった」アタナゴールが言った。「それなら、わたしが訪ねてきたことが記憶に刻まれるでしょうな。デュポンを見ませんでしたか？」

「見てませんね。デュポンなんか見てません」

「やれやれ！　えらい剣幕ですな。とすると、デュポンはどこにいったんだろう？」

「まったく、勘弁してくださいよ！　マルタンかわたしか、どっちかがデュポンのお相手をしているとでも？　マルタンに訊いてください！」

「結構。わたしの知りたかったのはそれだけです」アタが答えた。「ということは、あなたはまだデュポンの誘惑に成功していないんですな？」

「いいですか、わたしには無駄にする時間はないんです。今日はエンジニアと資材が到着します。いよいよ、バカラ勝負の大一番なんですよ」

「まるでバリゾーネみたいな口ぶりですな。あなたはけっこう影響されやすいんですね」

「何をおっしゃいますやら。たしかに、バリゾーネの外交官ご用たっし的な表現を使ったかもしれません。だからといって、影響されやすいなどと非難されるいわれはありませんよ。影響されやすいですと？　笑わせてくれますね。ほらこのとおり！」

アマディスは笑い出した。アタナゴールはその様子をじっと見つめるばかりだった。それがアマディスをふたたび怒らせた。

「そこに突っ立っていないで、一行を迎えるために準備万端整える手伝いでもしてくださいよ」

「何を準備するんです？」アタナゴールが尋ねた。

「彼らの仕事机を準備するんです。ここで働くためにやってくるんですから。机がなくてどうするんです？」

「わたしは机なしで十分、働いていますがね」アタナゴールが言った。

「働いている？　あなたが？……おわかりですか、机なしではまともな仕事などありえませんよ」

「でもわたしは、自分も人並みに働いていると思っています」アタナゴールが言った。「考古学用のハンマーは軽いものだとお思いですか？　そして一日じゅう壺を割ってはスタンダードサイズのケースに収めるのが、何かの冗談だとでもお考えですか？　それからラルディエを見張ったり、デュポンを怒鳴りつけたりもしなければならんし、日誌をつけたり、どちらの方向に掘り進めるべきかも考えなければならない。これが全部、何でもないことだと？」

「まともな仕事じゃありませんね」アマディス・デュデュは言った。「勤務評定をつけたり、レポートを送ったりするというのならいいでしょう。だが、砂の中に穴を掘るなどというのは？……」

「結局のところ、いったい何のための仕事なんです？」アタナゴールが尋ねた。「勤務評定だの、レポートだのにかかりきりで？　あなたはおぞましい鉄道なんぞを作ろうとしている。いやな臭いを放って、錆《さ》びついて、あたりに煙をまき散らすやつをね。何の役にも立たないとは言いません。だがそれだって、机に向かってやる仕事じゃないでしょう」

「まあよく考えてみるんですな。この計画は理事会とユルシュス・ド・ジャンポランの承認を得ているんです」アマディスは自信満々の調子で言った。「あなたにはその有益さを判断する資格などない」

「あなたにはまったくうんざりですよ」アタナゴールが言った。「そもそも、あなたは何者かといえば、同性愛者じゃないですか。わたしがあなたとつきあわなければならない筋合いはない」

「どうぞご心配なく。あなたは年を取りすぎてますから。デュポンなら、歓迎しますよ！」

「いやはや、デュポンの話はもうたくさんだ。ところで今日はいったい、だれを待ってるんです？」

「アンジェル、アンヌ、ロシェル、現場監督、実動隊員二人、その家族、そして資材。マンジュマンシュ医師はインターンを連れて自力でやってきます。それからクリュックという名前の修理工も近々合流するでしょう。実動隊員があと四人は必要だが、それは現地で採用するつもりです。現地といえる場所があればだが、この砂漠にはなさそうですな」

「ずいぶん大勢の人たちが働きにくるんですね」アタナゴールが言った。

「必要とあらば、あなたの部下を引き抜くかもしれませんよ。よりよい給料を提示してね」

アタナゴールはアマディスを見て笑い出した。

「あなたときたら鉄道のことばっかりで、面白いですなあ」

「わたしのどこが面白いんです？」アマディスはむっとして聞き返した。

「そんなやり方で、わたしの部下を引き抜けると思っているんですか？」

「もちろんです」アマディスが答えた。「収益に応じてボーナスを出すし、社会制度上の優遇措置もある。会社には運営委員会も協同組合も医務室もあります」

アタナゴールはがっくりと落ち込んで、白髪まじりの頭を振った。敵意むきだしの相手に壁際まで追い詰められたアタナゴールは、ほとんど壁と一体になってしまいそうだった。アマディスにはアタナゴールが消えていくのが見えるような気がした。そんな言い方が許されるならの話だが。目のピントを合わせるべく努めたおかげで、アタナゴールの姿はふたたびアマディスの未開拓の視野に浮上してきた。

「そんなことは無理です」アタナゴールは断言した。「連中だって馬鹿じゃない」

「まあご覧なさい」アマディスが言った。

「あいつらは、わたしとだったらタダで働いてくれる」

「それならいっそうのことです」

「あいつらは考古学が好きなんだ」

「鉄道の敷設工事だって好きになるでしょう」

「いいですか、はっきり答えてください」アタナゴールが言った。「あなたは政治学院［フランス屈指の行政系エリート養成校」のご卒業ですか」

「そのとおりです」

　アタナゴールはしばし沈黙した。

「とはいうものの」ようやく彼は口を開いた。「もともと素質があったんだろう。政治学院卒業というだけでは説明がつかん」

「何を言いたいんだかわかりませんが、わたしにはまったく興味のないことです。一緒に来ますか？　二十分後には到着しますよ」

「一緒に行きましょう」アタナゴールが言った。

「今晩、デュポンは帰ってきますかね？」

「いやはや！」アタナゴールはうんざりして言った。「デュポンの話はもう勘弁してください」

　アマディスはぶつぶつ言いながら立ち上がった。いまや、バリゾーネ・レストランの二階の一室が彼の仕事部屋となっていた。窓の向こうには砂丘と、ぴんと伸びた緑の草が見える。草には鮮やかな黄色の小さなカタツムリと、虹のように色を変える砂漠特有のリュメットがへばりついていた。

「ついていらっしゃい」彼はアタナゴールに声をかけると、さもいばった様子で歩き出した。

「お供しましょう」アタナゴールが言った。「でも、あなたが九七五番を待っているときは、そんなに部長風を吹かしてはいないようでしたがね……」

　アマディス・デュデュは顔を赤らめた。彼らは涼しくて薄暗い階段を下りていった。真鍮《しんちゅう》の部分が暗がりに光って見えた。

「どうしてそんなことを知っているんです？」

「なにしろわたしは考古学者だから」アタナゴールが言った。「昔の秘密は、わたしにはお見とおしですよ」

「いかにも、あなたは考古学者だ」アマディスは認めた。「でも、千里眼ではないはずだ」

「つべこべ言いなさんな」アタが言った。「あなたは育ちの悪い若者だ……。一行を出迎える手伝いをしてあげてもいいんだが、なにせあなたは育ちが悪い……。そればかりはだれにもどうにもできん。あなたは育ちが悪い。同時に、もう育ってしまってもいる。そこが厄介な点だ」

彼らは階段を下りて、廊下を進んだ。レストランの中では、カウンターのうしろに腰かけたピッポがまだ新聞を読んでいた。そしてお国訛り丸出しで何か言いながらうなずいて見せた。

「やあ、ピップ［パイプ］」アマディスが言った。

「ボンジュール」とアタナゴール。

「ボンジョルノ」とピッポ。

アマディスとアタナゴールはホテルの前に出た。暑い日で、乾燥した空気が黄色い砂丘の上で波打っていた。彼らはいちばん高い砂丘に向かって進んだ。隆起した頂上が緑の茂みに囲まれていて、そこから四方をぐるりと見渡すことができた。

「みんなはどっちの方向から来るんだろう？」アマディスが尋ねた。

「ああ、それはどっちからでもありえます。道を間違えさえすれば、どこからだってやってくる可能性がありますから」

アタナゴールは体を回転させながら注意深く周囲を眺め、体の対称面が地軸を過ぎたところで止まった。

「こっちだ」彼は北を指して言った。

「どこです？」デュデュが尋ねた。

「あなたのおめめは節穴か」アタは考古学的スラングを用いて言った。

「見えたぞ」アマディスが言った。「車が一台だけだ。ということはマンジュマンシュ教授に違いない」

まだ緑に輝く小さな点が見えるだけだった。そのうしろには砂煙が上がっていた。

「時間ぴったりだ」アマディスが言った。

「そんなことはどうだっていいでしょう」アタナゴールが言った。

「それじゃ、タイムレコーダーはいったい何の役に立つんです？」

「そいつは資材といっしょに着くんじゃないのかね？」

「そうですよ。まだ着かないうちは、わたしが自分で記録をつけますから」

アタナゴールは呆れ顔でアマディスを見た。

「あなたの腹の内を知りたいもんだな」アタナゴールが言った。

「汚らしいものが山ほど詰め込まれてますよ、だれだってそうでしょう……」アマディスが言った。

彼は反対方向を振り返った。

「……はらわたやら、クソやら。おや、あっちからほかの連中が来た！」

「迎えに行きますか？」アタナゴールが提案した。

「無理ですよ」とアマディス。「両方からやってくるんだから」

「二手に分かれて出迎えたら？」

「ご冗談でしょ！　連中にあなたのデタラメ話を聞かせようというわけですか！　そもそも、わたしは命令を受けているんですよ。わたし自身が出迎えをするようにという命令をね」

「結構」アタナゴールが言った。「そういうことなら、勝手にするがいい。わたしは失礼しよう」

面食らった様子のアマディスをアタナゴールはそこに植えつけた《プランタ》［「置いてきぼりにする」の意味もある］。アマディスの両足には根が生えてきた。砂に覆われた地表の下では根が張りやすいのだ。アタナゴールは砂丘を下りて、延々と続く隊列を出迎えにいった。

そうするうちにマンジュマンシュ教授の車が、砂丘の狭間を猛スピードで進んできた。車に酔ったインターンは体を三つ折りにして湿っぽいタオルに顔を突っ込み、無作法きわまりない調子でしゃくりあげていた。マンジュマンシュはその程度のことはものともせず、「ショウ・ミー・ザ・ウェイ・トゥ・ゴー・ホーム」というタイトルのアメルロー人の歌を陽気に口ずさんでいた。これは歌詞からしてもメロディーからしてもいかにもその場にふさわしかった。砂丘が高く持ち上がったあたりにさしかかると、彼はヴァーノン・デュークによる「テイキング・ア・チャンス・フォー・ラヴ」［正しくは「オン」・ラヴ］へと巧みに歌をつなぎ、一方インターンは防霰砲《ぼうさんほう》*1の販売人でさえ気の毒がるような調子でうめき声を上げていた。それからマンジュマンシュは下り坂で一気に加速し、インターンはうめき声を上げるのと吐くのとが同時にできないせいで黙った。ブルジョワ的教育の行き過ぎがもたらした重大な欠陥がそこにある。

エンジンが最後のうなりを響かせ、インターンが最後のあえぎを洩らしたそのとき、マンジュマンシュはとうとうアマディスの真ん前で車を止めた。アマディスは隊列を迎えにいった考古学者の後ろ姿を腹立たしげな目で追っていた。

「ボンジュール」マンジュマンシュが言った。

「ボンジュール」アマディスが言った。

＊1　霰《あられ》による農作物の被害を防ぐため、霰雲に向けて弾丸を発する大砲。

「ルルルウウア!……」インターンが言った。

「時間どおりですね」アマディスが言った。

「いや」とマンジュマンシュ。「定刻前に着きました。ところで、きみはいったいなぜ黄色いシャツを着ないのだ?」

「ぜんぜん似合いませんから」とアマディス。

「そうだな。きみの土気色の顔では、ひどいことになるだろうて。美男子だけの特権だ」

「あなたはご自分が美男子だと?」

「まずは、わたしと話すときは肩書をつけてもらおうか」マンジュマンシュが言った。「わたしはマンジュマンシュ教授だ。そんじょそこらの人間ではない」

「二次的な問題ですね」アマディスが言った。「それに言わせてもらえば、あなたより、デュポンのほうが美男子ですよ」

「教授といいなさい」

「教授」アマディスが繰り返す。

「あるいは博士だ。どちらでも結構。きみはたぶん同性愛者じゃないか?」

「同性愛者でなくては、男を愛することはできないというわけですか?」アマディスが言った。

「あんたらは本当にもう、みんな、頭にくるなあ!……」

「きみはいけ好かない御仁だ」マンジュマンシュが言った。「ありがたいことに、わたしはきみに命令される立場じゃないからな」

「あなたにはわたしの命令に従ってもらいますとも」

「教授」とマンジュマンシュ。

「教授」アマディスが繰り返す。

「違う」とマンジュマンシュ。

「違うとはどういうことです？　あなたがそう言えというからそう言ったんです。それなのにそう言うなというんですか」

「違う」とマンジュマンシュ。「わたしがきみの命令に従ういわれはない」

「いや、そうなんですよ」

「そうなんですよ、教授」マンジュマンシュがそう言うと、アマディスはそのとおり繰り返した。

「契約書がある」とマンジュマンシュ。「わたしはだれの命令下にもない。さらに、わたしには医学上の見地から命令を出す権限もある」

「そんな話は聞いておりませんのですが、博士」アマディスはしだいに口調をあいまくして相手を丸め込みにかかった。

「ほほう」教授が言った。「今度はおべんちゃらときたか」

アマディスは額に手を当てた。暑さが増してきていた。マンジュマンシュ教授は車に近寄った。

「手を貸してもらおうか」彼が言った。

「それが無理なんです、教授」アマディスが答えた。「考古学者の先生に置いてきぼりにされたもので足に根が生えて、引っこ抜けなくなってしまいまして」

「そんな馬鹿な」マンジュマンシュ教授は言った。「そんなのは言葉の上だけの話だろう」

「そう思いますか？」アマディスは不安げに言った。

「ブルルーット！」教授は突如アマディスの鼻先に息を吹きかけながら怪音を発した。すっかりおびえたアマディスは走って逃げた。

「そら見たことか！」マンジュマンシュが叫んだ。

アマディスはうんざり顔で戻ってきた。

「何かお手伝いしましょうか、教授？」

「ああ！……ようやくきみも契約に従う気になったか。これを受けとってくれ」

教授はアマディスが広げた腕をめがけて大きな箱を放り投げた。受け止めたアマディスは思わずよろめき、右足の上に箱を落としてしまった。一分後、彼は教授に向かってもう一方の足だけでじつにみごとにザズー[*1]風フラミンゴの物まねをやってみせた。

「よろしい」マンジュマンシュは運転席に戻って言った。「ホテルまで運んでくれ。ホテルで落ち合おう」

彼は居眠りしていたインターンを揺さぶった。

「おい！　ほら！……着いたぞ」

「よかった！……」インターンは心から幸せそうな表情を浮かべて嘆息した。

すると車は砂丘を猛スピードで下り、インターンはあわてて顔を例の汚らしいタオルに突っ込んだ。アマディスは遠ざかる車を見送り、それから箱を見た。そして片足を引きずりながらなんとか箱を背負おうとした。残念なことに彼の背中は丸かった。

VIII

アタナゴールは隊列の先頭に向かって近づいていった。その小刻みな足取りは、彼が履いている先のとがった靴によく似合っていた。靴はベージュのフェルト製で、一時代前の風格を漂わせている。灰褐色の短めのニッカーボッカーはアタナゴールの骨ばった膝が三本入るほどだぶだぶで、楽にはくことができた。柿の実の色をしたシャツは、扱いが悪いせいで色落ちし、ベルトのあたりにしわが寄っていた。それに加え植民地風のヘルメットというのが彼のいでたちだったが、ヘルメットはテントの中に掛けられたままだった。つまりそれをかぶることは決してなかった。彼はアマディスの傲慢な態度を振り返り、あの青年は一度きびしく指導してやらなければなるまい、一度といわず数度、いやそれでもまだ足りんと考えていた。彼は地面に目を向けていたが、それは考古学者の習慣である。何一つ見逃してはならない。なぜなら発見はしばしば偶然の賜物であり、修道士オルトポンプの著作が示すとおり、それは通常、地べたに転がっているのだ。十世紀に生きたこの人物は、修道院で髭《ひげ》を生やした連中の長を務めていたが、それは彼だけが文字を立派に書くことができたからだった。アタナゴールはラルディィエに、アマディス・デュデュ氏なる人物がやってきたと聞かされた日のこと、そしてそのとき自分の脳みそに——確かにそこだったかどうかはともかくとして——希望の灯がともされたこと、その炎がレストランを見つけたところまでは保たれながら、先ほどのアマディスとの会話によって炎が消え、振り出しにもどったことを思い返した。

いまや、隊列はエグゾポタミーの地に砂塵《さじん》を巻き上げていた。さらなる変化がもたらされるのだ。ひょっとすると好感の持てる人たちがいるかもしれない。アタナゴールにとってはものを考えるということがとんでもなくむずかしいのだった。なぜなら砂漠にいるとものを考える習慣がたちまち

＊1　ザズーは第二次大戦中から戦後にかけてのジャズ愛好家の呼称。

失われてしまうからである。彼の考えが型にはまった表現に陥ってしまうのもそのせいで、希望の灯がともされたとかなんとか、すべてはその調子で間が抜けてしまうのである。

しかるに、そうやって偶然の賜物と地べたに気を配りつつ、修道士オルトポンプや変化について思いを馳せていたとき、彼は半ば砂に埋もれた石片が顔をのぞかせているのに気がついた。それに続く展開を、彼は心のうちで半ば先取りしたのだが、ひざまずくやいなやただちに石を掘り出そうと試みたところ、案の定、まわりをすっかり掘ってみても、なお石が続いていたのである。すべすべした花崗岩《かこうがん》に考古学用ハンマーですばやい一撃をくれてから、太陽でぬくめられた表面にすぐさま耳を押し当ててみた。太陽の中間光線は他に先んじてこの箇所に降り注いでいた。彼はハンマーの音が散っていきながら消えることなく、石が延びていく先まで響き渡るのを聞いた。これは大変な発見にちがいない。隊列との関係で位置を測り、あとでまた見つけられるようにしてから、遺跡の一角とおぼしい石片を注意深く砂で覆った。何とか隠しおおせたそのとき、箱を積んだ最初のトラックが彼の前を通り抜けた。二台目もすぐに続いた。まだ荷物や資材だけだった。巨大なトラックで、全長何十ピエドゥシュもあり、にぎやかに騒音を立てていた。シートで覆われた荷台でレールや工事道具類ががたがた揺れ、荷台の後部に結んだ赤い布がアタナゴールの目の前で躍っていた。距離を置いて、人間と荷物を載せた三台目のトラックがやってきた。さらには黄色と黒のタクシーも来た。空車を示す小さなフラグは下げてあったから、止めようとしてもあてがはずれたろう。タクシーにはきれいな娘が乗っていたので、アタナゴールは手を振って挨拶した。タクシーは少し先で止まり、彼を待っている様子である。彼は急いでそちらに向かった。

運転手の隣に坐ったアンジェルが降りてきて、アタナゴールのほうに近づいた。

「待っていてくださったんですか？」アンジェルが言った。

「迎えにきたんですよ」アタナゴールが言った。「いい旅でしたか?」

「そんなにきつくはなかったですよ」アンジェルが言った。「船長が、陸地に着いてからもそのまま自分の船で突き進もうとしたときを別にすれば」

「いかにもありそうなことだ」とアタナゴール。

「あなたはデュデュさんですか?」

「とんでもない! かのブリティッシュ・ミュゼオンムにあるすべてのエグゾポタミー陶器にかけて、わたしはデュデュさんではありません」

「失礼しました」アンジェルが言った。「よくわからなくて」

「いいんですよ。わたしは考古学者です。このあたりで仕事をしています」

「初めまして。わたしはエンジニアです。アンジェルと申します。あそこにいるのはアンヌとロシェルです」

彼はタクシーを指さした。

「わたしもいますがね」運転手がぶつくさ言った。

「もちろんです」アンジェルが言った。「忘れてはいませんよ」

「あなたがたもお気の毒ですな」アタナゴールが言った。

「どうしてです?」アンジェルが尋ねた。

「アマディス・デュデュのことが、好きにはなれないでしょうから」

「参ったなあ」アンジェルがつぶやいた。

タクシーの中では、アンヌとロシェルがキスしていた。それに気づいていたせいで、アンジェルの表情はさえなかった。

「一緒に歩いて行きますか？」アタナゴールが提案した。「このあたりのことを説明してあげましょう」

「ぜひお願いします」

「では、わたしはもう行っていいんで？」

「行ってください」

運転手は料金メーターを満足そうに見やってから車を動かした。稼ぎのいい一日だった。

アンジェルは走り去ろうとするタクシーの後部座席についい目をやった。アンヌの横顔からも、周囲のことは眼中にない様子がうかがえた。アンジェルはうなだれた。

アタナゴールはいささか驚いてアンジェルを見ていた。アンジェルのほっそりとした顔には、睡眠不足と日々の苦悩のあとが刻まれていた。すらりとした長身ながら少し背中をかがめていた。

「不思議だな」アタナゴールが言った。「きみはハンサムなのにね」

「彼女はアンヌのほうが好きなんです」アンジェルが言った。

「あちらはずんぐり型のようだが」

「ぼくの友人なんです」

「そうですか……」

アタナゴールはアンジェルの腕の下に自分の腕をさしこんだ。

「きみはこれから、どやしつけられますよ」

「だれにですか？」

「災いをもたらす男、デュデュにですよ。遅刻したかどでね」

「ふーん。別にいいです。あなたは発掘をしているんですか？」

「さしあたり、部下にまかせています」アタナゴールが説明した。「わたしは間違いなく、何かすごいものを探り当てたらしい。そう感じるんですよ。そこで目下の仕事は部下にまかせることにします。助手のラルディエが万事に目を配ってくれますから。空いた時間には宿題も出してやるんです。さもないとあいつはデュポンにつきまとうので。デュポンはわたしの料理人です。こういうことをいちいちお話しするのは、きみにも事情をわかってもらうためなんですが、おかしな、そしてかなり不愉快な現象によって、マルタンはデュポンに惚れ込んでいる。そしてデュデュもまたデュポンに気があるというわけなんですよ」

「マルタンというのはだれです？」

「マルタン・ラルディエ、わたしの助手ですよ」

「デュポンは？」

「デュポンは何も気にしちゃいません。マルタンのことを嫌いじゃないんだが、なにしろデュポンというのは売女《ばいた》でしてね。失礼……。わたしの年でこんな表現を使ってはいけませんな。とはいえ今日はなんだか、若返ったような気分ですよ。というわけで、こんな好色三人衆を相手にして、いったいわたしに何ができますか？」

「全然、何も」

「それがまさにわたしのやっていることなんです」

「ぼくらはどこに住むことになるんでしょう？」アンジェルが尋ねた。

「ホテルがあります。大丈夫ですよ」

「どういうことです？」

「つまり、アンヌのせいで……」

「いや、その点はもう心配する必要はありません。ロシェルはぼくよりアンヌのほうを愛している。それは見るからにはっきりしています」

「見るからに、ですって？　何であれ、見ただけではわからんものです。彼女が彼にキスしている、それだけじゃないですか」

「ちがいます」アンジェルが言った。「それだけじゃありません。彼女が彼にキスする。すると彼も彼女にキスする。そして彼が彼女にさわると、さわられた箇所は、そのあとではもう別物になってしまうんです。最初はそんなこと思いませんよ。だって彼女はアンヌの腕から抜け出たあとも、相変わらずみずみずしく見えますから。唇は相変わらずふっくらとして赤く、髪は相変わらず輝いています。ところが、彼女はすり減っていく。キスされるたびごとに少しずつすり減っていくんです。胸は張りをなくし、肌はなめらかさやきめ細かさをなくして、目の色も陰り、物腰は重くなる。日に日に、同じロシェルではなくなっていく。わかっています。自分が信じているとおりに見えるというんでしょう。ぼくだって最初は信じていた。事態に気がついていなかったんです」

「それは思い過ごしでしょう」アタナゴールが言った。

「いいえ、思い過ごしじゃありません。おわかりでしょう、そうじゃないことは。いまでは、はっきりわかっています。ほとんど一日ごとに、彼女を見るたびに、少しずつ彼女がだめになっていくのがわかるんです。すり減っていくんです。彼がすり減らせてしまうんです。ぼくにはどうすることもできない。あなたにだって、どうしようもない」

「では、きみはもう愛していないのかね？」

「愛しています。やっぱり、愛しているんです……。でもそれが苦しくて。そして少し憎らしくもあるんです。だって彼女がすり減っていくんだから」

アタナゴールは何も答えなかった。

「ぼくはここに働きに来ました」アンジェルが続けた。「頑張ろうと思っています。アンヌが一人で来て、ロシェルは向こうに残ってくれればいいと願っていました。でももうそんなことは考えません。だってそうはならなかったんだから。ここに来るあいだじゅうずっと、アンヌはロシェルと一緒にいました。それでもぼくはあいつの友だちだし、最初、ぼくが彼女は美人だねと言うと、あいつはぼくを茶化したりしていたんです」

アンジェルの話を聞いていると、アタナゴールの胸の底では大昔に抱いた想念がうごめき出すのだった。それらの想いは細長くて薄っぺらで、より最近の出来事が堆積した下でぺちゃんこになっていて、いまアタナゴールがそうしているように横から眺めてみたのでは、一つ一つを見分けることもできなければ、形や色を見て取ることもできなかった。ただ、それらが下のほうで、くねくねと爬虫類《はちゅうるい》みたいに身をよじるのが感じられるばかりだった。彼が頭を振るとその動きはやんだ。それらはびくっとして静止し、体を収縮させた。

彼はアンジェルに何と言ったものか思案したが、わからなかった。それでも懸命に知恵をしぼった。彼らは並んで歩いていた。緑の草がアタナゴールの脛《すね》をくすぐり、アンジェルの布地のズボンをそっとこすった。彼らに踏まれて、小さな黄色いカタツムリのぬけがらが砂埃を吹き出しながら砕け、明るく澄んだ音を立てた。それはまるで水が一滴、ハート形の水晶片の上に落ちたような音だったが、そんなのはおろかな話だ。

彼らが登ってきた砂丘の上からは、バリゾーネ・レストランと、その前にまるで戦時下のように並べられた大型トラックが見えた。周囲にはほかに何も見えない。どこから見ようが、アタナゴールのテントも、発掘現場も見つけられない。なぜなら彼がじつに巧みに場所を選んだからだ。太陽はまだそのあたりにいるはずだった。しかし人々はできるだけ太陽に目をやらないようにしていた。それはここの太陽の不快な特徴のせいだった。つまり光の射し方にむらがあるのだ。太陽を取り巻く光の層が、明るくなるかと思えば暗くなって、地面のうち暗い光の層に接触している部分はつねに暗く冷たいままなのである。アンジェルはこの土地のそうしたおかしな様子にはまだ気がついていなかった。砂漠に入ったときから、タクシーの運転手が明るいところだけを通るように気を配っていたからである。しかし彼は砂丘の上に立って、光の届かない領域が黒々と広がっていることに気づき、思わずぞっとした。アタナゴールは慣れたものだった。アンジェルがそうした一種の不連続性を不安そうに眺め、困惑した様子なのを見て取ると、背中をぽんと叩いた。

「最初はショックを受けるでしょう」アタナゴールが言った。「だが慣れますよ」

考古学者の言葉はアンヌとロシェルのこともほのめかしているのだろうとアンジェルは受け取った。

「そうは思いませんね」と彼は言った。

彼らはゆるやかな坂を下りていった。いまではトラックの荷を下ろす男たちの叫び声や、レールがぶつかりあう金属的なやかましい音が聞こえてきていた。レストランのまわりを行きかう人々のシルエットは、まるで昆虫が入り乱れているかのようだった。その中にさも忙しげなアマディス・デュデュのいばった姿があった。

アタナゴールはため息をもらした。

「どうして自分がこうした事柄にいちいち興味を引かれてしまうのか、わたしにはわからんのです。もういい年なのに」

「ああ、ぼくの話などでうんざりなさらなかったならいいんですが……」アンジェルが言った。

「うんざりなどしませんよ。きみのことが気の毒なんです。おわかりでしょう、わたしはもう年を取りすぎてると思っていたんだが」

彼はしばし足を止め、頭をかいた。そしてまた歩き出した。

「砂漠ですよ」彼は話をしめくくった。「きっと砂漠が保ってくれているんでしょう」

彼はアンジェルの肩に手を置いた。

「ここでお別れしましょう。またあいつと顔を合わせるのはごめんだから」

「アマディスですか？」

「そう。あいつは……」

考古学者は一瞬、言葉を捜した。

「まったくもって、ケツがむずがゆくなるようなやつです」

彼は顔を赤くすると、アンジェルと握手した。

「こんな言葉づかいをしてはいけないことはわかっているんだが、何しろデュデュのやつ、許しがたいので。それじゃまた。きっとレストランで会えるでしょう」

「さようなら」アンジェルが言った。「発掘を見学に行きますよ」

アタナゴールはうなずいた。

「見るものといっても小さな箱くらいしかないんですが。とはいえ、なかなかきれいな箱がそろっています。ではわたしはこれで。いつでもお出《い》でなさい」

「さようなら」アンジェルは繰り返した。

考古学者は右手に折れて、砂丘のあいだに姿を消した。アンジェルは彼の白髪頭がまた現れるのを待った。すると彼はふたたび全身を現した。ソックスがフェルトのアンクルブーツからはみ出していて、馬の脚の白いぶちのように見えた。やがて彼は黄色い砂丘の背後にまわりこみ、その姿は見る見る小さくなった。足跡だけがクモの糸のようにまっすぐ延びていた。

アンジェルはまたレストランの白い建物を見た。ファサードのそこここを明るい色合いの花が飾っている。彼は仲間たちに合流するため足を速めた。巨大なトラックのかたわらに黒と黄色のタクシーがうずくまっていた。その貫禄のなさといったら、「ダイナミック」タイプの手押し車のかたわらに置かれた旧型の手押し車といったところだった。「ダイナミック」タイプはとても有名な発明家による発明だが、ただしこの人物のことはごくわずかな人々のあいだでしか知られていない。

そこからほど遠くないところで、ロシェルの鮮やかな緑のドレスが風にそよいでいた。彼女のいるその地点にだけ、空に向かって吹き上げる風が吹いていた。そして地面の屈曲にもかかわらず、太陽は彼女の影をとても美しく描き出していた。

IX

「とにかくこれは本当のことなんです」マルタン・ラルディィエは繰り返し主張した。

彼のふっくらとしたバラ色の顔は興奮のあまり輝き、髪の毛の一本一本から、かすかに青い光が放電されていた。

「信じられんね、ラルディィエ」考古学者は答えた。「わたしは何だって信じたいと思っているが、それだけは別だ。もちろん、信じないことはそのほかにもいろいろとある。念のため言っておくがね」

「ちくしょう！」ラルディエが言った。

「ラルディエ、罰として『マルドロールの歌』の第三歌を写してきたまえ。単語の順番を全部ひっくり返して、綴りも変えてな」

「はい、先生」

とはいえラルディエはどうしても気持ちを抑えられずに付け加えた。

「とにかく見るだけは見てくださいよ」

アタナゴールは彼をしげしげと見て頭を振った。

「まったく手に負えないやつだ。だが罰は増やさずにおこう」

「先生、お願いですから！」

「よしよし。それじゃあ行ってみよう」アタは彼のしつこさに負けてしぶしぶ言った。

「まちがいなくそうだと思うんです。ウィリアム・ビューグルの教科書に書いてありました。まさしくそのとおりなんです」

「どうかしているな、マルタン。基準線はそんなふうに見つかるものではない。いたずらは大目に見よう。だってきみは愚か者だからな。だがそんなふうに興奮してはいかん。もうそんな年ではなかろうに」

「でも、とにかく、参ったな、これは冗談じゃないんですよ……」

アタナゴールは心を動かされた。助手に日々の報告をさせるようになって以来初めて、彼は何かが本当に起こったのだという感覚を味わっていた。

「そんなら、見てみるか」彼は言った。

彼は立ち上がり、外に出た。

ガスランプの揺らめく光が地面とテントをくっきりと照らし、濃密な闇の中に円錐形の明るみをぼんやりと出現させていた。アタナゴールの顔は闇の中、体の残りの部分はマントルから広がる白光を浴びておぼろに浮かび出ていた。マルタンはそのかたわらを、短い足と丸い尻をせわしなく動かしながら小走りで進んだ。完全な闇の中、マルタンの懐中電灯を頼りに、細く深い立坑の入口にたどり着いた。そこから下りると発掘現場に出る。マルタンが先に立ち、息を切らせながら梯子に取りついた。銀の梯子に黒金象嵌《くろがねぞうがん》がほどこされているのはアタナゴールの行きすぎた、とはいえ許されるべき趣味の洗練によるもので、それが発掘現場へのアプローチとして用いられていた。

アタナゴールは空を見上げた。古代の天体観測儀《アストロラーベ》にもとづく星々が、いつものように煌《きら》めいていた。黒いまたたきが三度、緑が一度、赤が二度、そして二度ほどすべての輝きが消えた。形が崩れた黄色っぽい大熊座は、わずかなアンペアの光線を送ってきていた。オリオン座は消えたところだった。考古学者は肩をすくめると両足を揃えて穴に飛び込んだ。彼は助手の脂肪の上に着地できるだろうとあてこんでいた。だがマルタンはすでに水平に掘られた地下道を進んでいた。彼は引き返してきて、土に埋もれて抜け出そうとあがいている先生を手助けした。先生のやせた体は土に深く円柱状の穴をうがっていた。

地下道は一ムジュールほど先で分岐し、あらゆる方向に枝分かれしている。その全体は驚くべき労働の結果だった。それぞれの枝道には番号がついており、白い立札に乱暴な字で表示されていた。地下道の天井部分には乾燥した岩にそって電線が音もなく走っていた。ところどころに電球が輝き、最後は叩き割られる運命を覚悟して、ここぞとばかりに強い光を放っていた。圧縮空気で動くポンプ装置の唸り声が低く響いていた。その装置を使ってアタナゴールは、日々採掘機が掘り出す砂、土、岩、そしてパンピナカングーズの破片の混合物をエアゾール方式で排出させている。

二人は第七地下道を進んだ。アタナゴールはマルタンの姿を見失うまいとするだけで一苦労だったが、何しろマルタンは興奮のきわみにあり、つい急ぎ足になっていたのである。その地下道は一《いっ》気呵成《きかせい》に掘り抜かれた直線コースで、奥のほうに見え始めたのは強力かつ複雑な機械を操作する者たちの影だった。アタナゴールはそれらの機械のおかげで素晴らしい出土品の数々を溜めこんでいる。アタナゴール・コレクションは、だれにも見られなくとも、それらの出土品をひそかに誇りとしているのである。

残りの距離を進むうちに、特徴的な匂いが漂ってきて、アタの抱いていたあらゆる疑念は一瞬にして晴れた。間違いない。助手たちは基準線を発見したのだ。そこに漂っているのは、岩塊のただなかに掘られた部屋に特有の神秘的で混成的な匂いだった。純粋な空虚の放つ、乾いた匂い。それは過去の遺跡の廃墟《はいきょ》が埋もれたのち、地中で保たれる匂いなのだ。彼は駆け出した。ポケットの細々とした品物がかちゃかちゃ鳴り、革のケースに収めたハンマーがももを打った。次第に明るさが増してきた。到着したとき、彼は気が急《せ》くあまり息を切らしていた。目の前では機械が正常に作動していた。タービンの甲高い音は防音板のおかげで半減しながらも、袋小路の狭い空間いっぱいに響いていた。混合排出装置の太いダクトホースをとおっていく空気がごうごうと鳴っていた。

マルタンは削岩機の鋭い刃先が岩に食い込んでいくさまを、むさぼるような目つきで追っていた。その横で上半身裸の二人の男と一人の女が、同様に見つめていた。ときおりそのうちの一人が、規則正しく的確な動作で、レバーやハンドルを操作していた。

一目見ただけで、アタナゴールにはそれが思いがけない発見であることがわかった。機械の鋭利な刃によって、多柱式大広間の入口を固く覆っていた岩が削られていった。すでに垣間見える壁面の厚さからして、その広大さがうかがい知れた。作業班は縁枠にそって巧みに掘り進め、壁はなお数ミリの凝固した泥で覆われながらも、徐々に姿を現していた。岩が息を吹き返すとともに、ときおり板状の固い土がはがれ落ちた。

アタナゴールはごくりと唾をのみこむと、削岩機のスイッチを切った。すると削岩機はサイレンがやむときにも似た、気持ちを穏やかにしてくれるような音を響かせながら停止した。二人の男と一人の女は振り返って彼に気づき、近寄った。いまや袋小路の中は豊かな沈黙で満たされていた。

「きみたち、やったな」アタナゴールが言った。

男たちが差し出した手を、アタナゴールが順番に握った。それから彼は若い女を自分のほうへ引き寄せた。

「キュイーヴル、満足かい?」

彼女は何も答えずにほほえんだ。彼女の目と髪は黒、そして濃い黄土色の不思議な色合いの肌をしていた。乳首はほとんど紫色に近く、つやつやと輝くひきしまった乳房の先につんと突き出ていた。

「終わったわ」彼女が言った。「とにかく、見つけたのよ」

「三人とも、外に出ていいぞ」アタナゴールは彼女の熱を帯びたはだかの背中をさすってやりながら言った。

「とんでもない」右側の男が言った。

「どうしてだ、ベルチル?」アタナゴールが尋ねた。「きみの弟はきっと、出て行きたいと思ってるんじゃないか」

「いえ」ブリースが答えた。「もっと掘り進めたいです」

「ほかには何も見つからなかったか?」ラルディエが尋ねた。

「隅に置いてあります」キュイーヴルが言った。「壺とランプとペルニュクレ」

「あとで見せてもらおう」アタナゴールが言った。「さあ、おいで」彼はキュイーヴルに向かって言った。

「そうですね。今日ばっかりは、外に出たい気分」彼女が言った。

「きみの兄弟は間違っている。少しは外の空気を吸わなければいかん」

「ここにいてもけっこう空気は来ますよ」ベルチルが答えた。「それにこの先が見たいんです」

彼は削岩機の上に手をすべらせてスイッチを探り、黒いボタンを押した。掘削機は穏やかな、漠とした唸りを上げ始めたが、徐々に確固とした力強い響きとなり、それとともに音は甲高くなっていった。

「くたばらんでくれよ」アタナゴールは騒音ごしに大声を投げかけた。

削岩機の刃がふたたび動き出してもうもうと土埃をあげ始め、それを吸収装置がすぐさま吸い込んでいく。

ブリースとベルチルは笑顔でうなずいた。

「大丈夫」ブリースが言った。

「ではまた」アタナゴールがもう一度叫んだ。

彼はくるりと体の向きを変えて歩き出した。キュイーヴルはアタナゴールの腕の下に自分の腕を差し入れて従った。その足取りは軽快で威勢がよかった。途中、電気ランプが彼女のオレンジ色の肌を輝かせた。うしろからついてくるマルタン・ラルディエは、日ごろの行いにもかかわらず、彼女の腰の曲線に心を動かされていた。

彼らはすべての地下道が集まるロータリーまで、何も言わずに進んだ。彼女はアタナゴールの腕を放すと、壁にうがたれたくぼみに近づき、そこから衣服を取り出した。作業用の短いスカートを脱ぎ、絹の半袖ブラウスと白いショートパンツを身につけた。アタナゴールとマルタンは顔をそむけた。アタナゴールのほうは女性に対する敬意のしるしを示すため、そしてマルタンのほうはたとえ心の中だけであれ、デュポンを裏切らないためだった。というのもキュイーヴルはスカートの下に何も穿いていなかったのである。実際のところ、何も穿く必要などなかった。

着替えが終わると、三人はふたたび急ぎ足で進み出し、入口の立坑を逆向きに上った。マルタンが先頭、アタナゴールがしんがりを務めた。外に出ると、キュイーヴルは伸びをした。薄い絹のブラウスごしに、上半身のもっとも色の濃い部分がくっきりと見えたので、アタナゴールはマルタンに、懐中電灯を別の方向に向けるよう頼んだ。

「気持ちがいいわ……」彼女はつぶやいた。「外はほんとに静かね」

すると遠くで金属的な衝撃音が起こり、それが砂丘に長々と反響した。

「あれはなんですか？」彼女が尋ねた。

「新たな事態だよ」アタナゴールが言った。「新しい連中がたくさんやってきた。鉄道を敷設しにきたんだ」

彼らはテントのそばまで来ていた。

「どんな人たち？」キュイーヴルが尋ねた。

「男が二人。男が二人と女が一人、それから労働者たち、子どもたち、そしてアマディス・デュデュだ」

「その人はどんな人？」

「いやな同性愛者だよ」

アタナゴールはそう言ってから口をつぐんだ。マルタンがいるのを忘れていた。だがマルタンは厨房にいるデュポンに会うために姿を消していた。アタナゴールはほっとため息をついた。

「マルタンを傷つけたくはないのでね。わかるだろう」

「あとの二人の男の人たちは？」

「一人はとてもいい男だよ。もう一人のほうに、女が惚れている。だが最初の男はその女に惚れている。アンジェルという名前だ。この男はハンサムだ」

「ハンサムなんだ……」彼女はゆっくりと言った。

「そうだ。だがアマディスのやつときたら……」

彼は身ぶるいした。

「何か食べるとしよう。風邪をひいてしまうぞ」

「大丈夫……」キュイーヴルがつぶやいた。「アンジェル……おかしな名前だわ」

「そうだな。連中はみんなおかしな名前をしている」

ガスランプがテーブルの上で煌々《こうこう》と輝き、テントは彼らを暖かな内部に迎え入れようとするかのように口を開けていた。

「さあ、入って」アタナゴールはキュイーヴルを押しながら言った。

キュイーヴルは中に入った。

「こんにちは」テーブルに坐っていた神父が、彼女を見て立ち上がった。

「リヨンの町を破壊するためには、砲弾がどれくらい必要かな？」キュイーヴルに続いてテントに入ってきた考古学者に向かって、神父はつかみかかるような調子で問いかけた。

「十一発！」アタナゴールが答えた。

「くそっ、そいつは多すぎる。三発にしてください」

「三発」アタナゴールが繰り返した。

神父はロザリオを手に取ると、祈りの文句を大急ぎで三度繰り返し、不意にやめた。キュイーヴルはアタのベッドの上に腰を下ろした。アタは呆然と神父を見つめた。

「あんた、わたしのテントで何をしていなさるんです？」

「いま着いたところでしてね」神父が説明した。「シラミ探しごっこでもやりますか！」

「やった！」キュイーヴルが手を叩いて言った。「シラミ探しごっこ、やりましょう！」

「わたしはあなたに話しかけてはならんのです」神父が言った。「なぜならあなたは淫らな被造物ですから。とはいえあなた、すごい胸をしてらっしゃる」

「ありがとう」キュイーヴルが言った。「知ってます」

「クロード・レオンを捜しているのです」神父が言った。「二週間ほど前にここに着いたはずなのです。わたしは地区監査官でしてな。名刺をお見せしましょう。この土地にはけっこうな数の隠者がいますが、みんなここからかなり離れたところに引っ込んでいる。ところがクロード・レオンはすぐそばにいるはずなのです」

「見かけませんな」アタナゴールが言った。

「それは何よりだ」神父が言った。「隠者は地区の責任監査官による特免措置によって正式な許可を得ているのでないかぎり、自分の隠遁所を離れてはならないという規則になっておりますから」

神父はお辞儀をした。

「わたしの番ですな。一、二、三、ぼくらは、森に、出かけよう……」

「四、五、六、ソーセージを、摘みに、行こう」キュイーヴルがあとを続けた。

彼女の頭には教理問答の記憶がよみがえりつつあった。

「ありがとう」神父が言った。「というわけで、クロード・レオンはおそらく遠くには行っておるまい。一緒に会いに行きませんか！」

「出発前に何か食べておく必要がありそうだ」アタナゴールが言った。「キュイーヴル、きみは何も食べていないじゃないか。それじゃだめだよ」

「サンドイッチが食べたいな」キュイーヴルが言った。

「コワントローを一杯やりませんか、神父さん？」

「コワントローはいけません」神父が言った。「教えによって禁じられています。だが、もし差しさわりがなければ、自分宛に特例許可を出そうと思いますが」

「どうぞどうぞ」アタナゴールが言った。「デュポンを呼んできましょう。紙とペンがいりますか？」

「印刷済みのやつがありますので」神父が言った。「控え付きの帳面になっておりましてね。これなら、どれくらい許可を出したかがわかりますから」

アタナゴールはテントを出て左手に向かった。デュポンの厨房はすぐ横に建っていた。アタナゴールはノックせずにドアを開けてライターを点灯した。ゆらめく炎に照らされて、デュポンのベッドと、その中で眠るラルディエの姿が見て取れた。彼の頬には二筋の涙の跡があり、抑えきれないすすり泣きが文字どおり彼の胸をふくらませていた……。アタナゴールは彼のほうにかがみこんだ。

「デュポンはどこにいる？」アタナゴールは尋ねた。

ラルディエは目を覚まし、泣き出した。半ば眠ったままの頭にアタの質問が聞こえてきたのだ。

「出て行きました」彼は言った。「いなくなったんです」

「そうか。どこに行ったか、心当たりはあるか？」

「アマディスのやつと一緒にいるにちがいありません」ラルディエは嗚咽した。「あのあま、思い知らせてやるぞ」

「おいおい、ラルディエ」アタナゴールは厳しい口調で言った。「結局のところ、きみはデュポンと結婚しているわけじゃないんだから……」

「してますよ」ラルディエはきっぱりと言った。

彼はもう泣いていなかった。

「ここに来たとき、彼と一緒に壺を割ったんです。『ノートル＝ダム・ド・パリ』に出てくるみたいに[*1]。壺は十一個の破片に分かれました。彼との結婚はまだ六年残っています」

「そもそも、『ノートル＝ダム・ド・パリ』なんか読んだのが間違っている。昔の本だからな。それからな、きみたちのそれを結婚と言いたければそう言ってもいい。ともかく、きみの泣き言を聞いてやるんだからわたしもずいぶん人がいいな。きみにはその本の最初の章を書き写してもらおうか。左手を使って、右から左に書くのだ。ところでコワントローはどこにあるのか、教えてくれ」

「食器棚の中です」ラルディエは落ち着きを取り戻していた。

「それでは、眠りたまえ」アタナゴールが言った。

彼はベッドに近づき、ラルディエのためにふとんを折り込んでやり、彼の髪を手で梳《す》いてやった。

「あいつは単に、買い物に出かけただけかもしれないよ」

ラルディエは鼻をぐすんといわせただけで何も言わなかった。いっそう気持ちが落ち着いた様子だった。

アタナゴールが食器棚を開けると、バッタのトマト煮を入れた瓶の横にコワントローの瓶があるのがすぐに見つかった。彼は数週間前、発掘で豊かな成果があったときの掘り出し物である、優雅な形をした小ぶりのグラス三つを取り出した。彼の考えでは数千年前にネフルピトン女王が、心を静める薬湯に入る際に洗眼用の杯として用いたものだった。彼は一式を盆の上に見栄えよく並べた。それからキュイーヴルのために大きなサンドイッチを作ってこれも載せると、盆を持ってテントに戻った。

神父はベッドのキュイーヴルの隣に腰かけ、彼女の半袖ブラウスの前を開けてその中をしげしげと観察していた。

「このお若い女性はじつに興味深いですな」神父はアタナゴールが戻ってきたのを見て言った。

「ほう？　特にどんな点が？」

「いやはや、特にどんな点がとは言えませんな。全体が、ということになりますか。とはいえ、全体を構成するさまざまな部分もまた、確かに興味深い」

「観察するためにも、自分に特例許可を出したんですか？」

＊1　ヴィクトル・ユゴーの同作品、第二編第六章で、詩人グラングワールはエスメラルダの前で壺を割り、四つに割れたので四年間結婚生活を送る約束をする。

「わたしはフリーパスを持っているんですよ。職業柄、必要ですからな」

キュイーヴルはあっけらかんと笑っていた。半袖ブラウスのボタンもはずしたままだ。アタナゴールもつい笑いを誘われた。彼はテーブルに盆を置き、キュイーヴルにサンドイッチを差し出した。

「なんて小さなグラスだこと!……」神父が叫んだ。「こいつのために帳面を一枚使ったのは失敗でした。タンクアム・アデオ・フルクツアト・ネック・メルギツル［「これまで通り、波に洗われども沈まず」。後半はパリ市の銘］」

「エト・クム・スピリトゥ・トゥオ［「そして汝の精神とともに」。カトリックにおける「主があらんことを、汝とともに」に続く祈りの文句］」

「裏で、糸を引け、献金箱を、丸呑みにしろ」アタナゴールと神父は声を合わせてしめくくった。

「プチジャンの名にかけて!」神父は間を置かずに叫んだ。「あんたがたのように信心深い人たちと知り合えるとは、じつに嬉しいことです」

「われわれの仕事からして」アタナゴールが説明した。「そうした事柄に通じていなければいけないのです。ただしわれわれはむしろ不信心なのですがね」

「そう聞くとほっとしますな。自分が揮発性の罪を犯しているのではないかとおびえていたところです。だがもう消え失せました。このコワントローがすぐさまぴりっとくるかどうか、試してみましょう」

アタナゴールは瓶を開けてグラスを満たした。

神父は立ち上がりグラスを手に取った。じろりと見て、匂いをかぎ、飲み下した。

「ふうむ」彼が言った。

彼は改めてグラスを差し出した。

「いかがです?」アタナゴールがお代わりを注ぎながら尋ねた。

神父は二杯目を空けてから考え込んだ。

「ひどいもんだ」彼は言った。「石油の臭いがする」

「ああ、わたしが瓶を間違ったんでしょう」アタナゴールが言った。「似た瓶に入っていたもので」

「詫《わ》びる必要はありませんよ」神父が言った。「まずまず、飲めないことはありませんから」

「石油としてはいい石油なんです」アタナゴールは請け合った。

「外に出て吐いてきたいのですが、よろしいかな?」神父が尋ねた。

「さあ、どうぞ……わたしはもう一本のほうを取ってきましょう」

「急いでくださいよ」神父が言った。「たまらないのは、喉元にまたこみあげてくることなんです。しかたない、目を閉じることにしよう」

神父は大急ぎで飛び出していった。キュイーヴルはベッドに寝そべり、手を頭の下で組んで笑っていた。彼女の黒い瞳と健康な歯が、照明の光を生け捕りにしていた。アタナゴールはしばらく思案していたが、プチジャンがもどす音を聞くと、その羊皮紙のような顔をようやくほころばせた。

「いい人じゃないか」彼が言った。

「馬鹿な人だわ」キュイーヴルが言った。「そもそも、ほんとに神父なんですか? でも面白い人ですね。それに手の使い方が上手だわ」

「そりゃよかったね。わたしはコワントローを取ってこよう。だがね、アンジェルに会うまでは待ったほうがいいぞ」

「もちろんです」キュイーヴルが言った。

神父が戻ってきた。

「入ってもよろしいかな?」

「どうぞどうぞ」アタナゴールはそう言うと脇に寄って彼をとおし、それから石油の瓶をもって外に出た。

神父は中に入り、キャンバスチェアに腰かけた。

「あなたの隣に坐るのはやめておきますよ」彼はキュイーヴルに言い訳した。「だってゲロ臭いから。バックル付きのおしゃれな靴をすっかり汚してしまった。恥ずかしいことです。あなた、年はお幾つです？」

「二十歳です」キュイーヴルが言った。

「それは多すぎる。三歳にしてください」

「三歳」

そこでプチジャンは、三つのロザリオを一度にまさぐったが、まるでグリーンピースの皮剝き機のようなはやわざだった。それが終わろうとするときアタナゴールが戻ってきた。

「よし！」神父が叫んだ。「コワントローがわたしにぴったりくるかどうか、試してみよう」

「それも全然おいしくないですよ」キュイーヴルが決めつけた。

「申し訳ないが」と神父。「たえず才気《スピリット》煥発とはいかないものです。とりわけ、せっかく呑み込んだものをもどしたばかりとあっては」

「そりゃそうでしょうね」キュイーヴルが言った。

「確かにね」アタナゴールが言った。

「というわけで、飲みましょう」神父が言った。「それからわたしはクロード・レオンを捜しに行きます」

「ご一緒してもいいですか？」考古学者が尋ねた。

「いや、しかし……」神父が答えた。「今晩は徹夜するつもりですか？」

「わたしたち、夜はほとんど眠らないのです」アタナゴールは説明した。「眠ったりするととんでもなく時間が無駄になりますからな」

「そのとおり」神父が言った。「わたしとしたことが、どうしてこんな質問をしたものか。わたし自身、決して眠りません。だから、いささかムッとしたのかもしれません。自分だけだと思っていましたから」

　彼は考え込んだ。

「いや実際、ムッとしたんです。でもまあ、我慢できる範囲内です。コワントローをもらえますか」

「さあ、どうぞ」アタナゴールが言った。

「おお！」神父はガス灯にグラスをかざしながら言った。「こいつはいけそうだ」

　彼は一口味わった。

「ともかく、これはまともな酒です。だが石油のあとでは、ロバのしょんべんのような味がする」

　彼は残りを呑み干すと鼻を鳴らした。

「どうしようもない味だ」彼は結論を下した。「軽はずみに自分に特例許可を出すとどうなるかという教訓になりました」

「まずかったですか」アタナゴールは驚き顔で尋ねた。

「いや、もちろんうまいですよ」プチジャンが言った。「だが要するに、たちまち四十三度まで達してそれで終わりだ。何といっても最高なのは、九十五度のアルクビューズ［薬傷］や救急用の良質なアルコールですよ。サン＝フィリップ＝デュ＝ルール教会にいたころは、ミサ用の葡萄酒のかわりに必ずそういうやつを使っていました。言っときますが、そういうミサというのは、そりゃもう火を噴く勢いでしたよ」

「どうしてその教会にずっといなかったんですか？」キュイーヴルが尋ねた。

「放り出されたからです」神父が答えた。「連中はわたしを監査官に任命したのです。左遷というやつでしょうな。そうなると、わたしはもはやプチジャンとはいえないわけだ」

「でもそのおかげで、旅行ができるじゃないですか」アタナゴールが言った。

「そうです。その点、大変満足しています。それではクロード・レオンを捜しに行きましょう」

「行きましょう」アタナゴールが言った。

キュイーヴルも立ち上がった。考古学者はガス灯の炎に手をのばし、炎をそっと押しつぶして常夜灯の形にまで小さくした。それから彼らは三人そろって薄暗くなったテントをあとにした。

XI

「ずいぶん歩きましたな」アタナゴールが言った。

「そうですか」プチジャンが言った。「数えていませんでした。瞑想《めいそう》にふけっておりましたので。昔ながらの事柄ではありますが、神の偉大さと砂漠にいる人間の矮小《わいしょう》さについてね」

「たしかに」キュイーヴルが言った。「あんまり目新しい話じゃないですね」

「たいがいの場合」とプチジャン。「わたしの考えはわが同僚たちとは色合いが違うのです。それがわたしの瞑想に魅力を与え、またかなり個性的なタッチを加えてくれる。いまの場合、わたしは自転車を考えに入れました」

「どうやったらそんな瞑想ができるんですか？」アタナゴールが言った。

「でしょう？　わたし自身、最初のうちはわかりませんでした。だがいまでは、わたしは遊びながらこの種のはなれわざをやってのけるんです。自転車を思い浮かべさえすればいい。そうすれば、えいっ、これでよしと」

「そんなふうに説明されると」アタナゴールが言った。「簡単そうに思えますが」

「そうでしょう」と神父。「だが思い違いをしてはいけませんぞ。あれはなんだ、前に見えるのは？」

「何も見えませんが」アタナゴールが目をかっと見開きながら言った。

「男の人だわ」キュイーヴルが言った。

「ああ！……」プチジャンが言った。「きっとレオンだぞ」

「それはどうかな」アタナゴールが言った。「朝は何も見かけなかったが」

意見をかわしながら、彼らはその何かに近づいていった。向こうも同じ方向に移動していくので、なかなか距離が縮まらない。

「おーい！……」アタナゴールが叫んだ。

「おーい！……」アンジェルの声が返ってきた。

相手が立ち止まった。アンジェルだった。しばらくして彼らはアンジェルに追いついた。

「こんばんは」アタナゴールが言った。「紹介しましょう。キュイーヴルとプチジャン神父です」

「こんばんは」アンジェルが言った。

みんなは握手を交わした。

「お散歩ですか？」プチジャンが尋ねた。「おそらく、瞑想しておられたんでしょう」

「違います」アンジェルが答えた。「外に出たくなって」

「どこに行くんです？」考古学者が尋ねた。

「どこか遠くへ」アンジェルが言った。「あいつらが、ホテルであんまり音を立てるもんだから」

「だれがです？」神父が尋ねた。「いや、わたしのぶしつけさときたら筋金入りでして」

「いや、かまいませんよ」アンジェルが言った。「秘密でも何でもありませんから。ロシェルとアンヌです」

「ほう！」神父が言った。「つまり二人はまさにその最中だと……」

「彼女は大声を出さずにはいられないたちなんです」アンジェルが言った。「ひどい話ですよ。ぼくは隣の部屋にいるんですから。もうこれ以上あそこにいるのには耐えられない」

キュイーヴルがアンジェルに近寄った。彼の首に腕を巻きつけ、キスをした。

「いらっしゃいよ。一緒に来たらいいわ。クロード・レオンを捜しに行くんです。プチジャン神父はとっても面白いのよ」

黄色いインク色をした夜は、天の星からさまざまな角度で降り注ぐ光のビームによって切り裂かれていた。アンジェルは若い娘の顔を見ようとした。

「親切な人ですね」彼が言った。

プチジャン神父とアタナゴールは先を歩いていた。

「違うわ。親切というわけじゃありません。見たいでしょう、わたしがどんなふうか？」

「見たいです」

「ライターをつけてみて」

「ライターは持ってないんです」

「それなら、両手でさわってみて」彼女は少しアンジェルから体を離しながら言った。アンジェルは両手をそれぞれ彼女のまっすぐな肩に置き、そこから上に這わせていった。指がキュイーヴルの頬から閉じたまぶたへと進み、黒い髪の中に迷い込んだ。

「あなたはなんだか不思議な香りがするんですね」

「なんの香り？」

「砂漠の香り」

彼は両腕をだらりと落とした。

「まだ顔にさわっただけでしょう……」キュイーヴルがとがめる口調で言った。

アンジェルは何も言わず、動かずにいた。彼女は彼に近づき、アンジェルの首のまわりにもう一度、むきだしの両腕をまきつけた。頬と頬をくっつけるようにして、彼の耳元でささやいた。

「泣いていたのね」

「ああ」アンジェルがつぶやいた。

彼は身動《みじろ》ぎせずにいた。

「女の子のために泣いたりしてはいけないわ。女の子にそんな価値はないもの」

「彼女のために泣いているわけじゃない。彼女が前はどうだったか、これからどうなるかを思って泣いてるんだよ」

彼は重苦しいけだるさから醒めたようだった。そして両手をキュイーヴルの腰にまわした。

「きみは親切な人だね」彼はまた言った。「さあ、あの人たちに追いつこう」

彼女は腕を振りほどいて、彼と手をつないだ。二人は砂丘の砂の上を駆け出した。夜の闇の中で転びそうになって、キュイーヴルは笑い声をあげた。

プチジャン神父はアタナゴールに、クロード・レオンが隠者に任命されたいきさつを話したところだった。

「おわかりでしょう、あの青年はあのまま刑務所に入れておくべきではありませんでした」

「ごもっともです」アタナゴールが言った。

「でしょう」とプチジャン。「ギロチンにかけるべきだったんです。だが司教様は顔がききますからな」

「それはレオンにとっては幸いでしたな」

「結局のところ大差ないのですがね。隠者というのは、その気になれば楽しいものです。とにかく、何年かの猶予ということではある」

「どうして？」話の最後を耳に入れたキュイーヴルが尋ねた。

「なぜかといえば、三年か四年も隠者暮らしをすると、たいていの場合は気が変になってしまうんだよ。そうなると、まっすぐ前に向かって歩き続け、最初に出くわした少女を犯そうとして殺してしまうのだ」

「かならずですか？」アンジェルが驚いて言った。

「かならずです。この法則に関して、例外は一例しか知られていません」

「それはだれなんです？」アタナゴールが尋ねた。

「じつに優れた人物でしてね」プチジャンが言った。「まさに聖人というべき男です。話せば長くなりますが、なんともためになる話なのです」

「聞かせてください、わたしたちに……」キュイーヴルが相手の心を動かそうと訴えかけるような口調で頼んだ。

「だめです」神父が言った。「それはできません。長すぎます。結末だけお聞かせしましょう。その男はまっすぐ前に向かって歩き続け、とうとう一人の少女と出会う……」

「やめてください」アタナゴールが言った。「ぞっとする！……」

「その少女が彼を殺したのです。気のふれた娘だったのです」

「まあ」キュイーヴルがため息をついた。「ひどい話だわ。その青年もかわいそうに。なんという名前？」

「プチジャンです」神父が言った。「いや、ちがった！　申し訳ない。別のことを考えていたもので。ルヴェリエという男でした」

「それはびっくりだ」アンジェルが口をはさんだ。「ぼくも一人ルヴェリエという男を知っていますが、彼の身の上にはそんな事件は起こりませんでした」

「ということは同一人物じゃないんですよ」神父が言った。「あるいはわたしが嘘《うそ》をついているのか」

「そういうことになりますね……」アタナゴールが言った。

「ほら、見て」キュイーヴルが言った。「近くに明かりが見えるわ」

「そろそろ着くようです」プチジャンが言った。「すまんが、まずわたしだけが行かなければなりません。あとから来てください。規則でそうなっているのです」

「だれも見張っているわけではないんでしょう」アンジェルが言った。「一緒に行ってもかまいませんよね」

「だが、わたしの良心はどうなります？……」プチジャンが言った。「パンパニカイユ、パピヨンの王様……」

「ボール遊びで、あごの骨砕いた！……」他の三人が声を合わせた。

「よろしい」プチジャンが言った。「儀式の手順をわたしに負けないくらいご存じなのだから、お三方ともご一緒にどうぞ。個人的にはわたしもそのほうが嬉しい。一人きりだと退屈しますからな」

彼はジャンプ一閃、飛び上がった。そして空中で一回転し、体をかがめて着地した。長衣がふわりと大きな黒い花のように広がり、砂の上にぼんやりと影を落とした。

「これも儀式の一部ですか？」考古学者が尋ねた。

「いや！」神父が答えた。「これはわたしの祖母が、浜辺で人に気づかれずにおしっこをしようとしたときのやり方です。言っておきますが、わたしは使徒伝来のパンツを穿いておりません。あんまり暑いものですから。これについては特免をもらっています」

「特免も積み重なると重荷になるでしょうな」アタナゴールが意見した。

「マイクロフィルムに写しを取ってありまして」プチジャンが言った。「ごく軽いフィルム一巻に収まっています」

彼は立ち上がった。

「行きましょう」

クロード・レオンは白い木材で建てた狭い小屋に住んでいた。室内はこぎれいに片づいていた。小石で作ったベッドが居室の隅に置かれていて、家具はそれですべてだった。

扉が一つあり、台所に通じていた。一同がガラス窓越しに覗くと、クロード・レオンその人がベッドの前にひざまずき、顔を手で覆って瞑想しているのが見えた。神父が中に入った。

「おーい！」彼が言った。

隠者は顔を上げた。

「早すぎますよ」彼が言った。「まだ五十までしか数えてないのに」

「かくれんぼをしているのかね、わが子よ?」プチジャンが言った。

「はい、神父さま」クロード・レオンが言った。「ラヴァンドと一緒に」

「そうか」神父が言った。「仲間に入れてくれるかな?」

「もちろんです」クロードが言った。

彼は立ち上がった。

「ラヴァンドを呼んできます。あいつに教えてやらなければ。きっと喜ぶでしょう」

彼は台所に向かった。アンジェル、キュイーヴル、考古学者が神父のあとから入った。

「隠者と会ったときには、何か特別なお祈りをしてあげるんじゃないんですか?」キュイーヴルが驚いて言った。

「いや、そういうことはしませんね」神父が答えた。「あいつもいまではこの業界の人間ですから! そういうのは、素人さんのためにはなりますがね。ほかの場合は、通常の規則に従うだけですよ」

戻ってきたレオンは、魅力的な黒人女性を従えてきた。卵形の顔に、細くまっすぐな鼻、大きな青い目に、驚くほど豊かな赤毛の髪。身につけているのは黒いブラジャー。

「ラヴァンドです」クロード・レオンが紹介した。「あ、こんにちは」他の三人を見て彼が言った。

「初めまして」

「わたしはアタナゴールです」考古学者が言った。「こちらがアンジェル、そしてあちらがキュイーヴル」

「一緒にかくれんぼをやりますか？」隠者がもちかけた。

「まじめな話をしようか、わが子よ」神父が言った。「わたしは視察を行わなければならん。報告書のために、きみにいくつか質問をさせてもらうよ」

「わたしたちはお邪魔でしょう」アタナゴールが言った。

「とんでもない」プチジャンが言った。「五分ですみます」

「どうぞお座りください」ラヴァンドが言った。「みなさんは台所へいらして。そのほうが二人には好都合でしょう」

彼女の肌はまさしくキュイーヴルの髪と同じ色をしていた。そしてその逆もまた真なりだった。アンジェルはそれらの色が混じりあったらどうなるかを想像して、目が眩むような気分を味わった。

「きみ、これはわざとだったんだね」彼はキュイーヴルに言った。

「とんでもない」キュイーヴルが答えた。「だって初めて会った人だもの」

「そのとおりよ」ラヴァンドが言った。「これは偶然です」

彼らは台所に移った。神父はレオンと差し向かいになった。

「で、どうなんだ」プチジャンが言った。

「報告するようなことは何も」レオンが言った。

「ここの暮らしは気に入っているかね？」

「快調です」

「神の恩寵のほうはどうだ？」

「来たり、来なかったりです」

「考えることは？」

「真っ黒ですね。でもラヴァンドが一緒ですから無理はありません。黒といっても陰気ではなくて、黒い炎とでもいうか」

「それは地獄の色だぞ」

「ええ、でも彼女の内側はピンク色のビロードなんです」

「本当か？」

「まったくの事実です」

「突っついて《ピコチ》、ついばんで《ピコタ》、しっぽを上げて、飛び降りろ」

「アーメン！」隠者が応じた。

プチジャン神父は考え込んだ。

「全体として、きちんとやれているようだな」彼が言った。「きみは人前に出して恥ずかしくないような隠者になることだろう。立札を立てておかねばならないな。日曜には見物客がやってくるだろうから」

「いいですよ」

「なにか神聖なる行いを選んだかね？」

「というと？……」

「説明を受けたはずだぞ。円柱の上に立っているとか、一日に五回わが身を鞭打《むちう》つとか、ごわごわの馬の毛で作ったシャツを着るとか、小石を食べるとか、一日二十四時間祈り続けるとか、そういったことだよ」

「そういう説明はありませんでした。何かほかのことでもいいですか？　そういうのはそれほど神聖なる行いとも思えないし、過去にやった人がいるわけですから」

「オリジナリティというやつには用心したほうがいいぞ、わが子よ」

「はい、神父」

隠者はしばし考え込んだ。

「ラヴァンドとぼくがやるというのはどうでしょう……」彼が提案した。

今度は神父がじっと考え込む番だった。

「個人的には、別にまずいとは思わないが、見物客がやってくるたびごとにやらなければならないという点を、考えてみたのかね？」

「楽しそうですね」クロード・レオンは答えた。

「それならばオーケーだ。ピンク色のビロードなんだな、本当に？」

「本当です」

神父は身をふるわせ、うなじの毛を逆立たせた。神父は片手を下腹部に押し当てた。

「恐ろしいことだ」彼は言った。「さてと、きみに言っておくべきことは以上ですべてだ。隠者援助協会から缶詰を余分に届けさせよう」

「缶詰ならあります！」

「たくさん必要になるぞ。見物客がおおぜい来るはずだ。この近くに鉄道が通るのだからな」

「へえ！」クロード・レオンが言った。

彼の顔は青白かったが、しかし本気で喜んでいるようだった。

「お客さんがしょっちゅう来てくれるといいんですが……」

「いやまったく、きみの話を聞いているとぞっとするよ」プチジャン神父が言った。「だが、わたしは妥協は許さんからな。ピク、ニック、ドゥイユ……」

「アンドゥイユ［ソーセージ。間抜けの意味も］はきみだ」隠者がしめくくった。

「みんなのところに行こう」プチジャンが言った。「きみの神聖なる行為については了解した。その方向で報告書を書いておこう」

「ありがとうございます」クロードが言った。

パサージュ

一点の疑いもなく、アマディス・デュデュはとんでもない男である。みんなをうんざりさせる人物であり、ひょっとしたら話の中盤で消されてしまうかもしれない。それは単に彼が不誠実で傲岸無礼なうぬぼれ屋だからだ。しかも同性愛者である。いまや、ほぼすべての登場人物が出そろった。そこからさまざまな種類の事柄が生じてくるだろう。まず、鉄道の敷設。これは大仕事となる。なぜなら彼らは砂利《バラスト》を運んでくるのを忘れたからだ。しかしこれは必要不可欠なものである。バラストの代わりに小さな黄色いカタツムリの貝殻を使うわけにはいかないのは、だれもそんな提案をしないことが示すとおりだ。さしあたり、彼らは枕木の上にレールを敷き、当座はレールを宙に浮かせた状態にしておくだろう。そしてバラストが到着し次第、下にバラストを敷くのである。もちろんそういうやり方でも鉄道は敷設できる。だが先にわたしが、砂漠の小石についても語ることになるだろうと予告したとき、わたしが考えていたのはバラストの件ではなかった。そのときは、おそらく一種の通俗的な、あまり知的とは言いがたい象徴表現がわたしの念頭にあったのだろうと思う。だが言うまでもなく、ここで舞台となっているような砂漠の空気は、とりわけ黒い帯状の光を放つ太陽のせいで、かなり気を滅入らせるものであることが徐々に判明するだろう。最後に言っておくが、新たな脇役がさらに登場するはずだった。アルフレッド・ジャベス。これは縮尺模型とは何かを心得た人物である。しかし今となってはもう遅すぎる。クリュックはと言えば、彼の船は座礁するだろう。そして彼がようやくやってきたとき、すべては片がついているだろう。それについては次なるパサージュでふたたび触れるとしよう。あるいはそれさえ省略するかもしれない。

第二楽章

I

涼しい日で、ひと雨来そうな空模様だったが、風はそよとも吹いていなかった。いつもどおり緑の草がぴんと伸び、太陽はそのとがった先っぽを飽きもせずに色あせさせていた。エパトロールの花は元気をなくして半ばしぼんでいた。ジョゼフ・バリゾーネはレストランのブラインドをすべて下ろしていたが、レストランからは陽炎《かげろう》が立ち昇っていた。黄色と黒のタクシーが旗を上げてホテルの正面で待っていた。トラックはバラストを求めてふたたび出発したところだった。エンジニアたちはそれぞれ自室で仕事し、実動隊員たちはレールの端にやすりをかけ始めていた。端が直角に切られていなかったのである。新品のやすりが立てる調子のいい軋《きし》み音が空気を揺るがしていた。アンジェルはオリーヴとディディシュが手に手を取って、小さな茶色の籠いっぱいにリュメットを採集しに行くのを窓から見送っていた。彼の横では製図板の上でインクが乾いていた。隣の部屋ではアンヌが計算をし、その少し向こうではアマディスがロシェルに手紙を口述していた。一方、下の階のバーではろくでなしのアルランが、マランとカルロをどやしつけに戻る前に一杯やっていた。アンジェルの頭上ではマンジュマンシュ教授の足音が響いていた。教授は屋根裏部屋をそっくり、現代的な医務室に作り替えたのである。病人はだれもいなかったので、彼は手術台を使って小型模型飛行機をこしらえていた。ときおり、教授が小躍りして喜ぶ声がアンジェルの耳にも届いた。またときには大音声が、ごつんという鈍い物音とともにアンジェルの部屋の天井に突き刺さってきたりする。教授がインターンを叱りつけているのだ。するとしばらくのあいだ、インターンがぐずぐずと泣き言をいう声が聞こえてくるのだった。

アンジェルはまた製図板に身をかがめた。アマディス・デュデュが提供したデータにもとづくならば疑いの余地はなかった。彼は首を横に振って製図用のからすロを置いた。伸びをすると、疲れた足取りでドアに向かった。

「入ってもいいかい?」

アンジェルの声だった。アンヌは頭を上げて、どうぞと言った。

「よう、どうした」

「やあ」アンジェルが言った。「進んでる?」

「うん」とアンヌ。「ほとんど終わった」

「厄介なことに気づいちゃったんだ」

「何だい?」

「バリゾーネの土地を収用しなければならない」

「うそだろ?　確かなのか?」

「間違いない。二度やり直してみた」

アンヌは計算とデッサンに目をとおした。

「間違いないな」彼が言った。「線路はホテルの真ん中を通ることになる」

「どうすればいいんだ」アンジェルが言った。「迂回《うかい》させるほかないよな」

「アマディスにはそのつもりはないだろう」

「頼んでみるか?」

「一緒に行こう」アンヌが言った。

アンヌはどっしりした体を起こし、椅子を押しやった。

「困ったもんだな」

「ああ」アンジェルが言った。

アンヌが部屋から出た。アンジェルもそのあとに続き、ドアを閉めた。アンヌがアマディスの部屋のドアまで行くと、向こうから声が聞こえ、猛烈な勢いでタイプライターを打つ乾いた音が響いてきた。彼は二度ノックした。

「どうぞ!」アマディスが叫んだ。

タイプライターの音が止まった。アンヌとアンジェルは中に入り、アンジェルがドアを閉めた。

「どうしたんです?」アマディスが尋ねた。「仕事の邪魔をしてもらいたくないんだが」

「まずいんですよ」アンヌが言った。「いただいた資料によれば、鉄道はホテルをまっぷたつにしてしまいます」

「どこのホテルです?」

「このホテルです。バリゾーネ・ホテル」

「ほう」アマディスが言った。「それがどうしました? 収用してしまえばいいでしょう」

「迂回するわけにはいかないんですか？」

「きみ、どうかしてますね」アマディスが言った。「そもそも、バリゾーネこそ砂漠のどまんなかにホテルを建てる必要がどこにあったんです。だれかの邪魔になるかもしれないということを考えずに」

「だれの邪魔にもなっていませんでしたよ」アンジェルが指摘した。

「邪魔になっていました、わかるでしょう」アマディスが言った。「いいですか、諸君は計算をして図面を引くために給料をもらっているんです。もう終わったんですか？」

「まだ途中です」アンヌが言った。

「なるほど、終わってないなら、終わらせたまえ。この件については理事総会で取り上げてもらうことにしますが、最初の案どおりになることに疑いの余地はありませんね」

彼はロシェルのほうを振り返った。

「続けましょうか、マドモワゼル」

アンジェルはロシェルを見た。下ろしたブラインドから洩れる光を受けて、彼女の顔は優しく、整っていたが、疲れのせいで目がやや吊り上がっていた。彼女はアンヌに向かってほほえんだ。二人の青年はアマディスのオフィスを出た。

「どうする？」アンジェルが言った。

「しかたない、続けよう」アンヌは肩をそびやかして言った。「結局のところ、だからどうだっていうんだ？」

「別に、何でもないさ」アンジェルがつぶやいた。

彼はアマディスのオフィスに戻って彼を殺し、ロシェルにキスしたかった。廊下の木張りの床は少し洗剤臭い匂いがして、継ぎ目から黄色い砂がこぼれ出ていた。廊下の端では、窓の前に置かれたエパトロールの重たげな枝がかすかな風に吹かれて揺れていた。アンジェルはこのあいだの晩、クロード・レオンのもとを訪れたときに感じたのと同じ、眠りから覚めるような感覚をまたも味わった。

「もううんざりだ」アンジェルが言った。「散歩につき合ってくれよ」

「いったいどうしたんだ?」

「計算なんか放り出すんだ。ひとまわりしてこよう」

「でもとにかく、終わらせなきゃならんだろう」アンヌが言った。

「帰ってから終わらせればいい」

「おれ、くたくたなんだよ」アンヌが言った。

「それは自業自得だろう」

アンヌは得意そうににやけ顔をしてみせた。

「自業自得だな。でも全部がおれのせいってわけじゃない。二人でやっている話なんだから」

「あの娘を連れてこなければよかったんだ」アンジェルが言った。

「そうすればこんなに眠くはならなかったろうな」

「毎晩一緒に寝なくたっていいじゃないか」

「あいつがやりたがるんだよ」アンヌが言った。

アンジェルは一瞬ためらってから言った。

「相手はだれだってかまわないんじゃないのか」

「そうは思わないな」アンヌが答えた。

彼は少し考えてから、うぬぼれ抜きで言った。

「おれとしては、あいつがだれとでもちょっとずつやってくれたらと思うし、おれ自身それで気にならなければそのほうがいいんだけどね。でもあいつはおれとしかやりたがらない。それにおれだって、まだどうでもいいとまではなっていないし」

「どうして彼女と結婚しないのさ？」

「うーん。そのうち、おれにとってはどうでもいいというふうになるだろうから。その時を待ってるわけさ」

「いつまでもそうならなかったら？」

「その可能性もあるだろう」アンヌが言った。「もしあいつがおれにとって最初の女だったなら。でもものの値打ちっていうのは、いつだって下落していくもんだ。最初の女を、たとえば二年のあいだ猛烈に愛するとしよう。だが二年たつともうその女が同じだけの効果を及ぼさなくなっていることに気づくのさ」

「どうして？　だって愛してるんだろう」

「いや、そうなるんだよ」アンヌが言った。「そういうもんなんだ。二年以上続くかもしれない、選び方がまずければ、二年ももたないかもしれない。そうなると、別の女が最初の女と同じ効果を及ぼしてくることに気がつく。だが今度は一年しかもたない。そのあとも同様さ。言っておくが、また最初の女に会って、愛して、一緒に寝ることはできる。でももう同じとは言えない。一種の反射作用になってしまうんだ」

「そんなの、面白い説とは言えないな」アンジェルが言った。「ぼくの場合はそうじゃないと思う」

「どうしようもないさ」アンヌが言った。「だれだってそうなんだから。ほんとのところ、女なんか別に必要じゃないんだ」

「肉体的には、そうかもしれない」

「そうじゃない。肉体的にだけじゃなくて、精神の上でも、女なんか必要じゃない。女って、きちきちしすぎているだろう」

アンジェルは何も言わなかった。二人は廊下で立ち話をしていた。アンヌは仕事部屋のドアに背をもたれさせていた。アンジェルはアンヌの顔を見た。少し強く息を吸い込んでからこう言った。

「きみがそんなことを……。アンヌ、きみがそんなことを言うのか?」

「ああ。よく知ってることなのでね」

「もしロシェルがぼくのものになったとしたら」アンジェルが言った。「もし彼女がぼくを愛してくれるなら、ぼくはほかの女に愛される必要なんか絶対にないと思うよ」

「そんなことないさ。二年か三年か四年たってみろ。もし彼女がおまえをまだ同じように愛してるとしても、おまえのほうは何とか事態を変えようとするだろうさ」

「どうして?」

「もう彼女がおまえを愛さないようにしたいからさ」

「ぼくはきみとは違う」アンジェルが言った。

「女には想像力がない」アンヌが言った。「一生自分だけで十分だと思ってる。だがほかのことが山ほどあるんだからな」

「それは違う。ロシェルと知り合いになる前は、ぼくもそんな意見だったけど」

「変わりはないさ。おまえがロシェルと知り合ったからといって、真実であることに変わりはない。ほかのものが山ほどあるんだ。たとえばこの緑のとんがった草だってそうさ。この草にさわって、黄色いカタツムリの殻を指のあいだで押しつぶすとか、乾いた熱い砂の上で、乾いた砂に混じったきらきら光る茶色い砂粒に目をとめて、指先でつまんでみるとか。それともむきだしの青いひんやりとしたレールを眺めて、それが澄んだ音を立てるのを聞いたり、排気管から出る水蒸気を見たり、それから……さて何だろう、おれにはわからんが……」

「きみが話してるんだぞ、アンヌ……」

「それともあの太陽と黒い帯……そしてその向こうにひそんでいる何か……。あるいはマンジュマンシュ教授の飛行機、あるいは雲、それとも土を掘って何かを発見するとか。それとも音楽を聞くとか」

アンジェルは目をつぶった。

「ロシェルを譲ってくれ」彼は頼み込んだ。「愛していないんだろう」

「愛しているよ」アンヌが言った。「だがそれ以上は何もできないし、ほかのことをなくしてしまうわけにもいかない。おまえが望むならあいつを譲ってもいいさ。でもあいつはいやがるだろう。あいつはおれに四六時中、自分のことを考えてほしがっている。あいつ中心に生きてほしいんだ」

「もっと聞かせてくれよ」アンジェルが言った。「彼女が何を願っているのか」

「ほかの連中はみんな死んで干からびてほしいと思っているのさ。何もかも崩れ去って二人だけが生き残ればいいと思っている。おれがアマディス・デュデュに取って代わればいいと願っている。そうすればあいつはおれの秘書というわけさ」

「でも、きみは彼女をだめにしている」アンジェルがつぶやいた。

「どうせなら自分がだめにしてやりたいというわけか?」

「ぼくは彼女をだめになんかしない」アンジェルが言った。「彼女には触れずにいるさ。キスするだけだ。それからはだかの彼女を白いシーツでくるんでおく」

「女っていうのはそんなものじゃない」アンヌが言った。「女たちはほかのことがあるなんていうことは知りもしない。とにかく、それがわかっている女はごくわずかだ。女たちが悪いわけじゃないが、知ろうとしないんだ。なすべきことは何かを考えようともしない」

「なすべきことって何だ?」

「地面に寝ころがること。この砂の上に寝ころがって、少しばかりの風に吹かれ、頭を空っぽにすること。それとも、歩くこと、何もかもをこの目で見ること、いろいろやってみること、人々のために石の家を建てること、人々に車や明かりや、だれもが持てるものを持たせてやること。そうすれば彼らもまた何もせずに陽にあたって砂の上で過ごし、頭を空っぽにしたり女たちと寝たりできるだろうからな」

「そうしたいと思うときもあれば、思わないときもあるだろう」

「いつだってそうしたいと思ってるさ。だがそれ以外のこともしたいんだ」

「ロシェルをだめにしないでくれ」アンジェルが言った。

彼は声をふるわせて懇願した。アンヌは額に手を当てた。

「あいつは勝手にだめになっていくんだ」彼は言った。「おまえにだってどうしようもないさ。おれがあいつと別れたときには、あいつはもうすっかりだめになっているかもしれない。だがもしおまえのことを好きになれば、またすぐ元に戻る。ほとんど前と変わらない様子になる。とはいえ結局は前より二倍の速さでだめになっていく。おまえには耐えられないだろうな」

「で、それから?……」

「それから、おまえがどうするか、おれは知らない。とにかくあいつがだめになっていくスピードときたら、厳密なくらい規則正しく増していくだろう」

「彼女に嫌われるような態度を取ってくれないか」アンジェルが言った。

アンヌは笑った。

「まだ無理だ。まだ愛してるからな。あいつと寝るのが好きなんだ」

「聞きたくない」

「計算を片づけるとするか。おまえも馬鹿なやつだなあ。きれいな女の子はそこらじゅうにいるじゃないか」

「ほかの子は好きになれないんだ。ぼくはどうにも苦しい」

アンヌは彼の肩を力強くつかんだ。

「その辺を歩いてこいよ。少し外の空気を吸うんだ。そして別のことを考えるんだな」

「散歩に行こうと思っていたんだ。きみがいやがったんだぞ。ほかのことなんか考えられない。彼女はすっかり変わってしまった」

「そんなことはない。ただ少しばかりベッドでのあしらいが上手になっただけさ」

アンジェルは鼻を鳴らして立ち去った。アンヌは笑っていた。彼はドアを開けて仕事部屋に入った。

II

アンジェルは熱い砂に足を取られてよろけた。革紐で編んだサンダル越しに入ってきた細かな砂が足の指のあいだに感じられた。耳にはまだアンヌの言葉とアンヌの声が残っていたが、目にはアマディス・デュデュの仕事部屋でタイプライターの前に坐ったロシェルの優しくみずみずしい顔、整った眉弓ときらめくような口元が見えていた。

前方遠くには、皺《しわ》ひとつない黒い帯が現れて、地面を暗い線で分断していた。線は砂丘の凸凹にぴたりと沿ってまっすぐに、ゆるぎなく延びていた。彼はこの不安定な地面の上をできるだけ足早に、坂を上るときには一歩ごとに何センチかずり下がりながら進み、下るときには丸みを帯びた坂を転げるようにして猛スピードで駆けていった。そして黄色い砂が広がるただなかに最初の足跡をつけることに肉体的な喜びを感じるのだった。彼の心の辛さは徐々になだめられていった。それは彼を取り巻くすべてのものの多孔質な純粋さによって、つまり何もかも吸収する砂漠の存在によって、辛さが知らぬ間に干上《ひあ》がったからだった。

影の地帯のへりが近づきつつあった。むきだしのくすんだ壁がはてしなくそそり立っているかのようだった。本物の影よりも人を惹きつける魅力があった。なぜならそれはむしろ光の不在、高密度の空虚、断絶というべきもので、その厳格さを乱しにくるものは何もないからだった。

あと何歩か進めば、アンジェルは闇の中に入るだろう。彼は壁の足元に立ち、おずおずと片手を突き出した。目の前で手が消え、あちらの地帯の冷気が伝わってきた。彼はためらうことなく体ごと入っていった。すると暗いヴェールがすぐさま彼を覆った。

彼はゆっくりと歩いた。寒かった。心臓の鼓動が高まった。ポケットを探り、マッチ箱を取り出すと、マッチを一本擦った。確かに着火したはずだったが、あたりは一面闇のままだった。彼はぎょっとしてマッチ棒を放り投げ、目をこすった。もう一度、マッチ箱のざらざらした面に棒の先の燐の部分を念入りにこすらせた。マッチに着火したしゅっという音が聞こえた。彼はマッチ箱を左のポケットにしまうと、だいたいの見当をつけて、マッチ棒の先のかすかな輝きに、もう一方の手の人差し指をそろそろと近づけた。焼けつくような感覚があってすぐさま指を離した。そして二本目のマッチを捨てた。

彼はこわごわと後ろを振り返り、出発点に戻ろうとした。来たときより長く歩いた気がしたが、それでもあたりは相変わらず何一つ見えない闇だった。もう一度立ち止まった。血がいっそう速く血管をかけめぐり、両手は凍えていた。彼は地べたに腰を下ろした。落ち着かなければならなかった。両手をわきの下に入れて温めた。

彼は待った。鼓動は落ち着いてきた。手足には闇の中に入ってからの運動の感覚がまだ残っていた。落ち着いて、あわてずにもう一度方角を定めると、太陽のほうへ決然と歩き出した。まもなく、熱い砂に触れたような気がした。そして不動の黄色い砂漠が目の前で燃え上がり、彼の目をしばたたかせた。はるか遠くに、バリゾーネ・ホテルの平たい屋根から立ち昇る陽炎が見えた。

影の壁から遠ざかると、彼は不安定な砂の上にくずおれた。目の前で、リュメットが一匹、長く湾曲した草の上をのろのろと這っていき、虹のように輝く薄い膜をそのあとに残していた。彼は砂の上に寝そべり、手足のそれぞれを砂に埋め、筋肉と頭の緊張を完全にゆるめて一息ついた。彼の心は穏やかで、そして寂しかった。

会議

III

（1）

ユルシュス・ド・ジャンポラン理事長は到着するや眉をひそめた。なぜなら守衛が持ち場についていなかったからである。しかしながら理事長はそのまま通り過ぎ、会議室に入っていった。そこで理事長はまたもや眉をひそめた。テーブルのまわりに誰も着席していなかったのである。彼は人差し指と親指をあわせて金の懐中時計の端緒をたぐりよせた。その端緒なるものは、同じく金でできた鎖という形で物質化されていた。そいつを理事長は引っ張った。かなり奇妙なことに、非の打ちどころのないその機械仕掛けは、ついさっき理事長をあれほど急がせたときと同一の時刻を示していた。だから守衛も理事会メンバーもまだ来ていないのであり、一瞬疑ったように彼らが示し合わせてのことではないのだと納得して、会長は駆け足でリムジンまで引き返し、やる気あふれる運転手に、その辺を走らせてくれと命じた。理事長がまっさきに到着するなどという姿を見せるわけにはいかない。断固としてそれはならん！

（2）

守衛はくたびれたような笑いを浮かべて口元を引きつらせながら雪隠《せっちん》から戻ってきた。それは猥褻な絵はがきのコレクションを収めた大きなタンスのところへいそいそと直行するのにぴったりのタイミングだった。くたびれたような笑いを浮かべて口元を引きつらせ、両手をふるわせていた。ズボンの前開きは湿っていた。なぜならこの日は彼にとってあれの日だったからである。まだ少し漏れ出ており、背骨の下方が閃光で照らされるような気がしたが、その光はちかちかと瞬きながら弱まっていく。長年の座業でなめしをかけられた彼の老いた尻の筋肉は、なおもぴんとこわばっていた。

（3）

いつもながらちゃんと前を見ずに運転していたアガト・マリオンによって轢かれた小さな犬の肺は、不思議な緑色をしていた。道路管理官はそれをしかと見届け、すばやい箒の一振りで死骸を下水口に叩き込んだ。下水はたちまち嘔吐《おうと》し始め、その道は数日間、迂回しなければならなくなった。

（4）

一方では人間や物事の意地の悪さ、他方では蓋然性《がいぜんせい》の峻厳《しゅんげん》な掟によって引き起こされたさまざまな出来事の末に、会議に招集された面々のほぼ全員が、会議室の入口で鉢合わせすることとなり、一同は文明化された社会の慣例に従って、手のひらをこすりあわせたり、唾液の飛沫《ひまつ》を放ったりしたのちに入室したが、軍国化された社会では、これらに替えて頭に手をもっていき靴底を打ち鳴らすこととされているし、場合によっては、遠くから発せられた短い叫び声がそれに伴うのであって、そうしてみると結局のところ、軍人は衛生的であるということになるが、しかしながらくだんの軍人たちの便所を一瞥するならその意見は捨てざるを得ず、ただしアメルローの軍人たちだけは例外で、彼らは一列に並んでクソを垂れ、クソ用個室を清潔に保ち、つねに消毒剤の匂いをぷんぷんさせておくのであり、それはプロパガンダに配慮し、かつまた幸いにもそうした手段によって説得することが可能な住民《インハビタント》［フランス語としては「人が住んでいない」の意味になる］のいる国々において見受けられることで、それが一般的法則なのだが、ただしそれが可能になるのは、そうしたプロパガンダを行き当たりばったりに行うのではなく、当局による市場調査やオリエンテーションの結果明らかになった人々の欲望を考慮することによってであり、あるいはまた幸福なる政府が彼らの管理する蛮族たちの幸福をさらに増してやろうと絶えず行うアンケートの結果を考慮に入れたうえでなされるからこそなのである。

　こうして、理事会が始まった。一人だけ、事情があって出席していないメンバーがいたが、その人物は二日後にやって来て言い訳をした。だが門番の態度は厳しかった。

（5）

「みなさん、われらの忠実なる事務局長にご発言いただきましょう」

「みなさん、工事の最初の数週間の収支総額をお知らせする前に、エグゾポタミーから送られてきました報告書を、報告者が本日欠席ですので、わたくしが読み上げさせていただきます。報告者は幸いにも適切な時期に報告書をわたくしのもとに届けてくれました。ここでわたくしは、彼の先見の明を称え、この慎重なやり方に敬意を表したいと思います。なにしろ、急に都合が悪くなるということはだれであれ、起こりうるわけですから」

「異議なし！」

「なんの話かね？」

「よくおわかりでしょう」

「ああ！　思い出した！」

「みなさん、報告書の内容は以下のとおりです」

「ありとあらゆる種類の困難にもかかわらず、アマディス・デュデュ技術部長の努力と創意工夫によって、必要な資材はすべて調達可能となった。デュデュ技術部長の献身と自己犠牲、そしてまた勇気と職業的な能力については強調するまでもない。巨大な困難の数々、およびアルラン現場監督を例外として、実動隊員や職員やエンジニア全般の陰に籠《こ》もった無気力および悪意を前にしたとき、このほとんど不可能な任務は、デュデュ技術部長以外の者によっては成功させることができなかったであろう」

「異議なし」

「申し分のない報告書だ」

「わたしにはわからなかったが、いったい何の話かね？」

「そんなこと言って、よくおわかりでしょう！」

「ああ！　そうだ！　あなたの絵はがきをこちらにまわしてください」

「みなさん、予防策も修正案もありえなかったような事態が一件、生じております。それは現地にはまさしく将来の路線をふさぐ形で、バリゾーネ・ホテルなるホテルが建っているということであります。デュデュ部長の提案によれば、このホテルを収用しなければならない、しかるのちに最も適切な手段によってその一部を破壊しなければならないとのことであります」

「リュメットというのは何か知っていますか？」

「この体位にはびっくり仰天だ！」

「われわれの同意を与えるべきでしょうな」

「みなさん、挙手による多数決に移ろうと思いますが」

「その必要はない」

「全員、異議なしでしょう」

「もちろん、バリゾーネを収用しなければならん」

「みなさん、それではバリゾーネを収用することにいたしましょう。今後その手続きは事務局長にお引き受けいただきます。公益性のある事業ですので、提出すべき書類はごく限られたものとなるはずです」

「みなさん、ただいま読み上げられました報告書の作者に向けて賞賛動議の採択を提案いたします。その作者とはわれらが技術部長、アマディス・デュデュにほかなりません」

「みなさん、われらの優れた同僚であるマリオンが提案するとおり、デュデュに賞賛の文書を送ることに異議はありませんね」

「みなさん、報告書の文面によればデュデュの部下たちの態度には目に余るものがあります。彼らの給料を二十パーセント削減するのが賢明であると考えますが」

「それによる節約分をデュデュ氏に支払うことにしたらいかがでしょう。出張手当を増額するという形で」

「みなさん、デュデュはいかなる形であれ受け取りを拒むに違いありません」

「異議なし」

「それにその分だけ節約になる」

「アルランに関しても増給なしですか？」

「それはまったく不要でしょう。彼らには良心というものがありますから」

「だが他の連中はもちろん減給というわけですな」

「みなさん、以上の決定はすべて事務局長により議事録に記録されることとします。議事日程ではほかに何がありましたかな？」

「この体位はどうです？」

「びっくり仰天だ！」

「みなさん、以上をもちまして閉会といたします」

IV

キュイーヴルとアタナゴールは腕を組んでバリゾーネ・ホテルへの道を上っていった。ブリースとベルチルは地下道に残してきた。彼らは数日前に発見された大広間を完全に掘り起こすまでは外に出たがらなかった。掘削機は絶えず掘り続け、新たな通路、新たな部屋が現れ出た。それらは柱の並ぶ幅の広い通路で結ばれており、貴重な品々に満ちていた。すなわち髪留めのピン、石鹸石《サポナイト》や柔らかな青銅で作られた留め金、そして奉納用の小像、これは骨壺とセットになっていることもあればそうでないこともあった。そしておびただしい数の水瓶である。アタのハンマーは休むことを知らなかった。しかし考古学者にはさすがに少しばかりの安息と気分転換が必要だった。そしてキュイーヴルも彼についてきたのだった。

　彼らはなだらかな斜面を上り下りし、太陽は彼らを金の光で包んだ。砂丘の上からはホテルの正面と赤い花々が見え、鉄道敷設現場もそっくり見渡せた。実動隊員はレールや枕木がうずたかく積み上げられたまわりで立ち働いている。キュイーヴルには彼らよりもきゃしゃなディディシュとオリーヴのシルエットを見分けることができた。二人は木材の山の上で遊んでいた。アタナゴールとキュイーヴルは立ち止まることなく、ホテルのバーに直行した。

「やあ、ラ・ピップ」アタナゴールが言った。

「ボンジョルノ」ピッポが言った……。「ケサハ六時ニ、ファッチェ・ラ・バルバ？」

「いいや」アタナゴールが答えた。

「ノッチェ・チェイニョ・ベネデットのコンチックショー！……」ピッポは叫んだ……。「そんなことで、恥ずかしくないんですかいな、だんな？」

「いいや」アタナゴールが言った。「どうだい、儲かってるかね？」

「まったくミジメなもんです。あんまりミジメで気が変になりそうだ。わたしがスパ［ベルギーの湯治場］で給仕長をしておったころは、それはもう大したもんでしたよ！……だがここじゃあ……まったくもってプールケス！……」

「何ですって？」キュイーヴルが尋ねた。

「プールケス。ひどいもんだ！」

「飲み物を持ってきてくれ」考古学者が言った。
「外交官のドタ靴を投げつけてやりたい。ワルシャワまで投げつけてやりたい」ピッポが言った。
彼はこの脅し文句を、それにぴったりのしぐさで表現した。つまり、右手の親指を手のひらのほうに折り曲げてからその手を前に突き出したのである［ファシストの敬礼を暗示］。
アタナゴールはほほえんだ。
「トリノ［ベルモット酒］を二杯もらおうか」
「わかりました、だんな」
「で、連中がいったい何をしたというわけ？」キュイーヴルが尋ねた。
「それがですな。連中はわたしのボロ屋敷を吹き飛ばそうというのですよ。もうおしまいです。ここはもう死んじまった」
そして彼は歌い始めた。
「ヴィルヘルム[*1]は、気づいたとさ
これじゃ、ヴィットーリオ[*2]に、してやられるぞ
そこで、ローマに、派遣した
同盟むすぼうと、ビューロー[*3]を……」
「その歌、気がきいてるね」考古学者が言った。
「トレントとトリエステを、よこすんだ
トレンティーノ［自治県《トレント》］を、まるごと、よこすんだ
そうヴィットーリオに、言ってやれ
あんたの、損には、なるまいと

ところが、飛行機に乗って、お空から、
ガブリエーレ・ダンヌンツィオ＊4は、
鳥のように、さえずった
キ・ヴァ・ピアーノ・ヴァ・サーノ［ゆっくり行けば安全なり］……」
「こいつはどこかで聞いたことがあるぞ」考古学者が言った。
「キ・ヴァ・サーノ・ヴァ・ロンターノ［安全に行けば遠くまで行ける］、
キ・ヴァ・フォルテ・ヴァ・ア・ラ・モルテ［急いで行けば死を招く］、
エッヴィーヴァ・ラ・リベルタ［そして自由万歳］！」
キュイーヴルは拍手した。ピッポはすっかりしわがれた声の限りをふりしぼり、テノールの音域で歌い上げた。天井で床を叩く鈍い音がした。
「ありゃなんだ？」考古学者が尋ねた。
「あれもやっぱり、プールケでさあ！」ピッポが言った。

＊1　ドイツ帝国皇帝ヴィルヘルム二世（一八五九－一九四一年）。第一次大戦で敗北、オランダに亡命。
＊2　イタリア国王ヴィットーリオ・エマヌエーレ三世（一八六九－一九四七年）。
＊3　ベルンハルト・フォン・ビューロー。ヴィルヘルム二世に仕えたドイツ帝国宰相・外交官・政治家（一八四九－一九二九年）。一九一四年、特使としてローマに派遣され独墺伊三国同盟の保持を訴えるが、翌年イタリアは同盟を破棄し連合国側についた。
＊4　イタリアの詩人・作家・政治活動家（一八六三－一九三八年）。第一次大戦勃発後、連合国側に加わっての参戦を訴え、戦闘機パイロットとなる。一九一八年にはウィーン上空から休戦を訴えるビラを散布した。

いつもながら、怒りながら喜んでいるような様子である。彼はさらにこう言った。

「アマポリス・デュデュ。あいつはわたしが歌うのが気に食わんのです」

「アマディス」キュイーヴルが言い直した。

「アマディス、アマポリス、アマドゥー、どうだってかまわんじゃないですか?」

「ボロ屋敷がどうしたこうしたって、いったい何の話だね?」アタが尋ねた。

「アマポリスのやつの外交問題ですよ」ピッポが言った。「わたしをシュウリョウするなんていうんだ……。くそ、あのプールケのやつ、口を開けばそんな言葉ばかり使いやがる! その予定だと言うんですわ」

「収用すると言っているのか?」とアタ。

「それです」とピッポ。「俗に言えばそうなる」

「きみはもう働かなくてよくなるぞ」アタが言った。

「連中みたいなヴァカンスなど、ほしくもありませんね」ピッポが言った。

「まあ一緒に一杯やりたまえ」

「だんな、どうもすみません」

「ホテルが鉄道のじゃまになるというわけ?」キュイーヴルが尋ねた。

「そうです。あのいまいましい鉄道です。乾杯《チンチン》」

「チンチン」キュイーヴルも声を合わせた。三人はそろってグラスを空けた。

「アンジェルはいるかな?」アタが尋ねた。

「部屋にいると思いますがね」ピッポが言った。「確かじゃありませんが。単にそう思うだけで。相変わらず図面を引いてるんでしょう」

彼はカウンターの後ろの呼び鈴を押した。

「下りてきますよ、部屋にいるなら」

「すまないね」

「あのアマポリスのやつ、あれはプールケだ」ピッポが断言した。

彼はグラスを拭きながら、また鼻歌を歌い始めた。

「おいくらかね？」考古学者はアンジェルが下りてこない様子なので言った。

「三十フランになります」ピッポが言った。「まったく、みじめなもんですわ」

「ここに置いておくよ。一緒に、発掘現場を見に来ないかね？　アンジェルは部屋にいないようだ」

「そんなわけにはいきませんよ！」ピッポが言った。「連中ときたらわたしにたかるハエのようなものです。いないすきに何もかも飲まれてしまう」

「それなら、また来るよ」

「またの、お越しを」

キュイーヴルがあでやかにほほえんだので、ピッポはしどろもどろになった。彼女はアタについて出て行き、二人は発掘現場に向かった。

空気には花々と松脂《まつやに》の匂いが漂っていた。地均《なら》し機がつけた道らしきものの両脇に、情け容赦なく刈り取られた緑の草が積み上げられていた。ぴんと張った茎から香りのいい半透明の汁が大粒の玉となってゆっくりと滴り、砂の上を転がり、黄色い砂粒をまぶされていた。鉄道は地均し機を用いてアマディスの指示どおりに切り拓かれたこの道筋に沿って敷かれるのだ。アタナゴールとキュイーヴルは道の両側に無造作に投げ出された硬い草の山と、砂丘のなめらかな表面が荒らされた様子を、ぼんやりとした悲しみを抱いて眺めた。坂を上り、下り、また上って、ようやく工事現場が見えてきた。

上半身裸のカルロとマランは、個性のない太陽の下で身をかがめ、大型エアハンマーを両手でつかんでいた。あたりにはエアハンマーの乾いた破裂音と、そこから少し離れたところで回転しているコンプレッサーの唸りが響き渡っていた。排気によって吹き上げられる砂で半ば目をくらまされながら、彼らはたゆまず働いていた。砂は彼らの湿った肌に張り付いていた。一ムジュールほどの道がすでに均されており、掘り進んだ両脇には砂が切断面のようにそそり立っていた。彼らは砂丘を切り分け、事前に行われた地形調査の結果からアンヌとアンジェルが算出した砂漠の平均水準に合わせて掘り進めているのだった。それはふだん彼らが踏んでいる地面に比べてかなり低かった。おそらく路線のこのあたりはすべて切り通しにしなければならなかった。両脇では砂の小山が盛り上がっていった。

アタナゴールは眉をひそめた。

「これはすごいことになりそうだな!……」彼はつぶやいた。

キュイーヴルは何も答えなかった。彼らは二人の男たちに近づいていった。

「やあ」考古学者が言った。

カルロが頭を上げた。背の高い金髪の男だが、青い目は充血して相手の姿が見えないようだった。

「こんちは!……」カルロがつぶやいた。

「はかどってるわね……」キュイーヴルが褒めた。

「大変だよ」カルロが言った。「じつに大変。岩を相手にしてるようなもので。砂は上のほうだけなんです」

「それも当然だよ」アタナゴールが説明した。「なにしろ風がまったく吹かないから、砂が石化してしまったんだ」

「地表はどうしてそうならないんです？」カルロが尋ねた。

「太陽の熱が届くぎりぎりのところでは、石化は起こらないんだ」考古学者が説明した。

「ほう！」とカルロ。

マランも立ち止まった。

「仕事を休んでると」マランが言った。「アルランの野郎に後ろからがつんとやられるぞ」

カルロはふたたびエアハンマーを動かし始めた。

「この仕事を、きみたちだけでやっているのかね？」アタナゴールが尋ねた。

彼はエアハンマーのすさまじい音に負けじと声を張り上げなければならなかった。長い鋼鉄の刃が薄青い砂煙を巻き上げながら砂地に切り込み、左右に伸びたハンドルをつかむカルロの硬くなった手が、一種の絶望感を漂わせて引きつっていた。

「おれたちだけです……」マランが言った。「ほかの連中はバラストを取りに行っています」

「トラック三台でかね？」アタナゴールがわめいた。

「そう」マランも同じ調子で答えた。

栗色の髪がもじゃもじゃに伸びて、胸毛の濃いマランだが、その童顔はやつれていた。彼の目は考古学者から離れ、若い娘の上で動かなくなった。

「この人、だれなんですか？」今度は彼がエアハンマーを止めて、考古学者にそう尋ねた。

「キュイーヴルといいます」彼女はマランに手を差し出しながら言った。「同じ仕事仲間よ。ただしわたしたちのほうは地下だけど」

マランはほほえむと、かさかさにひびわれた手で彼女のしなやかな指を握った。

「やあ……」

カルロは仕事を続けていた。マランは残念そうな顔でキュイーヴルを見た。

「アルランのせいで、休むわけにはいかないんだ。そうじゃなければ、一緒に一杯やりにいくんだが」

「おい、おまえのカミさんはどうするんだ?……」カルロが叫んだ。

キュイーヴルは笑い出した。

「奥さん、そんなにやきもち焼きなの?」

「そんなことないさ」マランが言った。「おれが真面目だってことはよくわかっている」

「そううまくいくかい」カルロが意見した。「この辺じゃ出かける先と言っても限られているしな……」

「日曜日に会えるわよ」キュイーヴルが期待を持たせた。

「ミサのあとでな」マランが冗談を言った。

「このあたりじゃ、ミサになんか行かないわ」

「隠者が一人いるだろう」アタナゴールが言った。「原則として日曜日は、その隠者を見物に出かける予定になっている」

「そんなことだれが決めたんです?」マランが反対した。「おれはこの娘と一杯やりに行く方がいい」

「神父が来て、全部説明してくれるよ」考古学者が言った。

「ちぇっ」マランが言った。「おれ、神父は嫌いさ」

「ほかに何をしようっていうんだ？」カルロが諭した。「カミさんや子どもたちと一緒に散歩したいんだろう？」

「わたしも神父は好きじゃない」アタナゴールが言った。「だがあの神父は一味違うんだよ」

「知ってますよ」マランが言った。「だが長衣を着てることに変わりはないでしょう」

「愉快な人よ」キュイーヴルが言った。

「そういうのがいちばん危ないんだ」

「さっさとやれよ、マラン」カルロが言った。「アルランの野郎に隙を突かれるぞ」

「やるともさ……」マランがつぶやいた。

エアハンマーがまた荒々しく音を響かせ始め、ふたたび砂が宙を舞った。

「それじゃ諸君、失礼するよ」アタナゴールが言った。「バリゾーネの店で一杯やりたまえ。お代はわたしにつけておいてくれ」

彼は立ち去った。キュイーヴルはカルロとマランに手を振った。

「日曜日にな！」マランが言った。

「何言ってやがる！」カルロが言った。「自分のつらを考えてみろ！」

「あいつ、間抜けな年寄りだな」マランが言った。

「いや」カルロが言った。「よさそうなやつじゃないか」

「いいやつだけど、やっぱり間抜けな年寄りってのがいるもんさ」マランが言った。

「まったく口の減らない野郎だぜ」カルロが言った。

カルロは顔の汗を腕の裏側でぬぐった。どっしりと重そうな塊の上に軽く体重をかけてみた。固くしまった土くれがばらばらと剝がれて彼らの前に崩れ落ち、砂埃が彼らの喉をひりつかせた。二人はエアハンマーの騒音に慣れ切っていたので、つぶやき声でも意思疎通できた。普段から、仕事の辛さを減らすために作業しながらおしゃべりしていた。何しろ終わりの決して見えない仕事だった。そしていまや、カルロは自分の夢を声に出して言っていた。

「こいつが片づいたそのときには……」

「こいつが片づくことなんかない」

「砂漠だってずっと続くわけじゃない」

「別の仕事が待ってるさ」

「少しくらい手足を伸ばす権利はあるはずだ……」

「仕事なんかやめちまってもいい……」

「そうすれば静かに過ごせる……」

「土も、水も、木もあるし、きれいな女の子だっているかもな」

「掘るのはもうやめだ……」

「いつになっても終わりにはならないだろう」

「アルランの野郎がいるからな」

「何もしないくせに給料はおれたちよりいい」

「そんな身分にはなれっこない」

「ひょっとするとどこまでいっても砂漠かもしれん」

彼らは硬くなった指でハンドルを握りしめる。血は血管で干上がり、声はもはやはっきりとは聞こえず、つぶやき声、くぐもったうめき声でしかなく、エアハンマーの震動音にかき消された。震動音はあたりを跳ね回り、彼らの汗まみれの顔のまわりや、乾ききった唇の端でもぶんぶん唸っていた。引き締まった褐色の肌に包まれて、彼らのごつい筋肉は丸いこぶのように突き出し、息の合った動物のように連動していた。

カルロは半ば目を閉じて、腕に沿って伝わる鋼鉄の刃の動きをつぶさに感じ取っていた。刃を見ることもなく本能的に操っていた。

彼らの後ろではすでに掘られた溝の巨大な断面が、暗い口を開けていた。地面はごくおおまかに均されているだけだった。彼らは砂丘の石化した部分へと、より深く掘り進んでいった。新たに掘り進めた溝のふちは、彼らの頭すれすれのところまで来ていた。そして遠くのほう、別の砂丘の上に一瞬、考古学者とオレンジ色の娘の姿が小さく浮かび上がった。それから石くれが剝がれて二人の後ろに転がり落ちた。まもなく仕事の手を休めて、残土の山を取り除かなければならないだろう。トラックは相変わらず戻ってこない。鋼鉄のピストンからエアハンマーの刃軸に繰り返し伝わる衝撃と、排気の鋭い音とが溝の壁に反響して、耐えがたいやかましさになった。だがその騒音はもはやマランとカルロの耳には届いていなかった。彼らの目の前には新鮮な緑の野原が広がり、草の上ではたくましい体つきをした娘たちが裸で彼らを待っているのだった。

V

アマディス・デュデュは受け取った手紙を読み返した。本社のレターヘッド付きで、理事会のメンバー二人による署名があり、そのうち一人は理事長だった。彼はさも満足げな表情を浮かべていくつかの文言にうっとりと目を留めた。そして聴衆を唸らせるような文章を頭の中で練り始めた。

関係者たちをバリゾーネ・ホテルの大ホールに集めなければならなかった。それも早ければ早いほどいい。仕事が終わったあとのほうが望ましいが、ともかく。ホテルに演壇があるかどうかも、事前に確かめておく必要がある。手紙の一項目はバリゾーネ自身とホテルに関係している。有力企業が乗り出すのだから、手続きは迅速に進むことになるだろう。路線の設計図はほぼ完成していたが、いまだにバラストが届いていない。トラック運転手たちは休みなしに探し回っていた。ときおり連絡を寄こしたり、あるいは不意にトラックで戻ってくる者もいたが、すぐさまふたたび出発するのだった。アマディスはバラストの件でいささか苛立っていたが、いずれにせよ線路は、地面から少し浮かせて、架台の上に載せた形で敷かれつつあった。カルロとマランときたら何の役にもたたない。だがあっぱれなことにアルランは、彼らに最大限の力をふり絞らせることに成功しており、一日当たり二人で三十メートルの道を切り拓いていた。今から四十八時間後には、ホテルをまっぷたつに割る作業に取りかかることになる。

ドアをノックする音がした。

「どうぞ！」アマディスはそっけなく言った。

「ボンジョルノ」ラ・ピップがそう言って入ってきた。

「ボンジュール、バリゾーネ」アマディスが言った。「何かお話でも？」

「あるともさ」ピッポが言った。「くそ鉄道会社の連中はいったい、どういうつもりなんだね。わたしのホテルのまんまえに鉄道を作ろうだなんて？　わたしにいったいどうしろと？」

「大臣があなたに関する収用命令にサインなさったところでしてね」アマディスが言った。「今晩お知らせするつもりでしたが」

「そんなのは外交問題上の大文字の話でしょうが。いったいいつ、どかしてくれんです？」

「鉄道をまんなかに通すために、ホテルの建物を壊さなければならんのです。それをお伝えしなければと思っていたところでした」

「何だって？　有名なバリゾーネ・ホテルを壊すだと？　わたしのスパゲッティ・ア・ラ・ボロネーゼを味わったお客さんがたは、一生ラ・ピップの店のなじみになるもんだと思ってましたがね？」

「残念です。とにかく、命令にサインがされてしまったんです。ホテルは国益のために徴発されたと考えてください」

「で、このわたしは？　わたしはいったいどうすりゃいい？　また給仕長に逆戻りするほかないんですか、え？」

「賠償金《ばいしょうきん》がもらえますよ。まあ、すぐにというわけにはいかないだろうが」

「プールケス！」ピッポはつぶやいた。

彼はアマディスに背を向けるとドアも閉めずに出ていった。アマディスが注意した。

「あなたのホテルのドアでしょう、閉めていってください！」

「ふん、もうわたしのホテルじゃないよ」ピップは憤慨して言った。「自分で勝手に閉めるがいいや！」

彼は南国風の響きがするののしり言葉を吐きながら去っていった。

アマディスはホテルと一緒にピッポも徴発してもらうべきだったかと考えたが、その場合は手続きがより複雑になり、書類作成に時間がかかりすぎただろう。彼は立ち上がり、仕事机を回り込んだ。そこでアンジェルと顔を突き合わせた。アンジェルはノックもせずに入ってきたのだが、それには理由があった。

「おはようございます、部長」アンジェルが言った。

「おはよう」アマディスが握手しようともせずに言った。

彼はふたたび仕事机を回り込んで円を描き終えると、椅子に坐った。

「ドアをしめてください、お願いしますよ。何か話したいことでも？」

「はい。われわれはいつ給料をもらえるんでしょう？」

「ずいぶん気が早いですな」

「ぼくにはお金が必要だし、給料日は三日前だったはずです」

「われわれが砂漠のただなかにいるということがおわかりですか？」

「いいえ。本当の砂漠なら鉄道などありません」

「それは詭弁《きべん》ですな」アマディスは受け流した。

「なんとでも言ってください。九七五番はしょっちゅう来てますよ」

「ええ。だが頭のおかしい運転手に送金を頼むわけにはいきませんからね」

「車掌は狂ってはいません」

「わたしはあの車掌のバスに乗ったことがありますがね。間違いなく、あの人もまともじゃありませんよ」

「では、長くかかるんですね」

「きみは感じのいい若者だ」アマディスが言った……。「つまり、容姿の面でということだが。きみは……ずいぶんと素敵な肌をしている。だからきみに一つ教えてあげよう。これはきみが今晩初めて知るはずの話なんだが」

「そうではないでしょう」アンジェルが言った。「いま聞かせてもらうのなら」

「きみが本当に感じのいい若者なら、いますぐ教えてあげよう。もっとそばに来てごらん」

「言っておきますが、ぼくには触らないほうが身のためですよ」アンジェルが言った。

「ほらほら！　すぐ怒っちゃって！」アマディスが叫んだ。「そんなにガードを固めなくたっていいでしょう、ねえ！」

「ぼくにはまったく関係のない話です」

「きみはまだ若い。これから自分を変えるだけの時間はたっぷりある」

「話を聞かせてくれるんですか。そうでなければ出ていきますが」

「仕方がない！　きみたちは二十パーセント減給となります」

「だれが？」

「きみ、アンヌ、実動部隊、それにロシェルです。つまり全員、ただしアルランは別として」

「いやな野郎だ、アルランめ！」アンジェルはつぶやいた。

「きみがもう少しやる気をみせてくれたら、こんなやり方をせずにすんだでしょうに」

「やる気満々ですよ。仕事はあなたに言われた期日の三日前には終わらせたし、主要駅の各パートの計算もほとんど終わらせました」

「わたしがやる気といったのは、ちょっと違う意味なのだが、それには深入りしないでおきましょう」アマディスが言った。「詳しく知りたければ、デュポンに訊いてみるといい」

「デュポンって、だれです？」

「考古学者の料理人ですよ。感じのいい若者です。とはいえ、これがまたとんでもないアバズレでね！」

「そうですか。だれのことかわかりましたよ」

「いや。きみはラルディエと混同してるんでしょう。わたしはラルディエが嫌いでね」

「でも……」

「いや、ラルディエには本当にぞっとする。そもそも、あいつは結婚していたんです」

「なるほどね」

「どうだろう、きみはわたしのことを好きになれないのかな？」アマディスが尋ねた。

アンジェルは答えなかった。

「よくわかるよ。困っているんでしょう。わたしはね、だれにでも打ち明け話をするわけじゃないんだが、でもきみには打ち明けましょう。みんながわたしのことをどう思っているか、わたしにはお見通しなんだということをね」

「で、どうなんです？」

「で、わたしはまったく気にしちゃいません。わたしは男色家だ。きみたちはそれを変えさせたいというんですか？」

「変えさせようだなんて、まったく思っていません。ある意味では、そのほうが好都合なんです」

「ロシェルのことを考えると？」

「ええ。ロシェルのことを考えるとです。あなたに手を出したりしてほしくないですから」

「わたしが魅力的だから？」

「いいえ、あなたは、みにくいです。でもとにかくあなたは上司ですから」

「きみは変わったやり方で彼女を愛しているようですね」

「彼女がどんな女かはわかっています。愛しているんだから、会わないわけにはいきません」

「どうして女なんか愛せるんだ？」

アマディスは独りごとのように言った。

「まったく想像もできない！　女ってのは体じゅうにぶよぶよしたものがついているでしょう。何やら湿ったひだひだがあって……」

彼は身ぶるいした。

「ぞっとする……」

アンジェルは笑い出した。

「とにかく」アマディスが言った。「いずれにせよ、減給の話はアンヌには内緒にしておいてください。これはきみだけに聞かせた内緒の話なんです。女と男のあいだのね」

「ありがとうございます」アンジェルが言った。「お金がいつ着くかわかりませんか？」

「知りませんね。待ってるところです」

「そうですか」

アンジェルはうつむき、自分の足を見たが、特段何も注目すべき点はなかったので、また頭を上げた。

「ではまた」彼は言った。

「ではまた」アマディスが言った。「ロシェルのことなんか考えなさんなよ」

アンジェルは部屋を出てから、すぐさま戻ってきた。

「彼女はどこです？」

「九七五番の停留所に郵便を持って行ってもらいました」

「そうですか」

アンジェルは部屋を出てドアを閉めた。

VI

なぜこのタイプの不変性は、通常のテンソル計算によっては明らかにならなかったのであろうか？

G・ウィットロウ『宇宙の構造』ガリマール社、一四四頁

「準備できました！」インターンが言った。

「回せ！」マンジュマンシュが言った。

インターンは硬い木でできたプロペラを力いっぱい回転させた。エンジンはくしゃみをしたり、下品なげっぷをもらしたりしてから逆回転した。インターンはぎゃっと叫び、右手を左手でかばった。

「ほうら！」マンジュマンシュが言った。「注意しろって言ったのに」

「こんちくしょう！」インターンが言った。「こんちくしょうったらこんちくしょうったら、くそ！　こいつ、狂ってるな！」

「どら、見せてみなさい」

インターンが手を差し出した。人差し指の爪が真っ黒になっていた。

「何でもない」マンジュマンシュが言った。「まだ指はついている。次は指がやられるぞ」

「とんでもない」

「いや、そうなる。でなければ、ちゃんと注意するんだな」

「でも、注意したんですよ。ずっと注意はしています。ところがこのこんちくしょうのくそエンジンが手こずらせるんです。いい加減、もううんざりです」

「きみはやるべきじゃなかったのだよ、あんなことをな……」教授がもったいぶった口調で言った。

「ああ、うんざりだ、あの椅子め……」

「よし！」

マンジュマンシュは後ずさって勢いをつけると、インターンのあごにストレートパンチをお見舞いした。

「ああ！……」インターンがうめいた。

「これでもう、手の痛みは感じないだろう、え？」

「グルルル……」インターンが言った。

彼は教授の言葉に乗せられそうになっていた。

「回したまえ！」マンジュマンシュが命じた。

インターンは立ちすくんだ。そして泣き出した。

「ああ！　やめてくれ！」マンジュマンシュが叫んだ。「もう沢山だ！　四六時中、泣きどおしじゃないか！　すっかり癖になってしまったな。いいかげんにしろ、そしてプロペラを回すんだ……。きみの涙など、もはや効き目はないぞ」

「これまでだって、効き目なんかありませんでした」インターンはむっとして言った。

「そのとおり。それなのにその手ばかりつかうとは、何たる厚かましさだ」

「もういいですよ。そんなつもりはないんですから」

彼はポケットを探って、見るからに汚らしいハンカチを取り出した。マンジュマンシュはいらいらしていた。

「おい、さっさとやってくれないか？」

インターンは洟をかんで、ハンカチをポケットに戻した。それからエンジンに近づき、いやいやながらプロペラを回転させようとした。

「さあ！」マンジュマンシュが命じた。

プロペラを二度回すと、エンジンが断続的に音を立てて動き始めた。ニスを塗ったプロペラが灰色の渦を描き出した。

「加圧したまえ」マンジュマンシュが言った。

「やけどしちゃいますよ！」インターンが言い返した。

「やれやれ！……」教授はあきれ顔だった。「まったく、きみときたら……」

「すみませんね」インターンが言った。

彼は小さなレバーを操作した。

「止めるんだ！」マンジュマンシュが言った。

インターンはニードルバルブを回してガソリンが流れないようにした。プロペラをゆらゆらと揺らしながらエンジンが止まった。

「よし」教授が言った。「次は外で試してみよう」

インターンは相変わらずしかめ面をしていた。

「さあ」マンジュマンシュが言った。「おいおい、元気を出してくれよ。葬式じゃないんだから」

「いまはまだ無理ですが」インターンが弁解した。「そのうち回復します」

「飛行機をもって出発だ」教授が言った。

「自由に飛ばすんですか、それとも紐でつないで？」

「自由にだ。当たり前だろう。せっかく砂漠まで来たんだぞ」

「この砂漠に来てみて、つくづく感じましたよ。自分はそれほど孤独じゃないんだって」

「泣き言は沢山だ。いいか、このあたりにもきれいな娘がおるのだぞ。肌の色は変わってるが、体つきときたら文句のつけようがない」

「ほんとですか？」

インターンは少しものわかりがよくなったようだった。

「ああ。間違いない」マンジュマンシュは請け合った。

インターンはそこらに散らばっている飛行機の部品を集めた。外に出てから組み立てるのだ。教授は満足げに部屋を眺めた。

「こぢんまりとして居心地のいい医務室だわい」

「ええ。仕事に釣り合ってますね。だってこの結構な土地には病人が一人もいないんですから。自分の知識がどんどん消えていっているような気がします」

「きみもこれまでほど危険ではなくなるな」マンジュマンシュが言った。

「ぼくは別に危険じゃありません」

「椅子たちがみんなそれに賛成というわけではないだろう」

インターンの顔はロイヤルブルーになり、こめかみの血管が痙攣的《けいれんてき》に脈打ち始めた。

「いいですか」彼が言った。「あの椅子についてあと一言でも言ったら、ぼくは……」

「ぼくはどうした？」マンジュマンシュがあざけるように言った。

「もう一脚、殺しますよ……」

「いつでもどうぞ」マンジュマンシュが言った。

「実際の話、わたしには関係のないことだろう？　さあ、行くぞ」

マンジュマンシュは医務室を出た。黄色いシャツが屋根裏の階段を明るく照らしてくれたおかげで、不揃いな踏み板で足がよろめかずにすんだ。しかしインターンのほうはそうはいかず、尻もちをついたまま落っこちた。飛行機は無事ですんだ。インターンは教授とほとんど同時に階下に着いた。

「気のきいたやつだ」教授が言った。

「足というものを使えんのかね？」

インターンは片手で尻をさすった。もう片手でピング九〇三の翼と胴体をつかんでいた。

二人はさらに階段を降り、一階に到着した。ピッポはカウンターの後ろでトリノのボトルをまるごと一本、じわじわと空けているところだった。

「やあ！」教授が言った。

「ボンジュール、だんな」ピッポが言った。

「どうだい、商売のほうは？」

「アマポリスのやつがわたしを追っ払おうとしているんです」

「うそだろう？」

「わたしをシュウリョウしようというんです。これまた大文字問題ですよ。本当の話です」

「あんたを収用する？」

「ああ、そんなふうに言ってました。わたしをシュウリョウするってね」

「これからどうするんだね？」

「さて、わかりません。便所にでも閉じこもって、それで終わりです。ここは死んだんです」

「まったく、馬鹿じゃなかろうか」マンジュマンシュが言った。「あの男ときたら！」

インターンはじりじりしていた。

「飛行機、飛ばすんですか？」

「一緒に来るかい、ラ・ピップ？」マンジュマンシュが言った。

「いいや、わたしはプールケな飛行機なんて、興味ありません」

「それじゃ、またあとでな」マンジュマンシュが言った。

「さようなら、先生。さくらんぼの実のようにかわいい飛行機ですな」

マンジュマンシュはインターンを連れて出ていった。

「いつお目にかかれますかね？」インターンが尋ねた。

「だれに？」

「そのきれいな女の子です」

「やれやれ、面倒なやつだな」マンジュマンシュが言った。「この飛行機を飛ばす、それがすべてだよ」

「なんだ、もう」インターンが言った。「おいしい話をちらつかせておいて、それきりか……。先生は冷たい人だ」

「きみはどうなんだね？」

「ぼくもすっかり冷えてしまっていると思います。ここに来て三週間になります。おわかりでしょうか、ぼくはただの一度もあれをやっていないんです」

「それは確かか？」マンジュマンシュが言った。「実動隊員のカミさんたちともか？　朝、わたしがまだ寝ているとき、きみは医務室でいったい何をしているんだ?」

「ええと、ぼくは自分で……」

マンジュマンシュは何のことかわからずに彼の顔を見た。やがて笑い出した。

「こいつめ! つまり……きみは……自分で……。こりゃおかしすぎる!……そんなことをしているから機嫌も悪くなるわけだ!……」

「そうなんでしょうか?」インターンは少し不安顔で尋ねた。

「そうに決まっている。非常に健康に悪い」

「そうなんですか! 先生は一度もしたことがないんでしょうね?」

「自分一人でというのは一度も経験がない」マンジュマンシュが言った。

インターンは黙り込んだ。高い砂丘にさしかかったところで、インターンは息をつめて上らなければならなかったからだ。マンジュマンシュはまた笑い出した。

「どうしたんですか?」インターンが尋ねた。

「何でもない。きみがどんな顔をしてやっているのか想像してみただけだ」

彼は笑いすぎて砂の上に倒れ伏してしまった。両の目から大粒の涙を流し、歓喜の雄叫《おたけ》びで息を詰まらせんばかりだった。インターンはふくれっ面をしてそっぽを向き、地面に飛行機の部品を置くと、ひざまずいて苦労しながら組み立て始めた。マンジュマンシュは落ち着きを取り戻した。

「そもそも、きみは顔色が大変よろしくない」

「本当ですか?」

インターンはいよいよ不安をつのらせていた。

「間違いない。おわかりだろう、きみが最初というわけじゃないんだよ」

「てっきりぼくは……」インターンはつぶやいた。

彼は飛行機の翼と胴体を見つめた。

「ぼくの前に、これをやった人たちがほかにもいるんですね？」

「もちろんだとも」

「ぼくだって当然、そう思っていました。でも、同じ状況ということはありましたか？　砂漠で、女性がいないからという？」

「きっとあったろう。柱頭隠者聖シメオン[*1]の象徴が、それ以外のことを意味しているとでも思うかね？　あの柱は？　そしてあの人物が自分の柱のことにばかりかかずらっていたのは？　どうだい、明白ではないか! きみだってフロイトを勉強したことはあるんだろう?」

「いいえ」インターンが答えた。「だって、もう流行りませんよ！　あんな説をいまだに信じてるのは、時代遅れの連中だけですよ」

「そうかもしれんが、柱についてはまた別だ。哲学者たちの言うとおり、表象と転移というものがあることは認めなけりゃならん。それにコンプレックスや抑圧、そしてきみの場合は特にオナニズムだ」

「わかってますよ。先生はぼくが馬鹿だと言いたいんでしょう」

「とんでもない。きみはあまり頭がよろしくないというだけのことだ。そんなのは許せる範囲だ」

インターンは翼を胴体にはめこみ、手際よく尾翼を取りつけた。それからしばし手を止めて、マンジュマンシュの言葉をよく考えてみた。

＊1　四‐五世紀の隠者。四十年余り高い柱の上で修道し、死後列聖された。

「でも、先生はいったいどうしているんです？」

「わたしが何をどうしているかって？」

「ぼくにはわからないんですが……」

「そいつは曖昧《あいまい》な質問だな。あんまり曖昧すぎて、失礼な質問だとさえ言いたくなる」

「気を悪くさせるつもりはなかったんです」

「ああ、よくわかっているとも。だがきみには、自分に関わりのないことに首を突っ込む才能があるらしい」

「あっちに残っていたほうがよかったです」

「わたしだってそうだ」マンジュマンシュが言った。

「なんだか頭が痛くて」

「そのうち治る。砂のせいだ」

「砂のせいじゃありません。看護婦や、インターンや、病人がいないせいです……」

「椅子も足りないってか？」

インターンは頭を振った。苦痛の色が顔のところどころに染みのように浮かび上がった。

「あの椅子のことを、一生非難し続けるつもりなんですか？」

「まだ大した時間はたっていないじゃないか」マンジュマンシュが言った。「きみは長生きはできないだろうがな。悪い習慣があれこれ身につきすぎている」

インターンは言葉に詰まり、口を開いたもののまた閉じて、結局何も言わずじまいだった。そしてシリンダーやエンジンをいじくり始めたかと思ったら、マンジュマンシュの目の前で突如として飛び上がった。インターンは三十分ほど前と同じように自分の手を見つめた。手のひらに大きな切り傷ができて出血していた。彼はマンジュマンシュのほうを見た。泣いてはいなかったが、顔は真っ青で、唇は緑色になっていた。

「こいつが噛んだ……」彼はつぶやいた。

「いったいまた飛行機に何をしたんだ？」マンジュマンシュが尋ねた。

「そんな……何もしてませんよ……」インターンが言った。

彼は飛行機を砂の上に置いた。

「手が痛い」

「見せてみなさい」

彼は手を差し出した。

「ハンカチを出しなさい」マンジュマンシュが言った。

インターンは彼に汚らしいハンカチを手渡し、マンジュマンシュは嫌悪感をありありと示しながらもそれを包帯代わりにして何とか手を縛った。

「大丈夫か？」

「大丈夫です」インターンが言った。

「こいつはわたしが自分で飛ばすとしよう」教授が言った。

彼は飛行機を手に取ると器用にエンジンを起動させた。

「腰を支えてくれ！……」彼はインターンに向かって、エンジンの音に負けじと声を張り上げた。

インターンは両腕を伸ばして教授を支えた。教授が吸気管のねじを調節すると、プロペラがすさまじい勢いで回転し始め、プロペラの端が濃い赤になった。インターンはマンジュマンシュの腰にしがみついていた。飛行機の吹きつける猛烈な風を受けてマンジュマンシュはよろめいた。

「放すぞ」マンジュマンシュが言った。

ピング九〇三は弾丸のように飛んでいき、あっという間に見えなくなった。相変わらずマンジュマンシュの腰を支えていたインターンは、呆然となって手を放し、へたりこんだ。坐ったまま、うつろな目で飛行機が消えた方角を見つめていた。マンジュマンシュは鼻を鳴らした。

「手が痛むんです」インターンが言った。

「そのボロ布をはずしてみたまえ」教授が言った。

傷が口を開け、そのまわりは膨れ上がって緑色を帯びていた。傷の赤黒い中心部からはすでにして小さな泡が次々に噴き出していた。

「おやおや!……」マンジュマンシュが言った。

彼はインターンの腕をつかんだ。

「さあ、こいつを治療しに行こう!……」

インターンは立ち上がり、力のない足取りながらも駆け出した。二人はバリゾーネ・ホテルに向かって走った。

「飛行機は?」インターンが尋ねた。

「快調に飛んでいるようだな」マンジュマンシュが言った。

「戻ってくるでしょうか?」

「と思うよ。戻ってくるように調整しておいた」

「すごいスピードですね……」

「ああ」

「止まるときは、どうやって止まるんですか?」

「わからんね……」マンジュマンシュが言った。「わたしだって何から何まで考えているわけではないのだ」

「この砂のせいだ……」インターンが言った。

彼らは鋭い音を聞きつけた。頭上一メートル近辺で何かがひゅーっと音を立てた。それから何かが爆発したような音が轟《とどろ》き、ホテル一階の窓ガラスにぽっかりと穴が開いた。その穴はピング九〇三の形をしていた。ホテルの中で次々に瓶が倒れ、床に落ちて砕ける音が聞こえてきた。

「わたしは先に行くぞ」マンジュマンシュが言った。

インターンは立ち止まり、教授の黒いシルエットが砂丘の斜面をものすごい勢いで駆け下りていくのを見送った。古臭いフロックコートからはみ出した黄色の襟が鮮やかに輝いていた。教授はドアを開けてホテルの中に姿を消した。それからインターンは自分の手を見ると、重く、よろめきがちな足を引きずりながら先を急いだ。

VII

アンジェルはロシェルを見つけてアマディスの仕事部屋まで一緒に帰ろうと思い、砂丘から砂丘へと急いだ。上りでは足を速め、下りでは大股で駆け下りた。下りでは、足が押し殺したような鈍い音を立てて砂にもぐりこむ。草むらに踏み入ることもあったが、そんなときは硬い茎の折れる音が聞こえ、草の汁の新鮮な匂いが漂った。

九七五番の停留所はホテルから二ムジュールほどのところにあった。アンジェルの足取りなら長くはかからなかった。戻ってくるロシェルの姿が、砂丘のてっぺんにくっきりと浮かび上がった。そのとき彼は砂丘の底にいた。坂を駆け上りたいと思ったが、力及ばず、砂丘の中腹で彼女と一緒になった。

「こんにちは！」ロシェルが言った。

「迎えにきたんだよ」

「アンヌは仕事中？」

「だと思う」

そこで沈黙が訪れた。まずい出だしだった。

ありがたいことに、ロシェルが足首をくじいてしまった。彼女は歩く支えにアンジェルの腕を取った。

「砂丘って何かと不便だよね」アンジェルが言った。

「そうね、特にハイヒールなんか履いてたら」

「出かけるときはいつもハイヒールなの？」

「うーん、そんなにしょっちゅうは出かけないから。それよりアンヌとホテルにいるほうが多いわ」

「あいつのことがとても好きなんだね」アンジェルが尋ねた。

「ええ」ロシェルが答えた。「彼ってとても身ぎれいにしてるし、体ががっしりしていて、とても健康でしょう。わたし、彼と寝るのがものすごく好きなの」

「でも知的な面では……」アンジェルが言った。

彼はロシェルの言ったことについては考えまいとした。彼女は笑った。

「わたし、知的な面で不足はしてないわ。デュデュとの仕事のあとでは、知的な会話をしようなんて気にはならないもの！……」

「あいつは馬鹿だよ」

「でも、仕事のことはよくわかってる。それに、仕事にかけてはだれにも隙を見せない人だわ」

「いやなやつじゃないか」

「でも女に対しては親切よ」

「あいつにはぞっとするよ」

「体のことしか考えないからでしょう」

「そんなことない。でもきみに対しては、そうかな」

「困った人ね。あなたと話をするのは好きよ。アンヌと一緒に寝るのも好き。デュデュと仕事をするのも好き。でも、あなたと寝るなんて想像もできない。なんだかいやらしい気がするわ」

「どうして？」

「あなたはあれを、あんまり重視しているから……」

「そうじゃない。ぼくが重視しているのはきみとのあれなんだ」

「そんなこと言わないで。わたし……困るわ……。いいかげん、いやになってくる」

「でも、ぼくはきみを愛してるんだよ」

「わかってる。もちろんわたしを愛してるんでしょう。それは嬉しいの。わたしもあなたが好き。まるでお兄さんみたいに思ってるわ。前にも言ったでしょう。でもあなたと寝るのは無理」

「どうして？」

彼女は少し笑った。

「アンヌのあとでは、眠りたいっていう気持ちしか残らないから」

アンジェルは何も言わなかった。パンプスを履いて歩きにくそうな彼女を引っ張っていくのは骨が折れた。アンジェルは隣の彼女を窺った。彼女は薄いニットのセーターを着ていて、バストの先が突き出ていた。いくらか垂れてはいたが、しかしいまだに魅力的なバストだった。あごの線には下卑《げび》た感じがある。それでもアンジェルは彼女のことをだれよりも愛していた。

「アマディスはきみにどんな仕事をさせているの？」

「手紙や書類の筆記。たえず仕事を言いつけられるわ。バラストや、実動隊員や、考古学者や、とにかくあらゆることについて報告書を書くの」

「ぼくはいやなんだよ、きみが……」

彼は口をつぐんだ。

「わたしが何なの？」

「何でもない……。もしアンヌがここを立ち去るなら、きみも一緒に行くかい？」

「どうしてアンヌが立ち去るの？　仕事はまだ全然終わっていないのに」

「ええっと、別にアンヌにいなくなってほしいわけじゃないよ。でも、もし彼がもうきみのことを愛さなくなったら？」

彼女は笑った。

「もしあなたがあれを見たとしたら、そんなことは言わないと思うわ」

「見たくもない」

「そりゃそうよね。ショックかもしれない。わたしたち、いつもお行儀よくしているわけじゃないんだから」

「やめてくれよ！」

「困った人ね。あなたってていつも悲しそう。うんざりだわ」

「でも、きみを愛してるんだ！……」

「わかったわよ。それがうんざりなの。アンヌがわたしに飽きたら、そのときはお知らせするわ」

彼女はまた笑った。

「あなたって、これから先もずっと独身でとおすんでしょうね！……」

アンジェルは答えなかった。ホテルのそばまで来ていた。突然、ひゅーっという鋭い音がして、何かが破裂するような音がとどろいた。

「何の音だろう？」ロシェルがのんびりとした口調で言った。

「わからない……」アンジェルが言った。

彼らは立ち止まって耳を澄ませた。濃密でおごそかな沈黙があたりを支配していたが、続いてガラスが砕けるような音がおぼろげに伝わってきた。

「何かあったんだ……」アンジェルが言った。「急ごう！……」

それは彼女をよりきつく抱きしめるための口実だった。

「放してちょうだい……」ロシェルが言った。「先に行って。わたしと一緒じゃ遅くなるわ」

アンジェルはため息をついて、後ろを振り返りもせずに立ち去った。彼女は高すぎるヒールに注意しながらそろそろと進んだ。人々のざわめきが聞こえてきていた。

彼はガラス扉にはっきりした形の穴が開いているのを見た。床にはガラスの破片が散らばっていた。レストランの中では人々が慌ただしく動いていた。アンジェルは扉を押して入った。アマディス、インターン、アンヌ、そしてマンジュマンシュ博士の姿があった。カウンターの前にはジョゼフ・バリゾーネの体が横たわっていた。頭の上半分が欠けていた。

アンジェルは目を上げて、ガラス張りのファサードとは反対側の壁にピング九〇三が突き刺さっているのを見た。着陸用車輪のところまでが、れんが積みの壁に刺さっている。左翼の上にラ・ピップの切り取られた頭部がのっていた。それが先細の翼の端までゆっくりと滑っていき、鈍い音を立てて床に落ちた。ラ・ピップの黒い縮れ毛によって落下の衝撃が抑えられた。

「何があったんです？」アンジェルが訊いた。

「飛行機ですよ」インターンが言った。

「わたしはまさに、説明しようとしていたところだったんです」アマディスが言った。「明日の夕刻から、実動隊員がホテル切断の作業に取りかかるということをね。いろいろと準備しておくべきことがあったんです。これはまったく不愉快きわまることだ。おわかりですか」

彼はマンジュマンシュに向かって言っているらしかった。マンジュマンシュはいらいらとあごひげをしごいていた。

「別の場所に移さなければ」アンヌが言った。「手を貸してください」

彼は死体の脇の下を抱え、インターンが足を持った。アンヌは後ずさりしながら階段に向かった。そしてゆっくりと階段を上っていった。ピッポの流血した頭をできるだけ自分に近づけまいとした。力なくぐにゃりとした死体は、二人の腕のあいだでほとんど階段すれすれに垂れ下がった。インターンは手に怪我をしているせいで、ひどくつらそうな様子だった。

アマディスは店内を見まわした。マンジュマンシュ博士がいて、アンジェルがいる。ゆっくりと歩いてきたロシェルがそこに到着した。

「ああ！」アマディスが言った。「やっと戻ってきたか！　郵便が着きましたね」

「はい」ロシェルが言った。「何があったんです?」

「何も」アマディスが言った。「事故ですよ。いらっしゃい、急ぎの手紙を口述しなければならない。このことはあとで説明してあげるから」

アマディスはそそくさと階段に向かった。ロシェルがあとに従った。アンジェルは彼女が見えなくなるまでずっと目で追っていた。それからカウンターの前の黒い染みに視線を移した。白い革張りの椅子の一つに血のしずくが不揃いに飛び散って、乱れた行列を描き出していた。

「来たまえ」マンジュマンシュ博士が言った。

彼らは扉を開けっぱなしにしたまま外に出た。

「模型飛行機ですか?」アンジェルが言った。

「そう」マンジュマンシュが答えた。「快調に飛んでいたんだが」

「快調すぎましたね」

「いや、快調すぎたわけではない。診療所を後にしたとき、わたしは砂漠に行くものとばかり思っていた。まんなかにレストランがあるなんて、知りようもないじゃないか?」

「そんな巡りあわせだったんですよ。あなたを非難する人はいません」

「そう思うかね?……」マンジュマンシュは言った。「こういうことだよ。模型飛行機をやったことのない人は、ちょっと子どもっぽい遊びくらいに思っている。だがそれは正しくない。別の要素があるんだ。きみはやったことないかね?」

「ええ」

「それじゃ、わからんだろうな。模型に酔いしれるということが、本当にあるんだよ。目の前をまっすぐ飛んでいく模型のあとを追って駆けていく。ゆっくり上昇して行ったり、少しばかりふるえながらきみの頭のまわりを回ったり。空中で身を固くして、ぎこちない様子で、それでも飛んでいくんだ……。ピングならスピードが出るだろうと思っていたが、これほど出るとはな。エンジンのせいだ」

　彼はそこで不意に立ち止まった。

「インターンのことを忘れていた」

「ほかにも事故が？」アンジェルが尋ねた。

「エンジンに嚙みつかれたんだ」マンジュマンシュが言った。「ピッポの遺体を運ばせたが、インターンのやつ、機械的に従ったんだな」

　彼らは引き返した。

「あいつに手当をしてやらなければいかん。ここで待っていてくれるかな？　そんなにはかからないから……」

「お待ちしましょう」アンジェルが言った。

　マンジュマンシュ教授はアスリートのようなフォームで走り去った。アンジェルは彼がホテルの中に入っていくのを見送った。

　輝かしく鮮やかな色合いのエパトロールの花々が、砂漠に降り注ぐ黄色い陽光を浴びて大きく開いていた。アンジェルは砂の上に腰を下ろした。世界がスローモーションになったような気がした。インターンがピッポを運ぶのを手伝えばよかったと悔やまれた。

　マランとカルロが重いハンマーをふるって、レールを固定するための犬釘をずっしりとした枕木に打ち込む鈍い音が、アンジェルのところまで届いてきた。ときおり、鉄のハンマーが逸《そ》れてレールの鋼鉄を打ち、胸に突き刺さるような長くふるえる鋭い音が上がった。さらに向こうでは、ディディシュとオリーヴが楽しそうに笑っていた。二人は気分転換にリュメット採集をやっていた。

ロシェルはたちの悪いあばずれだった。どう考えたってそうだ。それに彼女のバストときたら……。どんどん垂れてきている。アンヌは彼女を完全にだめにしてしまうだろう。ゆるめてしまうだろう。やわにしてしまうだろう。搾《しぼ》ってしまうだろう。レモンの皮の切れはしだ。いまだって脚はきれいだ。人が真っ先に……。

彼はそこで思い直し、四十五度ほど左に傾いた視点から考え始めた。女の子についてみだらなコメントを並べ立てるなんて、まったく無駄なことだ。あんなのはたんに穴があいていて、そのまわりに毛が生えていて、そして……。まだ不十分だったようなので、さらに四十五度、左に傾けてみる。あいつをつかまえて、背負ってるものを引きはがして、そいつに爪を突き立ててむしり取って、こんどはぼくがだめにしてやるんだ。だが、アンヌの手を逃れてきたそのときには、もうどうしようもなくなっているだろう。台無しにされ、しおれ切って、目の下に隈ができ、顔にまだらが浮かび、筋肉は張りをなくし、すり切れて、汚れて、しまりがなくなっているだろう。鐘と舌《ぜっ》。そのあいだの隙間。もはや新鮮なものは何もなし。新しいものは何もなし。アンヌの前にものにしていたなら。最初。真新しい匂い。たとえばこんなふうにうまくできたかもしれない。小さなダンスクラブで過ごしたあとで、車での帰り道、彼女の腰に腕をまわし、事故が起こり、彼女がおびえる。コルネリウス・オントを轢いてしまい、オントは歩道に横たわる。オントは喜んでいる。エグゾポタミーに行かなくてすむから。そして紳士淑女のみなさん、男が女にキスするところを見るには、後ろを振り返ってみさえすればいいのです。それとも列車の中で、男が女にキスしようとするその瞬間に居合わせればいい。男はいつだって女にキスして、両手で女の体を抱え、女の体じゅうに女の匂いを求めるものだ。しかし、必要なのは男ではない。実際、その結果として、こんなことも可能ではないかという気がしてくる。つまり、何かの上に腹這いになって人生を終えられればそれでいい。うなだれてよだれを垂らし、自分は一生よだれを垂らしていられると想像できればそれでいいのだ。理屈に合わない想像というべきだろうか。なぜなら、よだれがそれほどたっぷりあるわけではないのだから。とはいえ、うなだれてよだれを垂らすことには気持ちをしずめる効果があり、しかも人々はそれをあまり活用していない。それには理由があって……。

女の子についてみだらなコメントを並べ立てるなんてまったく無駄なことだ。あんなのは……。

マンジュマンシュ教授に頭をこつんと叩かれて、アンジェルは身ぶるいした。

「インターンの具合は?」彼は尋ねた。

「それがね……」マンジュマンシュが言った。

「どうなんです?」

「明日の晩まで待ってみようと思う。それからあいつの手を切断しなければならん」

「そんなにひどいんですか?」

「でも片手だけでも生きていけるさ」

「片手がなくなるんですよ」

「そうだな」マンジュマンシュは言った。「基本となる仮定をふまえたうえで、この理屈をおしすめていくなら、体はいっさいなしでも生きていけるということになる」

「そんな仮定は受け入れられません」アンジェルが言った。

「いずれにせよ」教授が言った。「いまから言っておくが、もうすぐわたしは牢屋に入れられることになるだろう」

アンジェルは立ち上がっていた。ふたたびホテルから遠ざかろうとしていた。

「どうしてです？」

マンジュマンシュ教授は左の内ポケットを探って小さな手帳を取り出し、その最後のページを開いた。名前が二列に並べて書きつけてあった。左の列は右の列より一人分、名前が多かった。

「見てごらん」教授が言った。

「患者さんのリストですか？」アンジェルが言った。

「ああ。左側はわたしが治した患者だ。右側は死んでしまった患者。左のほうが多いうちは、わたしは安泰なのだ」

「どういうことです？」

「治した患者の数に追いつくまでは、殺してしまっても大丈夫ということさ」

「いきなり殺すんですか？」

「そう。もちろんだとも。わたしはピッポを殺したから、これでちょうど同数になったわけだ」

「そんなに拮抗していたんですか！」

「いまから二年前に、女性患者が一人死んでから」とマンジュマンシュが言った。「わたしは神経衰弱になって、大勢の人を殺してしまったんだよ。実際、馬鹿なことをしたものだ。わたしにとっては結局、得にもならないのだから」

「でも、ほかの患者を治すことだってできるでしょう。そして心安らかに暮らすことも」

「だが、ここにはだれも病人がいないのでな」教授が言った。「病人をでっちあげるわけにはいかん。それに加えて、わたしは医学が好きではないのです」

「でも、インターンの件は？」

「あれもまたわたしのミスだ。もし治すことができれば、貸し借りはなしになる。もし死んだら

「……」

「片手がなくなってしまうのは、勘定に入らないのですか?」

「おいおい、そりゃそうだろう!」教授が言った。「片手なんていうのは勘定には入らない」

「なるほど」アンジェルはさらに尋ねた。「で、どうして牢屋に入れられるんです?」

「法律だよ。きみだって知っているはずだろう」

「おわかりでしょう」アンジェルが言った。「一般に、人は何にも知らないものだっていうことは。知っているはずの人たちでさえ、つまり考えをあやつり、ひねくりまわして、自分の考えはオリジナルだぞというようなやり方で表現できる人たちでさえ、ひねくりまわす事柄の核心部分を一新するなんてことは決してしてないのだから、結局彼らの表現方法は内容に対して、つねに二十年は先走っているわけなんです。その結果、彼らからは何一つ学べない、なぜなら彼らは言葉だけで満足しているからということになります」

「きみが法律を知らないということを説明するために、わざわざ哲学的議論に迷い込む必要はないよ」教授が言った。

「それはそうですね。でもこういう考察にも、とにかく居場所を与えてやる必要がありますよ。これを考察と呼べるならの話ですが。ぼくとしてはこういうのは、健全で、認識する能力を持った個人の単なる条件反射とみなしたいところですが」

「認識するって、何を?」

「客観的に、偏見ぬきで認識するんです」

「ブルジョワ的偏見ぬきで、と言ってもいいな」教授が言った。「そういう慣わしだろう」

「いいですとも」アンジェルが言った。「つまり、くだんの個人は、思考の形式をあまりに延々と、徹底的に研究した結果、形式に邪魔されて思考それ自体が見えなくなっているのです。こちらがそこに鼻を突っ込もうとしても、また別の形式をひとかたまり持ち出してきて、視界をふさいでしまう。彼らは形式自体を大量の部品や巧妙な機械装置で飾り立てて、それを思考そのものと混同しようと努めているんです。思考そのものの純粋に物質的で、反射や感情や感覚に由来する性質を、彼らはそっくり見逃しているんです」

「わたしにはさっぱりわからん」マンジュマンシュが言った。

「ジャズでも一緒です」アンジェルが言った。「トランス状態ですよ」

「少しわかってきた気がする」マンジュマンシュが言った。「きみはこう言いたいんだろう。ジャズ同様、感じ取れる者もいれば、感じ取れない人間もいると」

「ええ。トランス状態に入ったときには、まわりの人たちがいつものように話したり、形式を操ったりしているのが不思議に思えてくるんです。つまり思考を感じ取れるようになったときには、ということですが。物理的なものとしてです」

「あいまい模糊《もこ》としているな」

「明確に言おうとは思いません。だって、自分ではっきりと感じていることを言葉で表そうとするのはあまりに面倒ですから。それにそもそも、ほかの人たちにぼくの考え方をわかってもらえるかどうかなんて、ぼくにとってはまったくどうでもいいんです」

「きみとは議論にならんということだな」マンジュマンシュが言った。

「だと思いますよ」アンジェルが言った。「ただしこの点は情状酌量してもらえると思いますが、ぼくがこういう事柄に踏み込むのは、この話の始まり以来、これが初めてなんです」

「きみは自分でも、どうしたいのかわかっていないんだな」マンジュマンシュが言った。

「自分の両腕、両足にまで満足が行きわたるなら」アンジェルが言った。「そしておがくずを詰めた袋みたいに自分がふわりとなってゆるみ切っていられるなら、そのときには自分が望みのものを得ているときに考えられるんです。だってそういうときには、自分の望みどおりに考えられるでしょうから」

「わたしにはいったい何のことやら」マンジュマンシュが言った。「何しろわたしは目下、待ったなしの、目には見えないがどうにもならない危険にさらされているので、ないないづくしで申し訳ないが、おそらくそのせいでこの四十がらみのひげづら男の身体はいまや、嘔吐寸前、失神一歩手前まで追い詰められているわけなのだ。何か別の話にしてもらえないか」

「別のこととなると、ロシェルの話になってしまいます。そうすると数分前からぼくがあれこれ苦労して築いてきた哲学体系は瓦解してしまうでしょう。だって、ぼくはロシェルとやりたいんですから」

「そりゃ当然のことだ」マンジュマンシュが言った。「わたしだってやりたい。きみのあとでそうさせてもらいたいところだ。もし不都合がなければ、そしてまたもし警察がそんな猶予をくれるならばな」

「ぼくはロシェルを愛しています」アンジェルが言った。「そのせいでぼくは、馬鹿をやらかしてしまうかもしれません。なぜならぼくはいいかげん、うんざりしているからです。ぼくのシステムは完璧すぎて、決して実現はできないでしょう。しかも、人に伝えることも不可能です。ぼくはシステムをたった一人で実地に移さなければならない。ほかの人たちが加わることはないでしょう。その結果、ぼくにどんな馬鹿がやれるとしても、たいした結果にはならないのです」

「システムとはいったい何のことだ?」マンジュマンシュが言った。「今日のきみの話は、まったくもってちんぷんかんぷんだ」

「あらゆる問題を解決するためのぼくのシステムですよ」アンジェルが言った。「本当に、あらゆることに対する解決策を見つけたんです。実に優れたやり方で、効率もいいんですが、知っているのはぼくだけなんです。それに他の人たちに教えてやる暇もありません。何しろとても忙しいですから。仕事があるし、ロシェルのことを愛しているし。わかります?」

「もっとずっと忙しい人たちだっているよ」教授が言った。

「ええ」アンジェルが言った。「でもぼくにはそれに加えて、横になって、腹這いになって、よだれを流している時間が必要なんです。もうすぐ、そうするつもりです。このやり方には大いに期待しているんです」

「もし刑事が明日わたしを逮捕しにきたら」マンジュマンシュが言った。「インターンの世話はきみに頼みたい。ここを立ち去る前にあいつの手を切断しようと思っている」

「まだ逮捕はできないでしょう。先生にはあともう一人分、死体を増やす権利があるはずですから」

「先回りして逮捕することだって時折あるのだよ」教授は答えた。「このところ、法律はすっかりねじ曲がってしまっているのでね」

VIII

プチジャン神父は大股で砂丘を上っていた。いかにも重そうな振り分け袋をかつぎ、受験生がインク瓶を運ぶような具合に紐に吊るした祈禱書《きとうしょ》をぞんざいに揺らしている。それに加えて耳に心地よい音楽をと願って、神父は古い讃美歌を歌った（自分を聖別するためでもあった）。

みーどりの、ネズミがぁ
草ーんなか、走ってたー
そーいつの、しっぽを、つかまえてぇ
だーんながたに、お見せしよー
だーんながたの、言うことにゃ
そーいつを、あーぶらに、ひたしなさい
そーいつを、みーずに、ひたしなさい
そーすりゃ、カタツムリの、できあがりぃ
ほっかほかのやつがぁ
おーたまーのなかに、浮いてるよー
こーこは、ラザール、カルノー通り
ぜーろ番地ぃ

かかとを勢いよく打ち鳴らして、神父はこの曲の伝統的な拍子を取った。こうした一連の活動によってもたらされた身体的状態は上々なものと神父には思えた。ときおり、道のまんなかに先のとがった草が茂みを作っていた。先端刺激性スクラブ［スクラブはオーストラリア大陸の低木林を指す語］なども生えていて、長衣の下から神父のふくらはぎを意地悪く引っかくのだった。だがそれがいったい何だというのか？　何でもない。その程度のことはプチジャン神父は経験済みだった。何しろ神は偉大なのだ。

猫が左から右へと横切っていった。あと少しだなと神父は考えた。それから突如、アタナゴールの野営地のただなかに出た。まさにアタナゴールのテントのどまんなかである。アタナゴールはそこで作業をしていた。スタンダードサイズのケースの一つに一心不乱に取り組んでいたが、というのもケースがなかなか開こうとしないのだった。

「やあ！」考古学者が言った。

「やあ！」神父が言った。「何をしているんです？」

「このケースを開けようとしてるんです。どうしても開かなくて」

「そんなら開けなくていいじゃないですか。無理はしないでおきましょう」

「このケースにはファザン[*1]が入っているんです」

「ファザンとはいったい何です？」

「混合物なんですがね。説明すると長くなります」

「それはご勘弁願いましょう。何かありましたか？」

「今朝、バリゾーネが亡くなりました」アタナゴールが言った。

「マグニ・ノミニス・ウンブラ[*2]［「偉大なる名声の見る影もなき姿」］……」神父が言った。

「ヤム・プロクシムス・アルデト[*3]［「すでに隣家も炎上す」］……」

＊1　灰に土と細枝を混ぜたものを指す言葉。かつて鍛冶場のかまどの火を消すのに用いられた。
＊2　一世紀ネロ皇帝期のラテン詩人ルカヌスの詩句。
＊3　ウェルギリウスの『アエネイス』（前一世紀）中のトロイア陥落を描くくだりの詩句（第二歌第三一〇－三一一行）。

「ああ！」神父が意見を述べた。「予兆など信じてはいけませんな。いったいいつ埋砂をとりおこなうんです？」

「今晩か明日でしょうな」

「参列いたしましょう」神父が言った。「ではのちほど」

「いや、一緒に行きますよ」考古学者が言った。「ちょっとお待ちください」

「出かける前に一杯やりますか？」プチジャンが誘った。

「コワントローですかな？」

「いやいや！……わたしが持ってきた酒があります」

「ここにはジトン［古代エジプトのビール］もありますぞ」考古学者が提案した。

「恐縮ですが……どうかおかまいなく」

プチジャンは振り分け袋の革紐をほどいて、少しばかり探してから、瓢《ひさご》を取り出した。

「ありました。さあ、やってみてください」

「お先にどうぞ……」

まずはプチジャンがたっぷりと呷《あお》った。それから瓢を考古学者に手渡した。考古学者は飲み口に唇を当て、頭をのけぞらせたが、すぐさまもとの姿勢に戻った。

「もう残っていない……」彼が言った。

「かもしれませんな……。わたしときたらいつもこんな調子で」神父が言った。「呑み助で浅はか……おまけに食い意地が張っている」

「それほど飲みたかったわけじゃないんです」考古学者が言った。「調子を合わせただけで」

「そうだとしても」神父が言った。「わたしは罰を受けるに値しますな。警官の干しスモモ入れには干しスモモがいくつ入っていますかね？」

「警官の干しスモモとはいったい何のことです？」考古学者が尋ねた。

「ええ、当然ながら、あなたにはそう尋ねる権利があります。これはわたしが個人的に使っている比喩表現でしてね、警官の平等銃に装備された七・六五ミリ弾の薬莢を指すんです」［「干しスモモ」は俗語で銃弾の意味］

「わたしも自分なりに解釈を試みましたが、そうだとすればぴったり合いますな。よろしい、それならば二十五個」

「いやはや、それじゃ多すぎる！」神父が言った。「三個にしてください」

「それなら三個」

プチジャンは数珠を引っ張ると祈りの文句を三回唱えた。あまりに猛スピードだったため、素早く動く指のあいだでつるつるの数珠玉から煙が上がり始めた。彼は数珠をポケットに収め、両手をふりまわした。

「あちちち！……これでよしと。それにわたしはこの世のことなど、どうでもいいのです」

「大丈夫、あなたを非難しようなんて人はだれもいませんよ」

「お上手ですな」プチジャンが言った。「あなたは育ちがおよろしい。砂や、ねばねばするリュメットだらけの砂漠で、レベルの合うお相手に出会うのは嬉しいことです」

「それにエリームもね」考古学者が言った。

「ああ、そうでした。黄色いちっちゃなカタツムリですよね？　ところで、あなたの若いお友だち、あの見事な胸をした女性はどうしているのです？」

「彼女はほとんど外出しないのです。兄弟たちと一緒に掘っています。かなり進んでいますよ。ところでエリームはカタツムリじゃありません。エリームは草です［和名テンキグサ］」

「それじゃ、会えないんですね？」神父が尋ねた。

「今日は会えません」

「それにしても、あの人はこんなところにいったい何をしに来たんです？　美人で、素晴らしい肌をして、髪も見事で、胸ときたら破門されたくなるくらいだ。頭もいいし、獣みたいに引きしまった体つき。それなのに全然会えないなんて。まさか兄弟と寝ているわけじゃないでしょうね？」

「それはありません」考古学者が言った。「彼女、どうやらアンジェルのことが気に入っているようなんです」

「じゃ、どうします？　なんならわたしが、二人を結婚させてあげましょう」

「アンジェルはロシェルしか眼中にないんです」

「あの女はどうも気に入りませんな。お腹いっぱいという感じでしょう」

「ええ。でも彼は彼女を愛しているんです」

「愛しているんですか？」

「彼が本当に愛しているのかどうか見定めるのは、興味深い仕事かもしれませんけどね」

「自分の親友と寝ているのを見ながら、それでも愛し続けられるものでしょうか？」プチジャンが言った。「こういうことを話題にするからといって、抑圧された男が性的好奇心を満たしているんだなどと思わないでくださいよ。個人的には、わたしはときおり竿をおっ立てたりもしているんです」

「そうでしょうな」アタナゴールが言った。「弁解なさることはありませんよ。実際のところ、彼は本気で彼女を愛しているんだと思います。つまり、何の希望もなくても追いかけ続けるほどに。そしてこちらはすっかりその気になっているキュイーヴルのことが目に入らないほどに」

「やれやれ！」プチジャンが言った。「あの男、われとわが身を爪でひっかくがいい！」

「わが身を何ですと？」

「爪でひっかくんです。失礼、坊主仲間の隠語でして」

「わたしはてっきり……ああ！　なるほど！」アタナゴールが言った。「わかりました。いや、とはいえ、彼がわが身を爪でひっかいているとは思いませんな」

「それなら、キュイーヴルと一緒に寝るようにも仕向けられそうですね」

「そうなってほしいと思いますよ」アタナゴールが言った。「二人とも気持ちのいい若者たちですから」

「二人を隠者見物に連れて行かなければなりませんな」神父が言った。「隠者は神聖なる行いのおかげで、そりゃもうがっぽがっぽ稼いでますよ！　ああ、しまった！　またこんな言葉づかいをしてしまって！　しかたがない。またあとで、数珠をしごいてお祈りを唱えるよう、わたしに言ってください」

「いったいどうしたんです？」考古学者が尋ねた。

「冒瀆的な言葉づかいが止まらなくなってしまいました」プチジャンが言った。「でも大丈夫。すぐまたあとでまとめて反省しますので。閑話休題《あだしごとはさておき》、とにかく、隠者見物はとても面白いですよ」

「わたしはまだ行ったことがありません」

「あなたの場合は、見物して別段どうなるわけでもないでしょう。もうお年だから」

「そうですね。わたしはむしろ過去の品物や記憶のほうに興味があります。しかし美しい体つきの若い二人がシンプルで自然な体位を取っているところを見るのは、わたしにとってもいささかも不快なことではありません」

「あの黒人娘は……」プチジャンはそう口にして、言いよどんだ。

「あの娘がどうしました?」

「あの娘は……たいそう恵まれていますな。つまり、たいそうしなやかということですが。別の話題にしていただいてもいいですか?」

「もちろんかまいませんとも」考古学者が言った。

「だんだん興奮してきてしまって」プチジャンが言った。「それにあなたのお友だちの若い女性を、いやな気持ちにさせたくはないですから。たとえばこんな話題はどうでしょう。首筋に冷水をぶっかけるとか、木槌を使った責め苦とか」

「木槌を使った責め苦とはいったい何のことです?」

「インドでは盛んに行われているやり方でしてね。まずは木製の処刑台の上に受刑者の陰嚢をやさしく押し出してやるんです。きんたまが前にくるようにしておいて、そいつを木槌でえいやっと叩き潰す……うひゃあ! うひゃあ!……」彼は身をよじりながらうめいた。「そりゃもう、どんだけ痛いか!」

「うまいこと考えたもんですな」考古学者が言った……。「それで思い出したが、こんなのもありますよ……」

「もうやめましょう……」神父は身体を二つに折って言った。「すっかり興奮が冷めましたから」

「よろしい」アタナゴールが言った。「それでは出かけますかな?」

「何ですと?」神父がびっくりした。「わたしたち、まだ出かけていなかったんですか? あなたときたら驚くほどおしゃべりですな」

考古学者は笑い出し、植民地風ヘルメットを脱いで釘にかけた。

「お先にどうぞ」彼が言った。

「ガチョウが一羽、ガチョウが二羽、ガチョウが三羽、ガチョウが四羽、ガチョウが五羽、ガチョウが六羽！……」神父が言った。

「ガチョウが七羽」考古学者が言った。

「アーメン！」プチジャンが言った。

彼は十字を切ると、先に立ってテントを出た。

IX

これらの偏心輪は調節可能である……

『一九〇〇年の万国博覧会における機械装置』デュノ社、第二巻、二〇四頁

「これがエリームだとおっしゃるんですな？」プチジャン神父は草を指さして尋ねた。

「これではありません」考古学者が言った。「しかし、エリームも生えていますよ」

「まあ、どうでもいいことですね」神父が意見した。「名前を知っているからって何の役に立つんです、物さえわかっているなら？」

「会話のときには便利です」

「物に別な名前をつけてやればそれでいいじゃないですか」

「そりゃそうですが」考古学者が言った。「それでは会話している相手によって、同じ物を別の名

前で呼ぶことになってしまいますよ」

「いまのはソレシスム［文構成上の誤用］ですぞ」と神父。「会話《コンヴェルセ》している相手ではなくて改宗《コンヴェルチール》させている相手と言わなければ」

「いや違います」と考古学者。「第一に、バルバリスム［破格用法］と言うべきだし、第二にそれはまったくもって、わたしの言わんとするところではありません」

彼らはバリゾーネ・ホテルに向かって進んでいった。神父はアタナゴールの腕に親しげに自分の腕を絡ませていた。

「おっしゃるとおりなんでしょう……」神父が言った。「正直、自分でも驚きました」

「ご信仰ゆえに、つい言い換えたくなるんでしょう」

「それはともかく、発掘のほうはいかがです？」

「とてもはかどっていますよ。基準線に沿って進んでいます」

「その線というのは、大体どの辺を通っているんです？」

「うーん……どうだろう……さて……」

考古学者は言葉を探している様子だった。

「おおよそのところ、ホテルからさほど遠くはありません」

「ミイラは見つけましたか？」

「食事のたびごとに、食べていますよ。味は悪くない。一般的に、下準備が十分されていますからね。ただし香料が効きすぎていることもよくあります」

「わたしも昔、王家の谷で食べたことがあります」神父が言った。「あそこの名物料理でした」

「あそこのは加工品ですよ。うちのは本物です」

「ミイラの肉なんて、ぞっとしますな。あなたのところの石油のほうがまだましという気がします」

　彼はアタナゴールの腕を放した。

「ちょっと失礼」

　神父は考古学者の目の前で勢いよく駆け出すと、空中で二回転した。両手をついて着地し、今度は側転にとりかかった。長衣が体のまわりに広がり、脚に張りついて太いふくらはぎをこぶのように浮き上がらせた。十二回ほど回転すると逆立ちしたまま静止し、それからぱっと立ち上がった。

「わたしはユード会[*1]育ちでしてね」彼は考古学者に説明した。「厳しい学校でしたが、心と体が鍛えられましたよ」

「わたしも宗教の道を歩めばよかったと思いますよ」アタナゴールが言った。「あなたを見ていると、自分がいかに損をしたかがわかる」

「あなただって立派に成功を収めていらっしゃる」

「この年になってやっと基準線が見つかるとは……。もう遅すぎますよ……」

「若い人たちがそれを活《い》かしてくれるでしょう」

「そうですね」

　彼らは上ってきた砂丘の高みからホテルを眺めた。すぐ前方には、架台に載ったぴかぴかの真新しい線路が太陽を浴びてきらめいていた。両側には砂が高い土手となってそびえ、その先は別の砂丘に遮られて見通せない。実動隊員は枕木に最後の犬釘を打ちつけたところで、犬釘の頭の上で振

＊1　一六四三年にジャン・ウード（のちの聖ヨハネ・ユード）が設立した司祭養成組織。

り下ろされるハンマーがきらりと光ったかと思うと、釘を叩く音が聞こえてきた。

「おやおや、連中はホテルを断ち切ろうとしているぞ！……」プチジャンが言った。

「そうなんですよ……。計算上、そうする必要があるというんです」

「馬鹿げた話だ！」神父が言った。「このあたりにはホテルがたくさんあるわけじゃないんだし」

「わたしもそう思ったんですがね」考古学者が言った。「だが、それがデュデュの考えなのです」

「そのデュデュという名前について、駄洒落を飛ばしたいところです」神父が言った。「だが前もって考えておいたんだろうと思われそうですな。そうじゃないんだということは、このわたしが一番よくわかっているわけですが」


二人は黙り込んだ。騒音が耐えがたいほどになっていたからだ。黄色と黒のタクシーが線路をとおす邪魔にならないよう、少し離れた場所に移動していた。エパトロールは相変わらずあふれんばかりに咲き乱れていた。ホテルはいつもどおり、平らな屋根のてっぺんまで強烈な震動を伝え、砂は砂のまま、つまり黄色く、粉末状で、人の心をまどわせた。太陽は何の変化も見せずに照り続けていた。ホテルの建物のおかげで、そのはるか背後、左右に広がる死んだように静かな闇と冷たさの極限地帯は、二人の男たちの目から隠されていた。

カルロとマランは手を止めた。それは第一に、神父とアタナゴールをとおしてやるためだったが、そもそも今日の仕事はそこまでだった。先を続けるためにはホテルの一部を取り壊す必要があったが、そのためにはまずバリゾーネの遺体を外に運び出さなければならなかった。

彼らは手に持った重いハンマーを放り出し、枕木とレールが積み上げられているほうへのろのろと向かうと、とにかく次の工事区域の準備に取りかかった。ひょろりと伸びた鋼鉄製の起重機のかぼそい輪郭が資材の山の上に浮かび上がり、空を黒い線で三角形に切り取っていた。

カルロとマランは両手を使って土手をよじのぼっていった。何しろ切り立った土手だったからだ。そして反対側の斜面を駆け下りていったので、彼らの姿は神父と考古学者からは見えなくなった。神父と考古学者はホテルの入口ホールに入っていった。アタナゴールはガラス扉を後ろ手に閉めた。ホテルの中は暑く、薬の臭いが階段の上から床に下りてきて、羊の背丈ほどのあたりによどみ、そこここのくぼみにまで入り込んでいた。だれもいなかった。

彼らは上を向き、上階の床を歩く足音を聞いた。神父は階段のところまで行き、上り始め、考古学者もそれに続いた。薬の臭いに胸がむかついた。アタナゴールは息をしないように努めた。二階の廊下に出た。彼らは人の声に導かれて遺体の安置された部屋に辿り着いた。ドアをノックすると、どうぞという返事があった。

バリゾーネの遺骸は大きめの木箱に安置されていた。そこにぴったり収まっていたのは、事故によって多少、寸法が短くなっていたからだった。顔には頭部のかけらが乗せられていたので、顔のかわりに縮れた黒髪のかたまりしか見えなかった。室内にはアンジェルがいて、何か独り言をいっていたが、彼らが入ってきたのを見て口をつぐんだ。

「こんにちは」神父が言った。「調子はどうです?」

「まあ、なんとか……」アンジェルが言った。

彼は考古学者と握手した。

「話何かしていたようでしたな」神父が言った。

「この人が退屈しているんじゃないかと思って」アンジェルが言った。「いろいろと話しかけていたんです。聞こえているとは思いませんが、気持ちは落ち着くんじゃないでしょうか。いい人でしたよ」

「とんでもない事故でしたね」アタナゴールが言った。「こういうことがあると、本当にがっくりきます」

「ええ」アンジェルが言った。「マンジュマンシュ教授もそう言っていました。あの人、模型飛行機を燃やしてしまったんです」

「なんと！」神父が言った。「飛んでいるところを見てみたかった」

「それはもう、恐ろしい眺めでしたよ」アンジェルが言った。「少なくとも、まるで……」

「どうだったんです？」

「じつは、何も見えなかったんです。あまりにスピードが速すぎるもので。音が聞こえただけでした」

「教授はどこにいるんです？」アタナゴールが尋ねた。

「上の階に」アンジェルが答えた。「刑事が逮捕しにくるのを待っています」

「どうして？」

「患者手帳がプラスマイナスゼロになったんです」アンジェルが説明した。「そして先生は、インターンも回復は難しいのではないかと言っています。まさにいま、インターンの手の切断手術をやっているはずです」

「それも模型飛行機のせいで？」プチジャンが尋ねた。

「エンジンがインターンの手に噛みついたんです」アンジェルが言った。「するとたちまち壊疽《えそ》が広がってしまって。だから手を切断するほかないんです」

「まったくひどいことばかりだ」神父が言った。「あなたがた、いまだに隠者を見物に行っていないでしょう。そうに違いない」

「はい」アンジェルが正直に答えた。

「こんな状況で、いったいどうやって暮らしていこうというんです？」神父が言った。「第一級の、真に心の支えとなるような神聖なる行いが公開されているんです。それなのにだれも見に行かないとは……」

「われわれはもう信者ではありませんから」アンジェルが言った。「ぼくの場合、個人的には、ロシェルのことばかり考えていますので」

「吐き気を催すような女ですな」神父が言った。「しかもその気になれば、アタナゴールのお友だちの支えを得られるのに！……あなたはあのぶよぶよ女のこととなると、手のつけようがありませんな」

考古学者は窓の外を眺めるばかりで、会話に加わらなかった。

「ぼくはどうしてもロシェルと寝てみたいんです」アンジェルが言った。「彼女が愛《いと》しい。強烈に、一途に、絶望的なほどに。きっと笑われるでしょうが、でもまさにそういうことなんです」

「あの女はあなたをバカにしてますよ」神父が言った。「まったく、癪にさわる！　もしわたしがあなただったら！……」

「ぼくはキュイーヴルにキスしたっていいんです」アンジェルが言った。「この腕に抱きしめたっていい。でもそうしたところで不幸であることに変わりはないでしょう」

「ああ、あなたが気の毒でならない！　ちっくしょう、とにかく隠者を見に行くことです！……そうすりゃ考えも変わるから！……」

「ぼくはロシェルが欲しい」アンジェルが言った。「もうぼくのものになってもいいころだ。彼女は台無しにされていくばかりです。彼女の腕はぼくの友人の体の形になってしまった。彼女の目はもう何も語りかけてこない。彼女のあごの線が崩れていく。彼女の髪はべとついている。確かに彼女はぶよぶよだ、腐りかけた果物みたいにぶよぶよしている。腐りかけた果物の果肉と同じ匂いがする。それでもやっぱり、惹きつけられるんです」

「そんな文学《まやかし》はやめてください」プチジャンが言った。「腐った果物なんて気持ちが悪いだけだ。ねばねばして、すぐ崩れそうで」

「たんに、熟れ切っているということなんです……」アンジェルが言った。「熟れているというのを通り越して。ある意味、そのほうがもっとおいしい」

「あなたはまだそんな年齢じゃないでしょう」

「年齢は関係ありません。外見から言えば以前の彼女のほうが好きかもしれない。でももう前と同じじゃないんです」

「目を開くんです！」神父が言った。

「目は開いています。そして毎朝アンヌの部屋から彼女が出てくるのを見ているんです。彼女はすっかり開き切ったまま、濡れそぼったまま、火照ってべたついたままの状態で、しかもぼくはそれが欲しいんだ。ぼくの体の上で彼女を広げてみたい。きっと漆喰みたいにべっとりとくっつくはずなんだ」

「胸がむかむかする」神父が言った。「ソドムとゴモラよりももっと異常だ。きみはとんでもない罪人ですぞ」

「彼女は海の中で、太陽の光を受けてとろとろと煮られた海藻みたいな匂いがするはずです」アンジェルが言った。「いよいよ腐り始めたそのときには。そして彼女とあれをやるのは、きっと牝馬を相手にするのと似ているはずだ。たっぷりと広くて、いろいろなくぼみがあって、汗や、体を洗わない匂いがして。彼女にはひと月は体を洗わないでいてほしい、そしてアンヌが飽き飽きするまで、日に一度ずつ、毎日アンヌと寝てほしい。そして出てきたところをものにするんだ。まだ満ち足りたままの彼女を」

「もういい。いい加減にしたまえ」神父が言った。「きみはとんでもない男だ」

アンジェルはプチジャンを見た。

「あなたにはわからない。何もわからなかったでしょう。彼女はもうおしまいなんですよ」

「わかるとも。実際そうだ」神父が言った。

「そうです。そういう意味でも。でもぼくだってもう、おしまいなんです」

「もしわたしにきみの尻をけとばすことができたなら」プチジャンが言った。「そんなふうにはならんだろうに」

考古学者が振り返った。

「アンジェル、一緒に来たまえ。隠者を見物に行こう。キュイーヴルも呼んで、一緒に行くことにしよう。きみは気分転換しなければいけない。それにラ・ピップと一緒にいるのもいかん。ここはもうおしまいだ。だがきみはそうじゃない」

アンジェルは額に手を当てた。少し気持ちが落ち着いたらしかった。

「いいでしょう。ドクターを呼んできましょう」

「一緒に行きましょう」神父が言った。「屋根裏まで行くには階段を何段、登らなくてはいかんのかな?」

「十六段です」アンジェルが言った。

「そりゃ多すぎる」プチジャンが言った。「三段で十分でしょうに。じゃあ四段にしておきましょう」

彼はポケットから数珠を取り出した。

「遅れないようにしますから。すみませんね。後から追いつきます」

X

テーブルマジックを見せる場合は、これよりも大きな石盤を用いると滑稽なことになるであろう。

ブルース・エリオット『手品概説』パイヨ社、一二三頁

アンジェルが最初に入った。医務室の中にいるのは、手術台に長々と寝そべったインターンのほかは、マンジュマンシュ博士だけだった。獣医用の白衣を着た博士は、アルコールランプの青い炎でメスを殺菌し、それを硝酸の瓶に浸そうとしていた。電気コンロの上では、きらきら輝く道具類がニッケルめっきをした四角いケースに収められ、ケースの半ばまで満たしたお湯が沸騰していた。赤い液体で満たされた球形フラスコから蒸気が騒々しく立ち昇っていた。全身裸のインターンは目を閉じて、手術台の上でふるえていた。丈夫な革のベルトで手術台に縛りつけられ、怠惰と悪い習慣とで肉のたるんだ体にベルトが深く食い込んでいた。インターンは何も言わず、マンジュマンシュ教授は「ブラック・ブラウン・アンド・ベージュ」［デューク・エリントン作曲、一九四三年］のひとふしを口笛で吹いていた。同じひとふしをずっと繰り返していたのは、それ以外の部分を思い出せないからだった。教

授はアンジェルの足音がしたので後ろを振り返った。アタナゴールとプチジャン神父も姿を現した。

「こんにちは、ドクター」アンジェルが言った。

「やあ！」マンジュマンシュが言った。「元気かね？」

「元気です」

教授は考古学者と神父にあいさつした。

「何かお手伝いしましょうか？」アンジェルが尋ねた。

「いや、すぐに終わるから」

「彼、麻酔をかけられているんですか？」

「とんでもない……。これっぽっちのことで」

教授は不安そうな様子で、後ろにいる患者にちらちら目をやった。

「頭に椅子をごつんと食らわせて、何も感じないようにしてあるのです」教授が言った。「ところで、途中で刑事に会いませんでしたかな？」

「いいや」アタナゴールが言った。「だれもいませんでしたよ、教授」

「わたしを逮捕しにやってくるはずなんですがね。決められた人数を超えてしまったから」

「お困りですかな」神父が訊いた。

「いや。だが刑事というのは大嫌いでしてね。この馬鹿者の手を切断しなけりゃならんが、それが終わったらずらかります」

「深刻な状態ですか？」アンジェルが尋ねた。

「自分の目で見てごらんなさい」

アンジェルと神父は手術台に近づいた。アタナゴールは数歩後ろに控えていた。インターンの片手はひどいことになっていた。教授は手術を控えて、インターンの手を体の横に添わせてあった。ぱくりと開いた傷口はどぎつい緑色で、おびただしい泡が中心から縁のほうへ絶えずあふれ出している。縁の部分はいまやすっかり焼けただれたようになり、ぼろぼろになっていた。指のあいだからは液状のものが垂れて厚手のシーツを汚し、シーツに横たわった体は小刻みに痙攣していた。ときおり傷の表面に大きな泡が生じては弾け、かたわらの体まで飛び散って、あちこちに無数の小さな染みをつけていた。

プチジャンはうんざりした様子ですぐに顔をそらせた。アンジェルはインターンのぶよぶよした体、灰色の肌、だらけた筋肉、そしてみすぼらしいまばらな黒の胸毛を見た。ごつごつした膝、まっすぐに伸びていない脛、汚れた足を見た。そして彼はこぶしを固め、アタナゴールのほうを振り返ると、アタナゴールは彼の肩に手を置いた。

「ここに来る前はこんなじゃなかったはずだ……」アンジェルがつぶやいた。「砂漠のせいでみんなこんなふうになってしまうんでしょうか?」

「そんなことはない。心配しなくたって大丈夫。手術というのは愉快なもんじゃないからね」

プチジャン神父は細長い部屋の窓の前まで行き、外を眺めた。

「バリゾーネの遺体を運び出しにやってきたようです」神父が言った。

カルロとマランが担架のようなものを持ってホテルに向かって歩いてきた。

マンジュマンシュ教授も窓に近寄って外を一瞥した。

「なるほど。実動隊員の二人ですな。刑事かと思った」

「どうやら、だれの助けもいらないらしい」アンジェルが言った。

「いらないでしょう」プチジャンが賛成した。「とにかく、隠者を見に行くことですよ。実際、教授、わたしたちはそのために迎えにきたんです」

「すぐに片づきます」マンジュマンシュが言った。「道具も準備できています。しかしいずれにせよ、お供はできませんな。これが片づいたらすぐさま、ずらかりますので」

　彼は袖をまくり上げた。

「それでは手を切り落とすとしよう。いやだったら見ないでおいてください。どうしてもやらなければならん。どちらにしろ、くたばるでしょう。何しろひどい状態ですから」

「手の打ちようがないのですか？」アンジェルが尋ねた。

「どうしようもない」教授が言った。

　アンジェルは顔をそむけた。神父と考古学者もそれにならった。教授は球形フラスコの赤い液体を結晶皿のようなものに移し替え、メスを握った。他の三人はメスの刃が手首の骨できしむ音を聞いた。そして手術はすぐに終わった。インターンはもうぴくりとも動かなかった。教授は一つかみの脱脂綿とエーテルで止血し、インターンの腕を取ると、血にまみれたその先っぽを結晶皿の液体に浸した。液体はたちまち切断面を覆って凝固し、かさぶたのようなものを作った。

「どうやったんです？」盗み見ていたプチジャンが尋ねた。

「バイユー〔米国南部の沼沢地、河口〕の蠟なんです」マンジュマンシュが言った。

　彼は切断された手をニッケルめっきしたペンチでそっとはさみ、ガラスの皿に置いて硝酸をかけた。赤みを帯びた煙が立ち昇り、腐食性ガスを吸ってマンジュマンシュは咳込んだ。

「終わりました」彼は言った。「ベルトをはずして起こしてやろう」

　アンジェルは足首のベルト、神父は首のベルトを受け持った。インターンは依然として身じろぎせずにいた。

「ひょっとしたら死んでしまったのかもしれない」マンジュマンシュが言った。

「そんなはずがあるだろうか?」考古学者が言った。

「何も感じないようにしたとき……強く叩きすぎちゃったかな」

彼は笑った。

「冗談ですよ。ごらんなさい」

インターンのまぶたが、まるで二枚の堅い小型シャッターのようにぱっと開いた。そして彼は手術台の上に起き直った。

「どうしてぼく、すっぱだかなんですか?」彼が尋ねた。

「さあね……」マンジュマンシュは白衣のボタンをはずしながら言った。「きみにはどうも露出狂の気があると、かねがね思っていたんだがね」

「そういうくだらない冗談は、いいかげんやめにしてもらえませんか?」インターンはかっとして言った。

彼は自分の腕の先っぽを見つめた。

「これがまともな仕事と言えますか?」彼が言った。

「もううんざりだ!」マンジュマンシュが言った。「それなら自分でやればよかったじゃないか」

「次のときにはそうしますよ」インターンが言い返した。「ぼくの服はどこです?」

「燃やしてしまった……」マンジュマンシュが言った。「感染が広がると厄介なんでね」

「それじゃ、すっぱだかのままでいろと言うんですか? なんてこった、ちくしょう!」

「もういい」マンジュマンシュが言った。「いいかげんいやになった」

「言い合いはおやめなさい」アタナゴールが取りなそうとした。「きっとほかの服がありますよ」

「おい、老いぼれ」インターンが言った。「よけいな口出しはやめてもらおうか」

「もういい！」マンジュマンシュが言った。「いいかげん口を閉じるんだ」

「いったいどうしたんです？」神父が尋ねた。「おふね、ハサミ……［「川、川、小川の岸辺」と続く童歌］」

「おあいにくさま」インターンが言った。「あんたらのたわごとはもうたくさんだ。クソくらえだ。おまえらみんな、ただじゃすまないぞ！」

「それじゃ答えになってないな」プチジャンが言った。「答えは『岸辺の戦い』だろう」

「そいつに話しかけないでください」マンジュマンシュが言った。「粗野なやつで、教養もないんです」

「人殺しよりはましでしょう……」インターンが言った。

「いや、そんなことはない」マンジュマンシュが言った。「これからおまえに注射をしてやろう」

彼は手術台に近づき、インターンを片手で制しながらすばやくベルトを締め直した。インターンは蠟で固めたばかりの傷口を損ねたくなかったので抵抗できなかった。

「やめさせてくれ……」インターンが言った。「おれを殺すつもりなんだ。こいつは札つきの悪者なんだ」

「大きな声を出さないで」アンジェルが言った。「だれもあんたに悪意などもっていないよ。治療してもらってください」

「この老いぼれの人殺しにか？」インターンが言った。「椅子のことでさんざんいやな思いをさせやがって、まだ足りないか？　今度はだれがたわけたことを言ってるんだ？」

「わたしだよ」マンジュマンシュが言った。

彼はインターンの頬にすばやく針を突き刺した。インターンは鋭い叫び声を上げたかと思うと、体をぐったりさせてもう動かなかった。

「一丁上がり」マンジュマンシュが言った。「さて、ずらかるとしよう」

「ひと眠りすれば落ち着くんでしょう？」神父が尋ねた。

「永遠に、そうなるでしょうな！」マンジュマンシュが言った。「打ったのはシアン化カルパチアです」

「効き目の強烈な変種ですか？」考古学者が尋ねた。

「ええ」教授が答えた。

アンジェルはわけがわからないままインターンを見ていた。

「あれ？……」彼がつぶやいた。「死んでいる」

アタナゴールはアンジェルをドアのほうへ引っ張っていった。プチジャン神父がそのあとに続いた。マンジュマンシュ教授は白衣を脱いだ。彼はインターンの上にかがみこむと、目に指を突っ込んだ。インターンの体はぴくりとも動かなかった。

「だれにも、どうしようもなかった」教授が言った。「ご覧なさい」

アンジェルは振り返った。インターンの手術を施されたほうの腕は筋肉にひびが入って、ぱっくりと口を開けていた。傷の周囲は緑色を帯びて盛り上がり、大きく開いた傷口のほの暗い奥底から、無数の小さな泡が渦を巻きながら湧き出ていた。

「さよなら、諸君」マンジュマンシュが言った。「なにもかも、残念なことだ。こんなことになるとは思っていなかった。実際、みんなはデュデュが姿を消すものとばかり思っていたわけだが、もしそうなっていたなら、なにひとつこんなふうにはならなかっただろう。インターンもバリゾーネもまだ生きていただろう。だが流れをさかのぼることはできない。下り坂が多すぎた。それに加えて……」

彼は時間を見た。

「それに加えて、年を取りすぎた」

「さよなら、ドクター」アタナゴールが言った。

マンジュマンシュ教授は寂しげなほほえみを浮かべていた。

「さよなら」アンジェルが言った。

「心配することはありませんよ」神父が言った。「刑事なんてのは概して、間抜けぞろいですから。それとも、隠者になる気がおありならお世話しますが？」

「いや」マンジュマンシュが答えた。「もう疲れました。これでいいんです。さよなら、アンジェル。馬鹿なまねはするなよ。わたしの黄色いシャツはきみに残していこう」

「着させてもらいます」アンジェルが言った。

三人は引き返して、マンジュマンシュ教授と握手をした。それからプチジャン神父を先頭に、やたらと音を立てる階段を下りていった。アンジェルがしんがりを務めた。彼は最後にもう一度振り返った。マンジュマンシュ教授が彼に向かって別れの合図を送った。教授の口の端には気持ちのたかぶりが表れていた。

XI

アタナゴールが真ん中を歩いた。彼は左にいるアンジェルの肩に手を置き、神父がアンジェルの右腕を取っていた。三人はアタナゴールの野営地にキュイーヴルを呼びに行くところだった。クロード・レオンに会いに行くのに彼女も連れて行くのだ。

　彼らは最初のうち、黙りこくっていたが、やがてプチジャン神父は我慢できなくなった。

「マンジュマンシュ教授はどうしてまた、隠者にしてやろうというのを断ったんだろう」神父が言った。

「もうたくさんだと思ったんでしょう」アタナゴールが言った。「一生を患者の治療に費やして、それがこの結果では……」

「だがどんなドクターでもそれは同じでしょうに……」神父が言った。

「ドクターがみんな逮捕されるわけじゃありませんよ」アタナゴールが言った。「普通は、カムフラージュするものです。マンジュマンシュ教授はごまかしに頼ろうとは決してしなかった」

「一般にはどうやってカムフラージュするんです?」神父が訊いた。

「病人が死にそうになると、もっと若い医者に回す。そんなふうに順送りにするんです」

「ちょっとよくわからないんですが。もし病人が死んだなら、必ずだれか医者が罰を受けるんでしょうか?」

「そういう場合、けっこう病人が治るということもあるんですよ」

「どういう場合ですか?」神父が言った。「すみません。お話がよく呑み込めないもので」

「年取った医者が若い医者に病人を回したときにですよ」アタナゴールが言った。

「でも、マンジュマンシュ先生は年取った医者ではないですよね……」アンジェルが言った。

「四十か、四十五か……」神父が言った。

「そう」アタナゴールが言った。「あの人は運が悪かった」

「いやあ」神父が言った。「だれもが毎日、人を殺しているんですから。どうして隠者の地位を断ったのか、わかりませんな。宗教というのは犯罪者に職を与えるために作られたのですよ。それなのに」

「もっともなご提案だったと思います」考古学者が言った。「しかしあの人はそれを受け入れるには誠実すぎた」

「馬鹿なお人だ」神父が言った。「誠実であってくれなどと、だれも頼んでいないのに。これからいったい、どうするつもりなんだろう?」

「それはわたしには何とも……」アタナゴールがつぶやいた。

「逃げるんでしょう」アンジェルが言った。「逮捕されまいとして。わざと、どこかとんでもない場所に逃げて行くんじゃないでしょうか」

「話題を変えましょう」考古学者が持ちかけた。

「いい考えですな」神父が言った。アンジェルは何も言わなかった。三人は黙々と歩き続けた。ときおりカタツムリを踏みつけ、黄色い砂が飛び散った。三人とともに、三人に対して垂直に、彼らの小さな影が進んでいった。股を開けば彼らにも自分たちの影を見ることができただろう。奇妙な偶然によって、いま神父の影は、考古学者の影にぴたりと重なっていた。

XII

ルイーズ：——「はい」
フランソワ・ド・キュレル『ライオンの食事』G・クレ社、第四幕、第二場、一七五頁

マンジュマンシュ教授は周囲にじろりと目をやった。すべては整然としているように見えた。インターンの死体は手術台の上にあったが、体のところどころが裂けては、そこから泡が湧き続けていた。それだけが片づけなければならないものだった。部屋の隅に鉛で裏張りした大きな箱が置いてあった。マンジュマンシュは手術台をそこまで押していき、メスの刃でバンドを切ると、死体を箱の中に放り込んだ。フラスコや小瓶の並んだ棚のところに戻ると、二瓶取り出し、中身を死体の上にぶちまけた。そして窓を開け、立ち去った。

彼は自分の部屋でシャツを着替えた。鏡の前で髪に櫛を入れ、口ひげの具合を確かめてから、靴にブラシをかけた。箪笥《たんす》を開け、黄色いシャツを重ねた一山を注意深く取り出すと、アンジェルの部屋まで運んでいった。それから自室に戻ろうとも、うしろを振り返ろうともせず、結局のところ感動もなしに階段を下りていった。裏口から外に出た。そこに車が停めてあった。

アンヌは自分の部屋で仕事をしていた。デュデュ部長はロシェルに手紙を口述していた。エンジンの音が聞こえたので三人ともはっとし、窓から体を乗り出した。建物の反対側らしかった。興味

をかきたてられて、彼らも階段を下りていった。アンヌはほとんどすぐさま引き返した。就業時間中に仕事を投げ出しているのかと、アマディスに小言を言われるのを恐れたからだった。マンジュマンシュ教授は車を急旋回させてから出発した。アマディスが彼に向かって叫んだ言葉はギアのきしむ音にかき消されて聞こえなかった。教授は片手を振るだけに留め、全速力で最初の砂丘を越えようとした。猛スピードで回転するタイヤが砂の上で躍り、砂が粉火薬のようにそこらじゅうに飛び散った。逆光で見ると、このうえなく優美な砂の虹が出現していた。マンジュマンシュ教授はその色鮮やかな眺めを楽しんだ。

砂丘の上まで来たとき、彼は危ういところで自転車を避けた。汗まみれで自転車を漕いでいるのは、暗褐色の布地のお定まりのサファリジャケットを着た男で、底に釘を打ったごつい短靴を履き、靴の縁から灰色のウールの靴下が覗いていた。ハンチング帽が彼のいでたちを締めくくっていた。それはマンジュマンシュ逮捕の任務を帯びた刑事だった。

両者はすれ違った。マンジュマンシュは自転車の男に親しみのこもったあいさつを送った。それから斜面を猛スピードで下りていった。

彼は模型飛行機の試験飛行にうってつけの風景を眺め、ピング九〇三の猛烈な震動をわが手にふたたび感じるような気がした。彼の両腕から飛び出していったあのときが、ピング九〇三のキャリアでたった一度の成功例となったのだ。

ピングは破壊され、バリゾーネとインターンの体は腐りつつあり、そして彼、マンジュマンシュは刑事の前を駆けぬけていく。刑事はマンジュマンシュの小さな手帳の右欄の名前が一つ多いから、あるいは左欄の名前が一つ足りないから、彼を逮捕しに来たのだ。

彼はきらめく草の茂みを避けようとした。かくも完璧な曲線を描いている砂漠のハーモニーを壊したくなかった――つねに垂直に照らしている太陽のせいで、陰ひとつなく、ただし熱いというより生暖かいだけで、ぬるま湯のような生暖かさだった。こんなにスピードを出していても、ほとんど風が吹きつけない。エンジンの音がなかったならば、完全な沈黙の中を走ることになっただろう。上り、下り。彼は砂丘を好んで斜めに突っ切った。すると黒い地帯が何とも気まぐれに近づいてきた。教授が自分の乗り物を操縦する方向に応じて、不意に接近するかと思えば、それと感じられないほどゆっくりと近づいてきたりする。彼はしばし目を閉じた。黒い地帯がすぐそばまで迫っていた。ぎりぎりのところで、彼はハンドルを四分の一ほど回転させ、大きくカーブを切って黒い地帯から遠ざかった。そのカーブは彼が思い描いた曲線と正確に一致していた。

彼の目は二人の人間の小柄なシルエットをとらえた。彼はオリーヴとディディシュの姿を認めた。二人は砂の上にうずくまって楽しそうに遊んでいた。マンジュマンシュはアクセルを踏み、二人のすぐ脇で車を停めた。彼は車から降りた。

「こんにちは……。何をして遊んでいるんだい？」

「リュメットをつかまえているの……」オリーヴが言った。「もう百万匹もつかまえたんだけどね」

「百万二百十二匹だよ」ディディシュが言い直した。

「すばらしい！」教授が言った。「きみたちは病気ではないよね？」

「ちがいます」オリーヴが言った。

「たいしたことはないんだけど……」ディディシュが言った。

「どうしたんだね？」とマンジュマンシュ。

「ディディシュはリュメットを一匹食べちゃったんです」

「そりゃ馬鹿なことをしたもんだ。リュメットなんか、不潔に決まってる。どうしてそんなことをしたんだね？」

「だって」ディディシュが答えた。「ちょっと食べてみたくなって。けっこういけるよ」

「どうかしてるわ」オリーヴが断言した。「わたし、もうこの人と結婚したくない」

「そりゃそうだ……」教授が言った。「もし彼がきみにリュメットを食べさせようとするなら。な、わかるだろう？」

彼は少女の金髪の頭をなでた。太陽のもと、彼女の髪の毛はところどころ脱色したように見え、きれいに日焼けした肌が輝いていた。二人の子どもたちはリュメットを入れた籠の前にひざまずいて、少し落ち着かない様子で教授を見つめていた。

「さよならを言ってくれるかい？」マンジュマンシュが訊いた。

「どこかに行っちゃうんですか？」オリーヴが尋ねた。「どこに行くの？」

「わからないんだよ。きみにあいさつのキスをしてもいいかな？」

「変なまねをするんじゃないだろうね？……」ディディシュが言った。

マンジュマンシュは笑い出した。

「心配なのかい？　もうきみと結婚したくなくなって、彼女がわたしと一緒に行ってしまうんじゃないかって？」

「冗談じゃないわ！」オリーヴが言い返した。「あなたは年を取りすぎてるもの」

「この子は別の大人が好きなんだよ。犬の名前のやつさ」

「ちがうわ。あんた、馬鹿なこと言わないでよ。犬の名前の人って、アンヌという名前だわ」

「きみはアンジェルのほうが好きなのかな？」マンジュマンシュが尋ねた。

オリーヴは顔を赤らめてうつむいた。

「馬鹿だなあ」ディディシュが決めつけた。「あの人だって全然年寄りすぎるじゃないか。子どもなんか相手にするもんか」

「きみは彼女よりそれほど年上ではないね」教授が言った。

「六カ月年上さ」ディディシュが誇らしげに言った。

「ああ、そうかね……」マンジュマンシュが言った。「それならば……」

マンジュマンシュは体をかがめてオリーヴにキスした。ディディシュにもキスしたので、ディディシュは少し驚いた顔をした。

「さよなら、先生」オリーヴが言った。

マンジュマンシュ教授は車に乗り込んだ。ディディシュは立ち上がり、運転席を見つめた。

「ぼくにも運転させてくれますか？」彼は尋ねた。

「またいつかね」マンジュマンシュが言った。

「どこに行くの？」オリーヴが尋ねた。

「あっちのほう……」マンジュマンシュは黒い地帯を指さした。

「ええっ！」ディディシュが言った。「お父さんに言われたよ、もしあそこに一歩でも足を踏み入れたら、とんでもないことになるぞって！」

「うちのお父さんもそう言ってた！」オリーヴも言った。

「やってみたことはないのかね？」教授が尋ねた。

「先生にだけは、言ってもいいかな……やってみたんだよ。そしたら何も見えなくなって……」

「どうやって脱け出したんだ？」

「オリーヴは入らなかったんだ。ふちにいて、押さえていてくれたんだ」

「もうやるんじゃないよ！」教授が言った。

「面白くないわよ」オリーヴが言った。「何にも見えないし。あれ、だれか来た」

ディディシュがそちらを見やった。

「自転車に乗ってるみたいだ」

「それじゃ、行くとしよう」マンジュマンシュが言った。「さよなら、子どもたち」

彼はもう一度オリーヴにキスした。相手がやさしく頬に口づけするなら、オリーヴは嫌がらないのだった。エンジン音を甲高く響かせながら、マンジュマンシュは車を急激に加速させた。車は砂丘のふもとで鼻をならすと一気に踏破した。このたびはマンジュマンシュは斜めに走ったりしなかった。ハンドルをしっかり握りしめ、アクセルを踏みつぶさんばかりに踏み込んだ。彼は壁に向かって突っ込んでいくような気がした。黒い地帯が迫ってきて、視界一面に広がり出した。そして車は突如、分厚い闇の中に姿を消した。車が飛び込んだあとには軽いへこみが残っていたが、少しずつ平らになっていった。謎めいた表面は、プラスチックが元の形に戻るようにゆっくりとふたたび滑らかになり、完全に均一になった。砂に刻まれた二筋のタイヤ跡だけが、マンジュマンシュ教授が通って行ったしるしとして残された。

自転車の男は、彼が来るのを見ている二人の子どもたちから数メートルのところで自転車から降りた。そして自転車を押しながら近づいてきた。車輪はリムのところまで砂に埋もれ、リムのニッケルは砂でこすれて磨かれたせいで、完璧なまでのまばゆさで輝いていた。

「こんにちは、子どもたち」刑事が言った。

「こんにちは、ムッシュー」ディディシュが応じた。

オリーヴはディディシュのそばに寄った。彼女はハンチング帽が苦手だった。

「マンジュマンシュという人を見かけなかったかね?」

「見ました」ディディシュが言った。

オリーヴは彼を肘で突いた。

「今日は見ていません」彼女が言った。ディディシュは口を開きかけたが、オリーヴがさえぎった。

「きのう、バスに乗って行ってしまったんです」

「きみ、でたらめを言ってるね」刑事が言った。「さっきまで、車に乗った男が一緒にいただろう」

「あれは牛乳屋さんです」オリーヴが言った。

「うそをついて、刑務所に入れられたいのか?」刑事が言った。

「わたし、あなたと話をしたくありません」オリーヴが言った。「うそなんかついていません」

「いったい、だれだったんだ?」刑事がディディシュに尋ねた。「教えてくれたら、自転車を貸してあげるよ」

ディディシュはオリーヴを見た。自転車がきらきら輝いていた。

「あれは……」彼が言いかけた。

「あれはエンジニアの人です」オリーヴが言った。「犬の名前の人です」

「へえ、そうかい」刑事が言った。「犬の名前って、ほんとかな?」

刑事はオリーヴに近寄り、脅しつけるような様子をした。

「わたしはさっき、ホテルで会ってきたんだよ。その犬の名前の人にな。性悪娘め!」

「そんなことないわ。その人だったんです」

刑事は叩こうとするかのように手を振り上げた。彼女は避けようとして顔の前に腕をかざした。その拍子に彼女の小ぶりな胸の丸みがくっきりと浮かび上がり、刑事は目をぎょろつかせた。

「別のやり方で行くか」彼が言った。

「やめてください」オリーヴが言った。「あれはエンジニアの人だったんです」

刑事はさらに距離を詰めた。

「自転車を持っていてくれ」刑事はディディシュに言った。

「何ならその辺をひとまわりしてきてもいいぞ」

ディディシュはオリーヴを見た。オリーヴはおびえていた。

「手を出すな」ディディシュが言った。「オリーヴに触っちゃだめだ」

彼は刑事に押しつけられた自転車を放り出した。

「オリーヴに触るな」彼は言った。「みんながオリーヴにキスしたり触ったりしようとする。いいかげん、頭にくる！……オリーヴはぼくの友だちだぞ。いやがらせするなら、あんたの自転車を壊してやる」

「ほほう」刑事が言った。「刑務所に入りたいのか、きみも？」

「あれは医者の先生だった」ディディシュが言った。「これで質問には答えたよ。オリーヴを放して」

「わたしがその気になれば、放してやるさ」刑事が言った。「だがな、この子は刑務所に入れられて当然だ」

彼はオリーヴを両腕で押さえつけた。ディディシュは勢いよくジャンプすると自転車の前輪、スポークのまんなかを力まかせに踏みつけた。派手な音がした。

「オリーヴを放せ」彼が言った。「そうじゃないとあんたも蹴ってやるぞ」

刑事はオリーヴを放し、怒りで顔を赤く染めた。ポケットを探ると、大きな平等銃を取り出した。

「これ以上やるならおまえを撃つぞ」

「そんなの平気だい」ディディシュが言った。

オリーヴがディディシュに飛びついた。

「ディディシュを撃ったりしたら、わたしはあんたが死ぬくらい大声で叫んでやる。放っておいてよ。あんたなんか頭のかたい老いぼれだわ。いなくなってちょうだい。ハンチング帽も大嫌い！　あんたみたいないやなやつに、触られてたまるもんですか。もし触ったりしたら、かみついてやる」

「これからおれがどうするか、教えてやろうか」刑事が言った。「おまえら二人を撃ってやる。それからおまえのことを好きなだけ触ってやる」

「いやらしい老いぼれデカめ」オリーヴが言った。「自分の仕事もきちんとできないくせに。あんたの奥さんも娘もあんたのことを恥ずかしく思うでしょうね。刑事って、いまでは人々に向かって銃を撃つのが仕事なのね。でもおばあさんや子どもたちが道を渡るのを助けてあげるのだって、仕事でしょう！　みんな頼りにしているのに！　ひかれた可哀そうな犬をひろい上げてやることだって！　平等銃をもってハンチング帽をかぶっているのに、マンジュマンシュ先生みたいな気の毒な人を自分一人で捕まえることさえできないんだわ！」

刑事は考え込み、平等銃をポケットにしまって後ろを向いた。しばらく佇んでいたが、やがて自転車を砂の上にしゃんと立たせた。前輪は回らない状態になっていた。すっかり曲がりくねってしまっていたのだ。ハンドルをつかむと、あたりの地面を見回した。教授の車のタイヤ跡がはっきりと残っていた。刑事はかぶりを振った。子どもたちを見た。刑事は恥ずかしそうな様子だった。それから刑事はマンジュマンシュが向かったのと同じ方向に立ち去った。

オリーヴはディディシュとともに残された。二人とも恐怖を覚えていた。刑事が役に立たなくなった自転車を引きずりながら遠ざかっていき、砂丘にそって上り下りする姿が、すっかり小さくなっていくのを見つめていた。刑事は歩調をゆるめることなく、教授の車が残したわだちのあいだをまっすぐに、たゆまず歩き続けた。そして大きく息を吸い込んでから、黒い地帯に入っていった。最後まで見えていたのは、自転車の泥よけにつけられている赤いガラスの反射板だった。やがて拳骨の一撃をくらった目のようにその光が消えた。

まずオリーヴがホテルに向かって駆け出し、ディディシュがそれを追いかけながら彼女の名前を呼んだ。泣いている彼女には、ディディシュの声が耳に入らなかった。彼らはリュメットがうごめいている茶色の小さな籠を忘れていった。オリーヴはしょっちゅう転びそうになった。なぜなら彼女の目は別の何かに注意を奪われていたからだった。

XIII

プチジャン神父とアンジェルはアタナゴールのテントの中で待っていた。考古学者は二人を残して褐色の娘を探しに出ていた。

プチジャン神父が沈黙を破った。

「きみは相変わらず、馬鹿げた気持ちを抱いておるのですかな？　つまり、セックス面に関してということだが」

「ええ。ぼくの尻をけとばしたいと思われたとしても無理はありません。ぼくのしたいことは、ぞっとするようなことでした。でもそうしたくてたまらなかったんです。だっていま、ぼくは肉体的に女がほしいのですから」

「そりゃなによりだ!」神父が言った。「それなら、よくわかる。あとは、これからやってくる娘を相手にするだけです」

「ひょっとしたらそうするかもしれません」アンジェルが言った。「以前、それができないときがありました。最初に寝る相手を愛したいと思ったんです」

「で、うまくいきましたか?」

「うまくいきました。でも、完全に納得できていたわけじゃありません。というのも、ロシェルを愛するようになってから、また同じ印象をもったんです」

「いったいどういう?」

「わかっているという印象です。間違いない、しなければならないことが間違いなくわかっている。自分が何のために生きているのかがわかっているという印象です」

「何のためなんです?」プチジャンが尋ねた。

「口で言うことはできません。言葉に慣れていない場合、口で言うことはとんでもなく難しいんです」

「最初に戻りましょう」プチジャンが提案した。「きみの話はあんまりもつれているので、わたしはすっかり話の糸を見失ってしまった。こんなことはかつてない。わたしはプチジャンじゃないか、ええ? それなのに?」

「つまりぼくは、ひとりの女性を愛しました。どちらにとっても初めてのことでした。それがうまくいったのは、さっきお話ししたとおりです。いま、ぼくはロシェルを愛しています。まだ最近のことです。でも彼女は……。彼女にとってぼくなんかどうでもいいんだ」

「そういう悲しげな言い方はやめたまえ」プチジャンが言った。「まだわからないじゃないか」

「彼女はアンヌと寝ています。あいつは彼女を痛めつけて、ぶっ壊して、だめにしてしまっている。彼女も同意の上だし、しかもあいつにはそんなつもりはないのです。でも、そんなの結局は同じことでしょう?」

「同じじゃないとも」プチジャンが言った。「きみはアンヌのことを恨みはしないのでしょう」

「ええ。でも少しずつ、あいつが嫌いになっています。あいつは快楽をむさぼりすぎです。それに最初から、彼女のことなんかどうだっていいと言っていました」

「知っていますよ。だが結局は、結婚することになるんだろうね」

「あいつは彼女と結婚する気はもうありませんよ。というわけで、彼女はぼくを愛していない、そしてぼくは彼女を愛している、でもぼくには彼女がもうほとんどおしまいだとわかっているんです」

「彼女はまだ大丈夫だよ。きみはぞっとするような表現をしてくれましたがね」

「それでは困るんです。いいですか、ぼくにとっては、ぼくが会う前の彼女のほうが今よりもよかったかどうかは問題じゃない。ぼくが彼女と知り合ってから彼女が、ぼくのせいではなしにだめになったということが決定的なんですよ」

「だがきみが相手だったとしても、彼女はやっぱりだめになったんじゃなかろうか」

「違います。ぼくはけだものじゃありません。まだ彼女を損ねないうちに、彼女を休ませてあげたでしょう。ぼくのためじゃなくて、彼女のためです。彼女がだれか別の相手を探せるようにです。だって女が男を見つけるには、それしかないんですから。つまり、姿かたちです」

「おやおや、それはお笑い草だ。シラミみたいな女でもちゃんと男を見つけています」

「ぼくはそんなのは数に入れません。申し訳ないですけど、ぼくが女というのは、美人という意味です。それ以外はまったく別の世界にいるんですから」

「そんな女たちは、どうやって男を見つけるんです？」

「医者が奨める薬品のようなものですよ。広告はしないんです。決して。医者たちが患者に奨めるという、それだけのつてで売れていくんです。口コミですね。そういうみにくい女たちは、知り合いと結婚する。あるいは、相手を匂いでとりこにする。そんな感じでしょうか。あるいは、なまけ者をつかまえるのか」

「ひどい話ですな」プチジャンが言った。「きみの話のおかげで、わたしの純潔な暮らしや、長きにわたる瞑想のせいで知らずにきたことを、山ほど教わりました。神父の場合はまた別だと言わざるを得ませんな。女たちのほうから求めてやってくるんです。理論的には、よりどりみどりということになる。ただし、やってくるのはみにくい女たちばかりです。こちらとしては選ばないという選択しかない。それが問題の解決法です。これ以上言わせんでくれ。わたしまでもつれてきた」

「だからぼくは」アンジェルが続けた。「きれいな女を完全にだめにしてしまう前に別れるか、自由の身にしてやらなければならないと言うんです。いつだってそれがぼくの行動基準となってきました」

「相手の女が、別れることをすんなり受け入れるとは限らんでしょう」プチジャンが言った。

「受け入れますよ。合意のもとでそうすることもできます。いま説明したようなことをわかってくれる女もいますから。そうなれば、相手を失ってしまうことなしにずっと生きていくことができる。あるいは、相手を別れる気にさせるためにわざとひどい態度を取るというやり方もあります。でもそれはつらいやり方です。相手を自由にしてやったそのとき、こちらは相手をいっそう愛するようになってしまうんですから」

「おそらく、その点から判断して、相手の女が完全にはだめになっていなかったとわかるわけでしょう？　つまりきみが彼女らをまだ愛しているというその点から判断して」

「そうなんです。だから本当に難しいんです。完全に冷ややかな気持ちでいることはできません。こちらから意図して相手を自由にしてやる。別の男を見つけてさえやる。それでうまくいくだろうと思う。ところが嫉妬心が生まれるんです」

彼は口をつぐんだ。プチジャン神父は両手で頭を抱え、額に皺を寄せてじっと考え込んでいた。

「それも別の女を見つけるまでのことなのでしょうな」神父は言った。

「そうじゃないんです。別の女が見つかっても、それでもまだ嫉妬は消えません。でも、その気持ちは胸に収めておかなければならない。前の女との仲が最後の最後まで行かなかった以上、嫉妬しないわけにはいかないんです。どうしてもやり残したことがある。自分がそれをつかむことは決してできない。それが嫉妬になるんです。決してつかみ取れないものが残る。もし真面目な男だったなら、ということですが」

「きみのような男ということですな」問題をまったく把握できないまま神父が口をはさんだ。

「アンヌは最後の最後まで行こうとしています」アンジェルが言った。「途中でやめはしないでしょう。あとには何も残らないことになる。もしあいつにこのままやらせておいたなら」

「もしこのままやらせなかったら」神父が言った。「あとには十分なだけ残るのかな？」

アンジェルは答えなかった。彼の顔はいくぶん蒼ざめていた。何とか説明しようと努力したせいで、彼はまたもや性根尽き果ててしまっていた。彼らは二人とも考古学者のベッドに腰を下ろしていた。アンジェルはそこに寝そべり、両腕を組んで頭をのせ、真上の、不透明で目の詰んだテントの布地を見つめていた。

「こんなのは初めてですよ」プチジャンが言った。「こんなに長いあいだ、何もたわ言を口にしないでいるのは。いつもなら、わたしの体よりもでかいたわ言をかますのに。いったいどうしたことだろう」

「安心してください」アンジェルが言った。「戻ってきたようですよ」

XIV

「クロード・レオンから聞いた話では」プチジャン神父が言った。「黒人女の内側はまるでピンク色のビロードみたいだとか」

考古学者はうなずいた。彼が少し先を歩き、そのあとをキュイーヴルとアンジェルが続いた。アンジェルはキュイーヴルの腰に腕をまわしていた。

「このあいだよりはずっといい感じね……」彼女が言った。

「さあ、どうだろう」アンジェルが答えた。「きみがそう思うなら、そうなのかな。自分が何かに近づいているという気がしているんだけど」

プチジャン神父が言いつのった。

「詮索する気はありませんが、レオンの言うとおりなのかどうか知りたいのです」

「レオンは試してみたことがあるんでしょうな」アタナゴールが言った。

キュイーヴルは硬い指をからめてアンジェルの手を握りしめた。

「あなたとしばらく一緒にいたいの。そうすれば、あなたも完璧にいい気持ちになるはずだわ」

「それだけではだめじゃないかな」アンジェルが言った。「もちろん、きみはとてもきれいだよ。それにぼくだって、とてもうまくできると思う。それが第一の条件だよね」

「でも、結局わたしじゃ役不足ってこと？」

「さあ、どうかな。ぼくの頭の中から、ロシェルへの思いを追い払わなければだめなんだ。それが無理なんだよ。ぼくは彼女を愛しているんだから。それが愛というものだからね。きみだったらきっと、申し分ないだろうと思うよ。でもいまのところ、ぼくはあんまり絶望してるものだから、何も断言できないんだ。ロシェルのあと、きっとぼくは死んだような状態になるだろう。きみがいまこのときに現れたのが残念だよ」

「わたしはあなたに、愛情を求めてはいないわ」彼女が言った。

「愛情は湧いてくるかもしれないし、こないかもしれない。きみはそれをはっきりさせたいわけじゃないよね。ぼくのほうが、それを目指さなければならないんだ。わかるでしょう、ロシェルが相手だと、そこまで辿り着けなかった」

「苦労がまだ足りなかったんでしょう」

「頭の中で何もかもが、混乱していたんだ。こんがらがった糸が、やっとほぐれてきたところなんだよ。きっとそれには、砂漠の触媒作用が、大いに役立ってくれているんだろう。それに将来は、マンジュマンシュ教授の黄色いシャツも助けてくれるはずなんだ」

「あなたに残していったの？」

「残していくって約束してくれた」

彼はプチジャンと考古学者のほうを見た。二人は大股で進み、プチジャンは身振りを交えて何か説明していた。彼らが砂丘のてっぺんにいるのに対し、キュイーヴルとアンジェルはそのふもとまで来たところだった。プチジャンと考古学者の頭が砂丘の反対側にくだり始め、やがて見えなくなった。乾いた砂のくぼみは彼らを快く迎えるようだった。アンジェルはため息をついた。

キュイーヴルは立ち止まり、砂の上に体を横たえた。アンジェルの手を握ったまま、彼を自分のほうにぐっと引き寄せた。いつものように、彼女が身につけているのはショートパンツと薄手の絹の半袖ブラウスだけだった。

XV

アマディスは手紙を終えようとしていた。ロシェルに文面を伝え、彼女がそれを書き取った。部屋の中では二人の大きな影が動いていた。アマディスは煙草に火をつけ、椅子にそっくり返った。机の右隅には手紙がうずたかく積まれ、発送されるのを待っていた。しかし九七五番のバスは数日前から来ておらず、郵便物に遅れが出るのは避けられなかった。アマディスはこの不都合ななりゆきに頭を悩ませていた。決定が下されなければならないことがいろいろと生じていた。事態を説明したうえで、おそらくはマンジュマンシュの代役を探さねばならず、バラストの問題も解決しなければならないし、スタッフの給料を下げるべく試みなければならなかった。ただしアルランは例外。

彼は飛び上がった。なぜなら強烈な衝撃を受けて建物全体が揺れたからだ。それから彼は腕時計を見て、ほほえんだ。時間だった。カルロとマランはホテルの切り崩しに着手していた。アマディスの仕事部屋のある部分は残されることになっていた。アンヌの仕事部屋の入っている部分についても同様である。まんなかの部分だけが取り払われる予定だった。つまりバリゾーネの部屋があった部分だ。マンジュマンシュの部屋の一部、そしてインターンの部屋もそれに含まれていた。アンジェルの部屋とロシェルの部屋もそのまま保たれる予定である。実動隊員たちの住居は一階および地下にあった。

いまやハンマーの音が不規則な間隔を置いて、三連符で響いていた。そして瓦礫や石膏が崩れ落ちる石ころまじりの音や、レストランの床にガラスが砕け散る音が聞こえてきた。

「全部タイプしておいてください」アマディスが言った。「郵送のことはそれから考えることにしましょう。何か解決策を見つけなければ」

「はい、わかりました」ロシェルが言った。

彼女は鉛筆を置き、タイプライターのカバーを外した。それまでぬくぬくと温まっていたタイプライターは、外気に触れて身ぶるいした。ロシェルはそれをなだめるしぐさをしてから、カーボン紙を用意した。

アマディスは立ち上がった。両足を揺り動かしてズボンの調子を整えると、部屋を出た。ロシェルは彼が階段を下りていく足音に耳を澄ませた。一瞬、ぼんやりとした表情をしてから仕事に取りかかった。

石膏のほこりが一階の大広間を満たしていた。アマディスは逆光の中に実動部隊のシルエットが浮かび上がるのを見た。彼らは重いハンマーを懸命に上げ下ろししていた。

彼は鼻をつまんで反対側のドアからホテルの外に出た。そこでアンヌがポケットに手を突っ込んで煙草をふかしているのに出くわした。

「おはようございます……」アンヌが落ち着いた様子で言った。

「きみ、仕事は？」アマディスが注意した。

「こんな騒音がして、仕事なんかできるもんですか」

「そんなことは問題になりません。きみは部屋で仕事をするために雇われているのであって、ポケットに手を突っ込んでぶらつくために雇われているんじゃない」

「こんな騒音の中じゃ、仕事はできません」

「アンジェルは？」

「さあ、どこに行ったのか。考古学者や神父と散歩に行ったんだと思いますよ」

「働いているのはロシェルだけだな」アマディスが言った。「恥を知りなさい。きみたちの態度については、理事会に報告するから覚悟しておくがいい」

「彼女がやっているのは機械的な作業でしょう。頭を使う必要はないんだから」

「給料をもらっているんだったら、少なくとも仕事をしているふりだけはしてもらわなければ困る。部屋に戻りなさい」

「いやです」

アマディスが言葉の接ぎ穂に困っているあいだ、アンヌは何やら奇妙な表情を浮かべていた。

「あなただって、仕事してないじゃないですか」アンヌが言った。

「わたしは部長ですよ。ほかの人たちの仕事を監督するのが仕事なんです。それから、仕事がはかどっているかどうかを」

「何をおっしゃる」アンヌが言った。「あんたが何者かはみんなよく知っている。同性愛者でしょう」

アマディスはせせら笑った。

「好きなように言うがいい。わたしにとっちゃ痛くもかゆくもない」

「それなら、やめておこう」アンヌが言った。

「いったいどうしたんです？　いつもはもう少し敬意を払っていたでしょうに？　きみにしても、アンジェルにしても、みんなそうだ。何があったんです？　気でも違ったんですか？」

「あなたにはわからないでしょう」アンヌが言った。「いいですか、あなたは正常な側から見れば、つまり一般の側からすれば、異常なんですよ。そう聞けばあなたはほっとするんでしょう。でもわれわれのほうはほぼ正常なんです。それならば、ときおり発作を起こしたっていいはずだ」

「発作とはどういう意味です？　いま発作が起きているというんですか？」

「説明しますよ。ぼくの意見では……」

彼は言い淀んだ。

「ぼくには自分の意見を言うことしかできません。ほかの人たちは……ほかの正常な人たちも、同じ意見かもしれません。でも違うかもしれない」

アマディス・デュデュはうなずきはしたが、その表情には苛立ちが見て取れた。アンヌはホテルの壁に背中をもたせかけた。壁は鉄の塊を猛烈な勢いでぶつけられて相変わらず震えていた。アンヌはアマディスの頭の向こうをぼんやりと眺めたまま、なかなか話そうとしなかった。

「ある意味で」アンヌは言った。「あなたはきっと、とんでもなく単調でありきたりの日々を過ごしているのでしょう」

「どうしてです？」

アマディスはまた冷笑を浮かべた。

「同性愛者であるというのは、むしろオリジナリティのあかしだと思いますがね」

「そうじゃない」アンヌが言った。「それはおかしいですよ。そのことが、あなたの人生をひどく狭めているんです。あなたはもはや、そういうものでしかない。正常な男、正常な女にはもっとずっと多くのことができるし、ずっと多くの人格を身にまとうことができる。その点でおそらく、あなたのほうが狭いんですよ……」

「同性愛者は心が狭いと言いたいのかね？」

「ええ」アンヌが言った。「同性愛の男にしろ女にしろ、そういう人たちはみんな恐ろしく心が狭いんです。それが彼らの責任だとは思いません。でも一般に、彼らはそれを自慢に思っているじゃないですか。実際にはつまらない弱点でしかないのに」

「それは間違いなく、社会の側の弱さでしょう」アマディスが言った。「われわれはいつだって、正常な暮らしをしている人たちから迫害されている。正常というのは、女と寝たり、子どもを作ったりしている人たちということですが」

「それはまったくつまらない意見ですよ」アンヌが言った。「ぼくは人々の同性愛者に対する軽蔑や嘲笑のことなど、少しも考えていませんでした。正常な人たちは、自分たちのほうが優れているなんてそれほど思っていませんよ。あなたを迫害しているのはそういうことではない。暮らしの枠組みをなしているような部分、そしてその枠組みが人生そのものになってしまっているような連中が、あなたを悩ませているんでしょう。でもそんなのは問題じゃありません。あなたがたが仲間うちで団結し、特異な性癖や好みや作法や、その他もろもろを共有しているのが情けないと言っているのではないんです。本当に、あなたがたがあまりにも狭苦しいから言っているんです。内分泌腺だか、それとも精神だかのわずかな異常のせいで、あなたがたはレッテルを貼られている。それだけでもう、残念なことです。でもそれだけではなくて、レッテルに書かれていることに自分を合わせようと努力しているじゃないですか。レッテルは正しいと思わせようとしている。人々があなたがたをからかうのは、子どもが考えもなしに不具者をからかうのと同じなんです。もしちゃんと考えているなら、あなたがたに同情するはずです。でもそれは、目が見えないというのに比べればはるかに深刻ではないでしょう。そもそも、目が見えない人こそは唯一、からかうことのできる相手でしょうね。だって彼らには見えないんですから。しかしだからこそ、だれもからかおうとはしないんです」

「それならなぜきみは、わたしを馬鹿にした様子で同性愛者というんです?」

「それはいま、ぼくがついかっとなっているからです。あなたがぼくの上司だからだし、仕事についてぼくにはもうついていけない考え方をしているからだし、ぼくとしてはどんな方法であれ、たとえ間違ったやり方でも武器として使いたいからですよ」

「でもきみはこれまで、とてもきちんと仕事をしてきたじゃないですか」アマディスが言った。

「それが突然、ドカン!だ……馬鹿げたことばかり、際限なく並べ立てて」

「それがぼくのいう正常なんですよ」アンヌが言った。「反発できるということです。しばらくのあいだ、腑抜《ふぬ》けのようになって、疲れ切っていたとしても、それを跳ね返して」

「きみは自分が正常だと言う」アマディスも粘った。「そのくせ、わたしの秘書とさんざん寝たあげく、そういう腑抜けのような愚かなありさまに陥っているんじゃないか」

「それはもうおしまいですよ」アンヌが言った。「彼女との関係はもうすぐ終わると思います。ぼくはあの黒人娘に会いに行きたいんです……」

アマディスはさもぞっとしたように身ぶるいした。

「勤務時間以外ならば何でも好きなことをしてかまわない。とはいえ、そもそも、そんな話をわたしに聞かせないでほしい。それから、仕事に戻ってもらいましょう」

「いやです」アンヌは落ち着き払って答えた。

アマディスは眉をひそめ、くすんだ金髪を苛立たしげにかきあげた。

「まったくご立派なものですよ」アンヌが言った。「何の意味もなく働いている連中というのがいるんですからね。一日八時間、オフィスにいるんだ。一日八時間も閉じこもっていられるんだからね」

「きみだってそうだったじゃないか、これまでは」アマディスが言った。

「これまでどうだったかなんて、うんざりですよ。たとえしばらくはびりっけつのありさまだったからって、ものごとを理解する権利もないっていうんですか?」

「そういう言葉は使わないでほしいね。わたしにあてこすっているわけではないんだとしても、いや、そうとは思わないが、わたしにとっては不愉快に響くんだよ」

「ぼくは上司としてのあなたを標的にしているんです」アンヌが言った。「ぼくの攻撃があなたの中で別の標的に命中するとしたら、残念な話ですけど。でもあなたがどれほど制約されているか、どれほど自分に貼られたレッテルにこだわっているかはその点からもわかるでしょう。何かの政党の党員になっているのと同じくらい、制約されているんです」

「きみはいやなやつだな。外見からしてもまったく気に食わない。そして怠け者だ」

「まったくこの世はオフィスだらけだ」アンヌが言った。「山ほどある。連中は朝になればうんざりし、晩になってもうんざりしている。正午にはアルミニウムの弁当箱に入った、人間にふさわしい食べ物とも思えないような代物をくらい、午後はそれを消化しながら書類に穴を開け、プライベートの手紙を書き、仲間に電話をする。ときには別の種類のやつ、役に立つやつもいる。ものごとを生み出すことのできるやつだ。そいつが手紙を書くと別のオフィスに届く。ビジネスの手紙だ。そのたびごとに、はいとかいいえとか返事すれば、それでおしまい、ビジネス成立。いや、そんなわけにもいかないかな」

「きみには想像力があるね」アマディスが言った。「それに詩的な魂もおもちのようだ。叙事詩だか何だか知らないが。これが最後だ、仕事に戻りたまえ」

「生身の人間にはほぼすべて、そんなふうにオフィス人間、寄生虫人間がくっついている。生身の人間のビジネスを成立させる手紙が、寄生虫人間の存在を正当化しているのさ。だから、寄生虫人間は自分の存在を長引かせるために手紙を遅らせておく。生身の人間はそうとは知らない」

「もうたくさんだ」アマディスが言った。「まったく、なんという馬鹿げた話だろう。手紙にすぐ返事を書く人間だってたくさんいる。そういうふうに仕事をすることだってできるんだ。そして人の役に立つことができるんだよ」

「もし生身の人間がみんな」アンヌが続けた。「立ち上がって、オフィスの中で自分に取りついている寄生虫はだれなのか探し出すとしたら、そしてそいつを殺すとしたなら……」

「本当に困ったやつだな」アマディスが言った。「きみを首にして、代わりを雇わなければならない。だがこれもすべては、太陽のせい、そしてきみが女と寝ることに精を出しすぎたせいだと信じているがね」

「そうしたなら、世の中のオフィスは全部、棺桶になるだろうし、緑か黄色のペンキで塗った、ストライプ入りの小さなリノリウムの箱には、どれを取っても、寄生虫人間の骸骨が入っていることになるだろう。そしてアルミニウムの弁当箱なんか放り出してしまうんだ。さよなら。ぼくは隠者に会いに行きます」

アマディス・デュデュは黙ったままだった。彼はアンヌがきびきびと大股で歩き去り、均整の取れた筋肉を働かせて、楽々と砂丘を上っていくのを見送った。互い違いの足跡が気まぐれな曲線を描き出していたが、砂丘のてっぺんで止まったかと思うと、彼の体だけが先を続け、やがて見えなくなった。

デュデュ部長は振り返って、ホテルの中に戻った。ハンマーの騒音はやんでいた。カルロとマランは目の前に積み上げられた建物の残骸の山を取り除ける仕事にかかっていた。二階でタイプライターのかちかちいう音と、各行の終わりでチンと鳴るベルの音が、シャベルで壁を削る金属的な音の合間から聞こえてきた。残骸の上にはやくも、青緑色をしたキノコが生え出ていた。

パサージュ

マンジュマンシュ博士は、いまではもう間違いなく死んでしまっていることだろう。すでにして見事な追っかけの一場面が描き出された。彼を追っていった刑事は、博士よりは長くもちこたえたはずだ。なぜなら博士より若く、オリーヴと出会って興奮していたからだ。いずれにせよ、黒い地帯の向こうで彼らの身に何が起こったのか、知ることはできない。人語を話すというふれこみでオウムを売る連中が言うとおり、そこには不確かな部分がある。かなり興味ぶかいのは、まだだれも隠者と黒人娘の交接に立ち会っていないことである。クロード・レオンという登場人物に当初、与えられていた比較的重要な役割にかんがみるなら、この遅れは説明のつかないことのように思われる。いずれ彼らが、公正な観客たちの前で行為に及ぶことが望まれる。というのもその種の行為を繰り返した結果が、隠者の肉体の上に必ずや大きな影響を及ぼすだろうから、彼が何とかもちこたえるのか、それとも疲れ切ってくたばるのか、予想がつくはずなのである。さらには、事態の展開に予断を下さずとも、アンジェルがこれから何をするかをようやくはっきりさせることができるはずだ。彼の仲間であるアンヌ（犬の名前をもつ男、だがそのことは必ずしもここに関係してこない）の意見と行動が、アンジェルにかなり大きな影響力を及ぼすだろう。アンジェルは目を覚ましさえすればいい。それも時々、必要もない折にというのではなくて、規則的に目を覚まさなければならないのである。とはいえさいわいにも、彼が目覚めるとき、そこにはほとんどつねに証人となるだれかがいる。他の登場人物たちの最後は、本当のところ、それよりは予見しにくい。彼らの行動の不規則な記録は、多様な自由を含む未決定状態へと至りつくのか、あるいは、その方向で努力を重ねても、結局のところ彼らの存在は現実性をもちえないのか。ほとんど役に立たないがゆえに、結局、彼らは抹消されかねないとも思える。主要人物の存在感の弱さには気がつかれたに違いない。もちろん、ロシェルのことである。そして機械仕掛けの神《デウス・エクス・マキナ》*1についても同様のことが言える。それは九七五番の車掌であるのか、運転手であるのか、はたまた黄色と黒のタクシーの運転手であるのか（囚人服を着せられたようなその色からして、この乗り物が有罪宣告を受けていることが見て取れる）。そもそもそれらの要素は、反応を引き起こすための刺激剤にすぎないのだ——それらは反応のプロセスにも、そして最終的に実現される均衡状態にも、関与するものではない。

＊1　古代ギリシア演劇の終盤に登場し、もつれた筋立てを解決に導く神。転じて、思わぬ救いの神の意味。

第三楽章

I

アマディスはカルロとマランの仕事ぶりを見張っていた。ホテルに開けられた穴はまだ予定の高さには達しておらず、一階部分に留まっていた。最終的には建物全体をまっぷたつにするはずだったが、その作業を続けるに先立ち、実動部隊の両名は現場を掃除していた。二階に上る階段のそばで、壁に背中をもたれかからせ、ポケットに両手を入れて、デュデュは体をかきながらアンヌの言葉を反芻《はんすう》し、アンヌの担当していた業務をなくしてしまえないだろうかと思案していた。そこで、二人のエンジニアの仕事がどうなっているのか、見に行くことにした。もしもう終わっているか、ほぼ片がついているようだったら、いまや二人をお払い箱にすべき時かもしれない。

アマディスはすでに敷設されている何ムジュールもの線路を見渡した。架台にのっけられた線路はまるでおもちゃのようだった。枕木の下の砂はきちんと均されて、バラストの到着を待っていた。車輛と機関車は分解されたまま、現場に積み上げられたレールと枕木の山のかたわらにシートをかけて置かれていた。

カルロが動きを止めた。彼は背中に痛みを覚えていた。ゆっくり背中を伸ばすと、両手をシャベルの柄に置き、手首で額をぬぐった。髪は汗で光り、濡れた体にはほこりがへばりついていた。ズボンが腰の下の方までずりさがり、膝のあたりがすっかりたるんでいた。彼は頭を左右にゆっくりと振りながら地面を見ていた。マランは清掃作業を続け、鉄製のシャベルがガラスの破片とぶつかって音を立てた。彼は腰をひと捻りすると、ガラスの破片を背後の残骸の山に向けてほおった。

「仕事に戻ってください」アマディスがカルロに行った。

「疲れたんです」カルロが言った。

「怠けるために給料をもらってるわけじゃないでしょう」

「怠けてはいませんよ、部長。息を整えているんです」

「息が続かないというのなら、この仕事を引き受けるべきではなかったですね」

「自分から頼んだわけじゃありませんよ、部長。無理やりやらされているんです」

「だれも無理にやらせてなどいません」アマディスが言った。「あなたが契約書にサインしたんじゃないですか」

「疲れたんです」カルロが言った。

「仕事に戻りたまえ」

するとマランも手を止めた。

「一息入れることもできずに、けだものみたいに働くことはできませんよ」

「できるとも」アマディスが言った。「現場監督がいますからね。このロンバクの余地ない決まりを守らせるために」

「この、何だって？」マランが尋ねた。

「論駁の余地ない決まりです」マランが言った。

「とことんこき使おうってわけだな」アマディスが言った。

「どうか丁寧な言葉を使ってください」アマディスが言った。

「アルランの野郎になんか、口を出させないぞ」マランが言った。「あんたも、黙っていてもらおうか」

「アルランのことはきちんと指導するつもりですよ」アマディスが言った。

「わたしたちはちゃんと仕事をやってるんだ」マランが言った。「それをどういうふうにやろうが、わたしたちの自由でしょう」

「これが最後です」アマディスが言った。「自分たちの仕事に戻りたまえ」

カルロは腕で抱えていたシャベルの柄を放し、乾いた両手につばを吐きかけた。マランもシャベルを放り出した。

「顔に一発おみまいしてやろう」マランが言った。

「やめとけよ、マラン……」カルロがささやいた。

「もしわたしに手を出すつもりなら」アマディスが言った。「わたしは抗議します」

マランはアマディスのほうににじり寄り、にらみつけ、手の届くところまで近づいた。

「ぶん殴ってやる。そんな目にあったことはまだないんだろう。香水の匂いなんかさせてるな。いやらしいオカマめ。もううんざりだ」

「手を出すな、マラン」カルロが言った。「相手はボスじゃないか」

「砂漠にボスなんかいるもんか」

「ここはもう砂漠じゃないですよ」アマディスが皮肉な口調で言った。「これまでに、砂漠で鉄道を見たことがありますか？」

マランは考え込んだ。

「さあ、仕事しようぜ、マラン」カルロが言った。

「これじゃ、あいつに言いまかされてしまう。あいつの言うことを聞いていたら、まんまと丸め込まれてしまうぞ。殴ったりすべきじゃないとわかってはいるが、そうしないわけにはいかない。さもなければ丸め込まれてしまう」

「どっちにしろ」カルロが言った。「もしおまえがやるなら、力を貸すぞ」

アマディスは体をこわばらせた。

「わたしに触ることは許しませんよ」彼が言った。

「あんたにしゃべらせておいたら」カルロが言った。「こっちは間違いなく口車に乗せられてしまう。わかるだろう」

「きみたちは馬鹿だ、けだものだ」アマディスが言った。「シャベルをもちなさい。さもないと給料は払いませんよ」

「知ったことか」マランが言った。「あんたは上の部屋に金を置いてるんだろう。こっちはまだ払ってもらっていない。いただくべきものはいただくさ」

「泥棒どもめ」アマディスが言った。

カルロのこぶしが一閃、まっすぐに短い軌道を描き、アマディスの顔がきしむような音を立てた。

アマディスはうめいた。

「取り消してもらおう」マランが言った。「取り消すんだ。そうしないと命はないぞ」

「泥棒どもめ」アマディスが言った。「労働者なんかじゃない。泥棒なんだ」

マランは殴りつける構えをした。

「やめておけ」カルロが言った。「二人は必要ない。おれにまかせろ」

「おまえは興奮しすぎてる」マランが言った。「殺してしまうぞ」

「ああ」カルロが言った。

「おれだって頭にきてる」マランが言った。「だがしかたがないんだ。勝つのは向こうなんだよ」

「こいつが怖がりさえすれば」カルロが言った。「話はずっと簡単なんだが」

「泥棒どもめ」アマディスが繰り返した。

カルロは腕を下ろした。

「あんたはいやらしいオカマだ」彼が言った。「好きなようにほざくがいい。オカマに何を言われようが、おれたちにとっては痛くもかゆくもない。どうだ、びびってるだろう?」

「いいや」アマディスが言った。

「まあちょっと待ってろよ」マランが言った。「おれの女房に言って、あんたの相手をさせるから」

「もうたくさんだ」アマディスが言った。「仕事に戻りたまえ」

「ろくでなしめ!」カルロが言った。

「泥棒ども、馬鹿ども」アマディスが言った。

マランの蹴りが彼の下腹部を直撃した。彼は押し殺したような叫びを上げて地面に倒れ、うずくまった。顔は蒼白で、駆けまわったあとの犬のようにあえいでいた。

「だめじゃないか」カルロが言った。「おれはもう冷静になったのに」

「大丈夫だよ」マランが言った。「大して力は入れていない。五分もすれば歩き出すさ。こいつはやられるのを待っていたんだ」

「かもな」カルロが言った。「おまえの言うとおりだ」

彼らはシャベルを拾い上げた。

「おれたち、首だな」カルロが言った。

「しょうがない」マランが言った。「休むとするか。この砂漠には、カタツムリがうじゃうじゃいるんだってな。子どもたちがそう言ってた」

「ああ」カルロが言った。「おつな料理が作れるんじゃないかな」

「鉄道が終わったらな」

「終わったらな」

遠くからうなるような音が聞こえてきた。

「静かにしろ」マランが言った。「あれは何だ?」

「おお」カルロが言った。「きっとトラックが戻ってきたんだ」

「バラストを敷かなきゃならんな」マランが言った。

「線路の下に延々とな……」カルロが言った。

マランはシャベルの上にかがみこんだ。トラックの音が大きくなり、最大まで達した。それからブレーキの鋭い音が聞こえ、あたりはまた静かになった。

II

プチジャン神父は考古学者の腕をつかみ、隠者の小屋をさし示した。

「着きましたよ」彼は言った。

「そうですか。若いお二人を待ちましょう……」考古学者が言った。

「いやいや」神父が言った。「あの二人はきっと、われわれなどいなくてもかまわないでしょう」

アタナゴールはほほえんだ。

「アンジェルのためにも、そうあってほしいものですな」

「運のいい男だ！」プチジャンが言った。「あの娘のためなら、わたしだって特免を何枚か使うところですよ」

「まあ、まあ……」考古学者がなだめた。

「わが長衣の下には」プチジャンが力説した。「雄々しい心が鼓動しております」

「心で愛するだけなら、それはあなたの自由でしょう……」考古学者が言った。

「ふうむ……そりゃそうですな……」プチジャンも同意した。

彼らは立ち止まっていた。そして言うなれば、自分たちのほうを振り返っていた。つまり五秒前の自分たちのほうをである。

「来たぞ！」アタナゴールが言った。「キュイーヴルはどこだろう？」

「あれはアンジェルではありませんな」神父が言った。「アンジェルの友人です」

「目がいいんですね」

「いや」プチジャンが言った。「あんな娘を相手にこれほど手早くすましてしまうなんて、アンジェルもさすがにそこまで間抜けではないと思ったもんですから」

「たしかにもう一人のほうですな」アタナゴールも認めた。「お知り合いですか？」

「知らないも同然です。あの男はいつでも寝てるか、仕事をしているか、同性愛男の女秘書を相手にトレーニングに励んでいるかのいずれかですから」

「走ってくるぞ……」考古学者が言った。

アンヌはたちまち近づいてきた。

「ハンサムな男だ」プチジャンが言った。

「会ったことがないなあ……いったい、何があったんだろう？」

「このところ、事態は異常な展開を示していますな」

「おっしゃるとおりです」考古学者が言った。「マンジュマンシュ教授も気の毒に」

二人は黙り込んだ。

「こんにちは！」アンヌが言った。「ぼくはアンヌです」

「こんにちは」アタナゴールが言った。

「ご機嫌はいかがです？」プチジャンが興味ありげに尋ねた。

「いい気分です」アンヌが言った。「あいつを捨ててやることにしました」

「あなたの愛人ですか？」

「ぼくの愛人です。もううんざりなんです」

「ということは、別の愛人を探している？」

「まさしくそのとおりです、神父さま」アンヌが言った。

「いやあ！　お願いしますよ！」神父が抗議した。「そういう嫌味ったらしい呼び方はしないでください。それに第一……」

彼は数歩後ずさり、地面を猛烈に踏みつけながら二人のまわりを回り始めた。

「坊やが三人、森に出かけた！」神父が歌った。

「帰ってきたら、小さな声で言ったとさ……」考古学者が引き取った。

「はっくしょん！　はっくしょん！　はっくしょん！」アンヌが調子を合わせて言った。

プチジャンは立ち止まり、鼻をかいた。

「この人も、決まり文句をちゃんと知っていますな！」彼は考古学者に言った。

「そうですね……」考古学者も認めた。

「では、一緒に連れていきますか？」とプチジャン。

「お願いしますよ」とアンヌ。「黒人娘に会ってみたいなあ」

「とんでもないお人だ」プチジャンが言った。「あなたは女たちを全部、独り占めにするんですね？」

「違いますよ」アンヌが言った。「ロシェルとはもう終わったんですから」

「終わった？」

「終わったんです、完全に」

プチジャンは思案した。

「彼女はそのことを知っているんですか？」彼が尋ねた。

アンヌはかすかに困ったような表情を浮かべた。

「まだ言っていません……」

「ということは」神父が言った。「どうやら一方的な、突然の決心なのですな」

「お二人に追いつこうとして走っているときに決心したんです」アンヌが説明した。

アタナゴールは当惑したような表情を浮かべた。

「困った人だ」彼が言った。「これはアンジェルと、ひと悶着起こりますよ」

「そんなことありません」アンヌが言った。「あいつは大喜びするはずです。彼女はもう自由の身ですから」

「だが、彼女はどう思うだろう?」

「さあ、それはわかりません」アンヌが答えた。「頭で考えるタイプじゃありませんよ」

「あっさり言いますね……」

アンヌは頬をかいた。

「きっと少しがっかりするかもしれませんけど」彼は認めた。「でも個人的には、別にどうってことありません。だから、心配する気にもなれないんです」

「きみは物事をさっさと片づけるたちなんですね」

「ぼくはエンジニアですから」アンヌが弁解した。

「たとえきみが大司教であろうとも」神父が言った。「女の子に何も知らせず、あっさり捨ててしまうなんてことは許されんでしょう。きのうだってまだ一緒に寝ていた相手なのに」

「今朝もです」アンヌが言った。

「せっかくお仲間であるアンジェルが、心の平安の道を見つけようかというときなのに」プチジャンが言った。「また不安に突き落とそうというんですか。あの娘のために、彼が心の平安の道を捨てようとするかどうかは、まったく定かではありませんがね。きみはあの娘を粉砕機にかけるみたいに粉々にしてしまったんだ」

「心の平安の道というのはいったい何のことです?」アンヌが尋ねた。「アンジェルのやつ、いったいどうしたんです?」

「いま、いいオンナと一発やってるんですよ！」プチジャンが言った。「あのスケベめ！……」

彼は舌打ちし、すぐさま十字を切った。

「またいけない言葉を使ってしまいました」彼は弁解した。

「いいじゃないですか」アンヌが考えもなしに賛成して言った。「その女というのは、どんな女なんです？　まさか、黒人娘のことじゃないですよね？」

「もちろんそうじゃありませんよ。黒人娘は隠者のために取ってありますから」

「別の女がいるんですか？」アンヌが訊いた。「いい女が？」

「まあまあ」アタナゴールが言った。「お仲間のことはそっとしておいてあげてください」

「でも、あいつはぼくのことが大好きなんですよ。もしぼくがその女とやっても、あいつは何も言わないはずです」

「きみはずいぶん不快なことを言いますね」考古学者が意見した。

「でもあいつは、ロシェルが自由だと知ったら、請負業者みたいに喜ぶと思いますけど！」

「そうは思えませんね」考古学者が言った。「もう遅すぎる」

「遅すぎはしません。まだ全然いけてますよ、あの娘は。それに前よりも少しばかり経験を積んでるし」

「それは男にとって嬉しいことじゃないでしょう。アンジェルのような青年の場合、その種の手ほどきを受けたいとは思わないはずだ」

「そうですかね？」アンヌが言った。

「どうもおかしい」プチジャンが言った。「きみは興味深い話をすることもあるのだろうとは思うが、さっきから聞いているとまったくひどいことばかり言っている」

「ぼくの場合はね」アンヌが言った。「女とは、やるべきことをやりますよ。でもそれだけです。女は好きだけど、毎日となると、男の仲間のほうがいいな。つまり、話し相手としてということですが」

「アンジェルはきっと、きみとは違うんだよ」アタナゴールが言った。

「あいつをいまの状態から引き出してやらなくちゃ」アンヌが言った。「ロシェルと寝ればいいんだ。そうすればすぐ飽きるだろうから」

「彼は別のものを求めているんです」プチジャンが言った。「それはわたしが宗教に求めているものではないだろうか……つまり……原則的にはということですが。何しろわたしはときどき、規則をちょっとばかり曲げることがありますのでね……。だがそんなときは、ロザリオの祈りを五十回ほど繰り返し唱えますからな。五十回というか、そうだな……三回ということにしておきましょう」

「きみが彼に提案しているものは」考古学者が言った。「彼にとってはどんな娘が相手であれ手に入れることができるものなんだ。それを彼はいま、得ようとしているわけだ」

「スケベなやつめ！」アンヌが言った。「そんな話は聞いていなかったぞ。アンジェルというのがどんなやつか、おわかりでしょう！」

「彼は別のものを求めているんですよ」プチジャンが繰り返した。「竿のことばっかり考えないでください。そこには……」

プチジャンは言葉を探した。

「さて、そこには何があるのか」彼は言った。「結局のところ、女に関しては、わたしもきみといくらか同じ意見なんです。撫でまわしてやらなければならないのは確かだ。しかし、別のことだって考えられるはずでしょう」

「もちろんですよ」アンヌが言った。「だから、ほかの面では、ぼくは男の仲間のほうが好きなんです」

「彼が何を求めているのか」アタナゴールが言った。「それを言うのはむずかしい。きみの側にそれについての観念がなければならないのだから。きみのうちに何もそれに対応するものがない事柄について、言葉で話すことはできないのです」

「でもどうか、お願いしますよ」アンヌが言った。

「彼は自分を見守ってくれる人を求めているんだと思う」アタナゴールが言った。「彼のことを知ってくれて、関心を持ってくれるようなだれかをね。彼が自分で自分を見張っていなくとも、ちゃんと自分をコントロールできるように」

「その別の娘ではどうしてだめなんです？」アンヌが訊いた。

「彼がまず愛したのはロシェルです。しかも彼女のほうが愛してくれないという点をよく考えてみて、彼にとってはそれが、公正さのしるしだと思えたんでしょう。とはいえ、彼女にその見守り役をやってもらうには、まず自分にちゃんと関心を持ってもらわなければならなかった……」

「アンジェルはいいやつですよ」アンヌが言った。「あいつがそんなことを考えているというのは残念だな。あいつはずっと、少し冴えない感じだったんです」

考古学者は一瞬ためらった。

「おそらくわたしの思い過ごしかもしれませんが」彼が言った。「そんなに簡単に行くものではないでしょうね」

「簡単にというのは？」

「アンジェルにとっては、晴れて自由の身となったロシェルを愛することができて、はたしてそれほど幸せかどうか、わかりませんね。いまとなっては、彼女に嫌気がさしてきているんじゃないだろうか」

「いやあ」アンヌが言った。「そんなことはないでしょう」

「きみはあの娘を台無しにしてしまった」プチジャンが言った。「それに、実際のところ、あの娘は彼をきみの代わりにしたいなどとは全然思っていないかもしれないね」

「うーん」アンヌが言った。「ぼくから説明してやりますよ……」

「もう少し歩きますか」プチジャンが言った。

「おつきあいします」アンヌが言った。

「一つ、お願いしたいことがあるんです」考古学者が言った。

彼らは三人そろってまた歩き出した。アンヌは他の二人より頭一つ分、背が高かった。正確に言えば、彼の頭一つ分である。

「いまのことを、アンジェルに言わないでおいてほしいんです」

「何をですか?」

「ロシェルが自由の身だということを」

「でも、彼は喜ぶでしょうに!」

「ロシェルに先に知らせてほしいんです」

「どうして?」

「話をうまく運ぶためですよ」考古学者が言った。「すぐアンジェルに知らせたら、何もうまくいかないと思うのです」

「ああ、そうですか」アンヌが言った。「彼にはあとで言うべきだと?」

「そのとおりです」と考古学者。

「要するに」アンヌが言った。「まずロシェルに知らせて、アンジェルはそのあとになってからということですね？」

「それが当然のやり方でしょう」プチジャンが言った。「アンジェルに知らせておいて、ロシェルには何も言わないうちにあなたの気持ちが変わったとしてごらんなさい。あなたにとっては何でもないでしょう。でもアンジェルにとっては、またも落胆させられることになりますよ」

「それはそうですね」アンヌが言った。

「もちろん、それが本当の理由ではありませんが」プチジャンが付け加えた。「でもあなたが知る必要のないことです」

「それだけで十分です」アンヌが言った。

「ありがとう」考古学者が言った。「あてにしてますよ」

「黒人娘に会いに行きましょう」アンヌが言った。

III

たとえば、「バレエ」の項目はわが社のバレエ音楽をすべて含み、クラシック部門においてアルファベット順に並べられた中の「バレエ」の項目に位置している。

『フィリップス・カタログ』一九四六年、三頁ロシェルはアマディスが入ってくるのを見た。彼は片手で下腹部を押さえて、もう一方の手でドアの縁枠や壁につかまり、体を支えていた。苦しそうな様子だった。肘掛け椅子まで足を引きずって進むと、疲れ切った様子でぐったりと倒れ込んだ。目をしばたたかせ、額には次々に皺が寄って、たるんだ表情が一変した。

ロシェルは仕事の手を止めて立ち上がった。彼女はアマディスが好きではなかった。

「何かお手伝いできますか?」彼女は尋ねた。「苦しそうですね?」

「触らないでください」アマディスが言った。「労働者の一人にやられたんです」

「横になって休みますか?」

「どうしようもありませんよ」アマディスが言った。「肉体的には。ほかのことについては、しばらく放っておいてもどうということはない」

彼はかすかに身もだえした。

「デュポンに会いたかったんだが」

「デュポンって、だれですか?」

「考古学者の料理人ですよ」

「探してきましょうか?」

「相変わらずあのいやらしいラルディエのやつと一緒にいるに違いない……」アマディスがつぶやいた。

「ほしいものは何もありませんか?」ロシェルが言った。「桔梗茶《エドレアントティー》ならばすぐいれられますけど」

「いや」アマディスが言った。「何もいりません」

「わかりました」

「ありがとう」アマディスが言った。

「いえ」ロシェルが言った。「別にあなたのためを思ってというわけではありませんから。あなたのことはわたし、少しも好きじゃありません」

「わかっています」アマディスが言った。「だが一般には、女はホモセクシュアルが好きだということになっていますがね」

「男が好きじゃない女は、ということでしょう。それとも、一般論の好きな女」

「一緒にいると安心できるとか、言い寄られる心配がないとかいいますがね」

「ハンサムな人なら、そういうふうに思うかもしれませんね。でも、わたしは言い寄られたって平気です」

「ここでは、だれがきみに言い寄っているんです？　アンヌは別として」

「立ち入ったことを訊くんですね」ロシェルが言った。

「まあどうでもいいですよ。アンヌとアンジェルは一般人に逆戻りしました。首にしたんです」

「アンヌは言い寄っているわけじゃありません。わたし、彼とセックスをしているんです。彼はわたしに触ったり、揉みほぐしたりしてくれます」

「アンジェルが言い寄っているんですね？」

「ええ。わたしもまんざらじゃないから。あの人はアンヌほどたくましくないし、わたし、最初からアンヌのほうが好きだったんです。だってアンヌのほうが面倒じゃないから」

「アンジェルは面倒ですか？　わたしからすると、あいつは馬鹿で怠け者だと思えるがね。とはいえ外見的にはアンヌよりもいい」

「そんなことありません。わたしの趣味じゃないんです。でも、彼も悪くないですね」

「彼と寝ることもあり得るということですか？」

「もちろんですよ！　いまならあり得ます。もうアンヌとはこれ以上、たいしたことはなさそうだから」

「こういうことをいちいち訊くのは、あなたがたの世界はわたしの世界とはあまりにも違っているからなんです」アマディスが言った。「わたしは理解したいんですよ」

「暴力をふるわれたせいで、自分が男だということを思い出したんですか？」ロシェルが言った。

「ひどく痛むんです」アマディスが言った。「それからね、わたしに皮肉は通じませんよ」

「まわりから馬鹿にされているんだというその思い込みを、いつになったら捨てるんですか？」ロシェルが言った。「わたしにとっては、そんなの全然、どうでもいいことなんですけど！」

「それはもういいでしょう」アマディスが言った。「アンジェルがきみに言い寄っているという話でしたが、それで困っているということですか？」

「違います」ロシェルが言った。「まあ、保険をかけておくという感じかしら」

「でも彼はアンヌに嫉妬しているはずです」

「どうしてそんなことわかるんです？」

「類比によって推理しているんですよ」アマディスが言った。「自分だったらラルディエをどうしてやりたいかは、よくわかっていますから」

「どうしてやりたいんですか？」

「殺してやりたい」アマディスが言った。「腹を蹴りつけて、踏み潰してやりたい」

「アンジェルはあなたとは違うわ。そんなに情熱的ではないんです」

「それは思い違いですよ。彼だってアンヌを恨んでいます」

ロシェルは不安そうに彼を見た。

「本気でそう思っているわけじゃないでしょう?」

「本気ですよ」アマディスが言った。「そういうふうに決着がつくでしょう。それがわたしにとって何だと言うんです。いや、別にきみを困らせたくて言っているわけではありませんよ」

「さもよく知っているような言い方をするんですね」ロシェルが言った。「わたしに一杯食わせたいんでしょう。思わせぶりな様子をしても、わたしは引っかかりませんからね」

「思わせぶりな様子などしていませんよ」アマディスが言った。「わたしは苦しんでいる。そしてものごとを理解しているんです。ところで、きみの仕事はどこまで進んでいますか?」

「もう終わりました」

「それなら別の仕事をあげましょう。メモを取ってください」

「痛みはずいぶん軽くなったようですね」ロシェルが言った。

「バラストが到着しました」アマディスが言った。「トラック運転手たちに対する給料明細書を用意しなければなりません。それから、彼らに鉄道で働かないかと打診してみなければ」

「断られると思いますよ」ロシェルが言った。

「業務報告書を書き取ってください」アマディスが言った。「断られないようなもっていき方があるはずです」

ロシェルは三歩歩いてノートと鉛筆を手に取った。アマディスはしばし机で頬づえを突いてから、口述を始めた。

「あの神聖なる行為は、実に第一級のものですな」プチジャン神父が言った。

アンヌ、考古学者、神父がゆっくりと引き返してくるところだった。

「あの黒人娘ときたら……」アンヌが言った。「こんちくしょう！……」

「まあ、まあ」考古学者がなだめた。

「クロード・レオンのことはそっとしておいてやりましょう」神父が言った。「立派にやっていけるでしょう」

「あいつに手を貸してやりたいなあ」アンヌが言った。

「正確には、彼は手を使っているわけではありませんがね」プチジャンが言った。「ちゃんと見ていなかったんですな」

「はいはい、わかりましたよ！……」アンヌが言った。「話題を変えましょう。これ以上、もう歩けません」

「こたえますなあ」神父が言った。「おっしゃるとおりです。しかもわたしは、長衣を着ているんですからね」

「神父になるにはどうするんですか？」アンヌが尋ねた。

「あなたの場合は」プチジャンが言った。「自分が何をしたいかわかっていない。こっちかと思えば、またあっち。馬鹿なことを言うかと思えば、頭がいいと思わせることもある。繊細かと思えば、家畜を売ることしか考えない家畜商人みたいにゲスになる。すみませんね、わたしの言葉はどうにもわたしの考えのレベルに達しないもので」

「大丈夫ですよ」アンヌが言った。「わかります」

彼は笑い出し、神父の腕を取った。

「プチジャン、あなたは男だ！」

「ありがとう」プチジャンが言った。

「そしてあなた、あなたはライオンです」アンヌは考古学者のほうを振り返って言った。「知り合いになれて嬉しいです」

「年老いたライオンですよ」考古学者が言った。「もし土を掘る動物を選んだとしたら、いっそう正確な比喩だったんですけどね」

「いやあ」アンヌが言った。「発掘と言っても、冗談なのでしょう。話ばっかりで、だれも見たことがない」

「見てみたいですか？」

「見たいです！」アンヌが言った。「ぼくは何にでも興味がありますから」

「何にでもちょっとだけ興味があるんですな」プチジャンが言った。

「だれだってそうでしょう」アンヌが言った。

「それなら、専門家はどうです？」考古学者が言った。「わたしの場合など取るに足らない例にすぎませんが、わたしにとっては考古学だけが大事なのです」

「いや」アンヌが言った。「あれは趣味でしょう」

「とんでもない！」アタナゴールは憤慨して言った。

アンヌはまた笑った。

「冗談ですよ。ぼくのおはこなんです。あなただって、罪もない陶器の壺をずいぶんたくさんはこ詰めにしているんでしょう……」

「お黙りなさい、軽薄なことを言って！」アタナゴールが応じた。

彼は怒ってはいなかった。

「それじゃ」アンヌが言った。「発掘を見せてもらいに行きましょうか？」

「行きましょう」プチジャンが言った。

「どうぞいらっしゃい」考古学者が言った。

V

アンジェルが彼らのほうにやってきた。足元がふらついていた。キュイーヴルの余韻で体がまだ火照っていた。キュイーヴルはブリースとベルチルのところに戻って彼らの仕事を手伝うため、反対方向に立ち去っていた。砂丘の陰で、アンジェルは彼女を傷つけまいとしてとても繊細に、やさしく抱いたが、それでも彼女は、自分はその不安げな青年のそばにいないほうがいいのだと感づいていた。彼女は笑って駆け出した。ほっそりとした脚が明るい色の砂の上でしなやかに跳ねた。彼女の影がすぐかたわらでダンスを踊り、彼女に四次元を付け加えた。

アタナゴールと神父のすぐ近くまで来たアンジェルは、彼らをしげしげと見た。勝手に二人を置き去りにしたことを詫びはしなかった。アンヌもいた。ロシェルと出会う前のように、力強く、陽気だった。かくして、ロシェルはもう終わりだった。

アタナゴールの野営地までは歩いてすぐだった。彼らは言葉をかわしているだけだったが、しかしながら事態は、行きつくところまで行こうとしていた。なぜならアンジェルはいまやキュイーヴルが何者かを知っているからだ。そして彼はアンヌがロシェルから得たすべてを、たった一度で失ったのである。

VI

「わたしから下りましょう」アタナゴールが言った。「気をつけてください。下にはこれから運び出す石の山がありますからね」

彼は立坑の穴に体を入れ、銀色の梯子を両足でしっかりと踏みしめた。

「さあ、どうぞ!」アンヌはプチジャンに先を譲った。

「何とも滑稽なスポーツですな」プチジャンが言った。「おーい、ちょっと、下の人、上を見ちゃだめですよ。そういうことは、しないの!」

彼は長衣の裾を片手でたばね、最初の段に足をかけた。

「うん、大丈夫だ。とにかく下りていきます」

アンヌはアンジェルのかたわらにいた。

「これ、どこまで下りていくんだろう?」アンヌが尋ねた。

「どうだろう」アンジェルが喉をしめつけられたような声で言った。「ずいぶん深いね」

アンヌは穴に身をかがめた。

「あまりよく見えないぞ。プチジャンはもう着いただろう。そろそろ行こう」

「まだいいよ……」アンジェルは絶望したような口調で言った。

「いや、行こう」アンヌが言った。

彼は立坑の穴のそばにひざまずき、濃い闇に探りを入れた。

「いや」アンジェルがまた言った。「まだだ」

彼はおびえたように、声をひそめた。

「もう行かなくちゃ」アンヌが言った。「さあ！　怖いのか？」

「怖くはない……」アンジェルはつぶやいた。

アンジェルは片手で友人の背中に触れた。そして突如、彼を虚空に突き落とした。アンジェルの額は汗ばんでいた。数秒後、乾いた衝突音が響き、プチジャンの叫び声が立坑の底から聞こえてきた。

梯子を下り始める前、アンジェルの脚はふるえ、指はためらっていた。下の段に足を運びはしたが、体が冷たい水銀になったように感じられた。頭上には立坑の穴が、墨色を背にくっきりとブルーブラックに開いていた。地下はぼんやりと明るかった。アンジェルは足早に下りていった。プチジャンが祈りを唱える単調な声が聞こえてきた。アンジェルは下を見ようとはしなかった。

VII

「わたしが悪いんです」考古学者はプチジャンに言った。

「いや」プチジャンが言った。「わたしも悪かった」

「アンヌに言わせるべきでした。ロシェルはもう自由なんだということを」

「そうしたら」プチジャンが言った。「アンジェルのほうがこうなっていたかもしれません」

「どうしてどちらかに決めなくてはならなかったんだろう?」

「なぜなら、どちらかに決めなくてはならないからです」プチジャンが言った。「困ったことだが、しかたがない」

アンヌは首が折れ、その体は石の上に横たわっていた。顔は無表情で、額に大きなかすり傷ができていたが、乱れた髪によって半ば隠されていた。片脚が体の下に折れ曲がっていた。

「ここから動かしてやらなければ」プチジャンが言った。「どこかに寝かせてやりましょう」

彼らの目の前にアンジェルの足、続いて体が下りてきた。そしてアンジェルが静かに近づいてきた。

「ぼくが殺しました」彼が言った。「死んでしまった」

「穴に身を乗り出しすぎたんでしょう」考古学者が言った。「ここにいてはいけない」

「ぼくがやったんです……」アンジェルが言った。

「触ってはいけません」プチジャンが言った。「もうどうにもならない。これは事故ですよ」

「違います」アンジェルが言った。

「事故だとも」考古学者が言った。「アンヌのためにも、それぐらいは認めてやらなければ」

アンジェルは泣いていた。彼の顔は熱を帯びていた。

「あちらで待っていてください」アタナゴールが言った。「地下道を先に進んでいてください」

彼はアンヌに近づいた。痛ましげにアンヌの金髪を整えてやり、傷ついた憐れな体を見つめた。

「まだ若かったのに」彼が言った。

「ええ」プチジャンがつぶやいた。「この人たちはまだ、若いんですよ」

「彼らはみんな死んでしまう……」アタナゴールが言った。

「みんなではありません……。生き残る者もいます。たとえば、あなたとわたしとか」

「われわれは木石のようなものです」考古学者が言った。「勘定には入りません」

「手を貸してください」プチジャンが言った。

二人は苦労してアンヌを持ち上げた。力なく垂れてしまう遺体を引きずって行かなければならなかった。プチジャンはじめじめした地面で足を滑らせた。彼らは石の山から引き起こした遺体を地下道の壁際に横たえた。

「わたしはもう、気が動転してしまって」アタナゴールが言った。「わたしが悪いんです」

「何度も言いますが、そうじゃありません」プチジャンが言った。「どうしようもなかったんです」

「まったくおぞましい話です」アタナゴールが言った。「こんなことに手を貸さなければならなくなるとは」

「どちらにしても、がっかりさせられる結果になったことでしょう」プチジャンが言った。「わたしたちは肉の身に裏切られる定めなのです。耐えがたいことですが、いずれ時が解決してくれますよ」

「あなたにとってはそうでしょう」アタナゴールが言った。「彼は美しい青年だったのに」

「彼らは美しいですよ」プチジャンが言った。「生き残る者たちは、みんな美しい」

「あなたは冷たすぎる」考古学者が言った。

「神父は心をもつわけにはいきませんから」プチジャンが言った。

「彼の髪を整えてあげたい」考古学者が言った。「くしをお持ちですか?」

「持っていません」プチジャンが言った。「なくしました。さあ、行きましょう」

「置いてきぼりにはできません」

「感情に流されないでください。ともあれ、彼はあなたのそばにいますよ。もう死んでしまったんだし、あなたは年寄りなんだから。彼は死んでしまったんです」

「わたしは年寄りだが、生きています」考古学者が言った。「そしてアンジェルは一人ぼっちだ」

「いまは、だれとも一緒にはいられないでしょうな」プチジャンが言った。

「われわれがついていてやりましょう」

「だめです」プチジャンが言った。「彼は出ていくでしょう。一人で出ていくことでしょう。物事はそう簡単には元に戻りません。われわれはまだおしまいまで来ていないのです」

「いったい何が起こるのだろう?……」アタナゴールが疲れもあらわなかすれ声で言った。

「もうすぐわかりますよ」プチジャンが言った。「砂漠で働くと、ただではすみません。どうも面倒な展開になっているようだ。そんな感じがします」

「あなたは死体に慣れておられる」アタナゴールが言った。「わたしは違います。ミイラだけですから」

「あなたは巻き込まれませんよ」プチジャンが言った。「苦しむだけです。そこから何かを引き出すということもない」

「あなたは何かを引き出すのですか?」

「わたし?」プチジャンが言った。「わたしは苦しみさえしませんよ。行きましょう」

VIII

彼らは地下道でアンジェルを見つけた。彼の目に涙はなかった。

「どうにもなりませんか？」彼はプチジャンに尋ねた。

「わかりました」アンジェルが言った。「ぼくが言います。発掘現場を見に行きますか？」

「もちろんですよ」プチジャンが言った。「そのために来たんですから」

アタナゴールは何も言わずに、しわの寄った顎をふるわせていた。彼は二人のあいだを抜け、先頭を進んだ。

一行は入り組んだ道をとおって発掘の最前線に出た。アンジェルは地下道の天井と側壁を注意深く観察し、現場の位置を確認しようとする様子だった。彼らは一番大きな地下道に出た。数ムジュール離れた先に、照明器具の放つ光が点のように見えた。アンジェルは先を進む前に立ち止まった。

「あそこにいるんですね？」彼が言った。

アタナゴールはよくわからないまま彼を見た。

「あなたの仲間の女性ですよ」アンジェルが繰り返し尋ねた。「あそこにいるんですね？」

「いますよ」考古学者が答えた。「ブリースとベルチルと一緒にね。仕事中です」

「会いたくありません」アンジェルが言った。「会うわけにはいきません。ぼくはアンヌを殺したんだから」

「やめてください」プチジャンが言った。「もう一回そんな馬鹿なことを言ったら、わたしが神父として指導にあたることにしますぞ」

「ぼくが彼を殺したんです」アンジェルが言った。

「ちがう」プチジャンが言った。「きみは彼を押してしまった。すると彼は石の上に落ちて死んだ。偶然の出来事です」

「それはイエズス会士の詭弁です……」アンジェルが言った。

「わたしはユード会育ちだと、前にも申し上げたと思うが」プチジャンが冷静に言った。「わたしの言うことをもう少し注意ぶかく聞いてもらえるなら、事態はこれ以上悪くはならないと思うんだが。きみはさっきはちゃんとわかってくれたようだったのに、また弱気の虫にとりつかれたのかね。言っておきますが、勝手なまねはさせませんよ。レネットりんごに、アピりんご……」

「ころころ転げて、まっかっか……」アンジェルと考古学者は機械的に歌った。

「続きをご存じのようですな」プチジャンが言った。「それならいいでしょう。さてと、きみを通路の端にいる三人に無理やり会わせるつもりはありません。わたしは残酷な処刑人ではありませんから」

アタナゴールがわざとらしく咳ばらいをした。

「いや、まったく」プチジャンは彼のほうを振り返りながら言った。「わたしは処刑人などではありません」

「もちろん、違いますとも」アタナゴールが言った。「さもなければあなたの長衣は黒ではなく赤だったでしょう」

「夜になれば」とプチジャン。「同じことですがね」

「それから目の見えない人にとっても」と考古学者。「やれやれ、言うまでもないようなことばかり言って……」

「あなたもよく受けて立ちますな」プチジャンが言った。「とにかく、あなたがた二人に元気を出してもらおうと思いましてね」

「ずいぶん効き目がありますよ」アタナゴールが言った。「あなたをどやしつけたくなったくらいです」

「本当にそうしたくなったら」プチジャンが言った。「わたしの作戦成功です」

アンジェルは黙ったまま地下道の先を見つめていた。それから振り返ると、反対側をしげしげと眺めた。

「どちらの方向にむけて掘り進めたんですか？」彼は考古学者に尋ねた。

アンジェルは努めて自然な口ぶりで話そうとしていた。

「わかりませんな」考古学者が言った。「子午線から東に二ムジュールほどのところだったと思うが……」

「そうですか……」アンジェルが言った。彼はじっとその場に佇んでいた。

「さあ、決心しなければ」プチジャンが言った……。「行くのか、行かないのか？」

「計算を確かめてみる必要があるな」アンジェルが言った。

「どうしたんです？」考古学者が訊いた。

「何でもありません」アンジェルが言った。「仮定の話です。やっぱりぼくは、行きたくありません」

「よろしい」プチジャンが言った。「それならば引き返しましょう」

彼らは踵《きびす》を返した。

「ホテルまでいらっしゃいますか?」アンジェルが神父に尋ねた。

「一緒に行きましょう」プチジャンが言った。

今度は考古学者がしんがりを務めた。二人の影に比べると彼の影のほうが小さかった。

「急がなければ」アンジェルが言った。「ロシェルに会いたい。彼女に話したいんです」

「わたしから話してもいいですよ」神父が言った。

「急ぎましょう」とアンジェル。「彼女に会わなければ。彼女がどうしているかこの目で見たいんです」

「急ぎましょう」とプチジャン。

考古学者が足を止めた。

「わたしはここで失礼します」彼が言った。

アンジェルが戻ってきて、アタナゴールの前に立った。

「どうもすみません」彼が言った。「そして、ありがとうございました」

「なんのことです?」アタナゴールが悲しげに言った。

「なにもかも……」アンジェルが言った。

「すべてはわたしのせいなんだ……」

「ありがとうございました……」アンジェルが言った。「それでは、また」

「きっと、また」考古学者が言った。

「さあ、体を動かしてください。アタさん、ではまた!」プチジャンが叫んだ。

「ではまた、神父さん!」アタナゴールが言った。

彼はいったん二人と別れたものの、地下道内で向きを変えた。そして彼らのあとからついていった。冷たい岩のかたわらに横たえられて、アンヌが一人きりで待っていた。アンジェルとプチジャンはその横を通り過ぎ、銀の梯子を上った。アタナゴールがやってきた。彼はアンヌのそばにひざまずき、アンヌを見つめ、うなだれた。アタナゴールはむかしの甘美な事柄を思い出した。その香りはほとんど消えてしまっていた。アンヌかアンジェルか、どうして選ばなければならなかったのか？

IX

知的な女を愛するのは同性愛者の快楽である。

ボードレール『火箭』

アマディスはアンジェルの部屋に入った。アンジェルはベッドの上に坐っていた。そのかたわらではマンジュマンシュ教授のシャツが一着、派手な色を炸裂させていた。アマディスはまばたきして目を慣れさせようとしたものの、結局目をそらさずにはいられなかった。アンジェルは黙りこくり、ドアの音にかすかに顔を向けただけだった。じっと坐ったまま、アマディスが椅子に腰を下ろすのを眺めていた。

「わたしの秘書がどこにいるか、知っていますか？」アマディスが尋ねた。

「いいえ」アンジェルが答えた。「昨日から見ていません」

「とてもショックを受けたようですよ」アマディスが言った。「手紙が溜まっているというのに。

アンヌが死んだことは、今日まで伏せておいてもらえればよかったのですが」

「プチジャンが話したんです。ぼくのせいじゃありません」

「彼女のところにいって、慰めてあげるべきですよ。そして、きみを救うのは仕事だけだって、言ってあげるんです」

「どうしてそんなことが言えるんです？　嘘だとよくわかっているのに」

「明らかなことですよ。仕事は必ずや気を紛らわしてくれるものです。日常生活の不安や重荷をしばし忘れる力を与えてくれます」

「仕事ほど日常的なものはないのに……。口車に乗せようとしているんだ」アンジェルが言った。

「そんなの、まったくのお笑い草ですよ」

「わたしはもう長いあいだ、笑えずにいるんです」アマディスが言った。「ロシェルに手紙を取りにきてもらいたいんです。そして九七五番にも、戻ってきてほしいものだ」

「タクシーで送ればいいでしょう」

「もう送りました。だが、九七五番がきっと戻ってきてくれると、わたしは当てにしているんです」

「そんなの、愚かですよ」とアンジェル。

「お次は、わたしのことをいやらしいオカマだとか言うんでしょう？」

「いいかげんにしてください！」

「仕事が待っているとロシェルに伝えてくれないんですか？」

「いま彼女に会うことはできません」アンジェルが言った。「わかってください！　アンヌは昨日の午後、死んだんですよ」

「よくわかっています」アマディスが言った。「まだ給料ももらっていないのにね。ロシェルに伝えてほしいんですよ。手紙をもうこれ以上遅らせるわけにはいかないんだと」

「彼女の邪魔はできません」

「できますとも」アマディスが言った。「自分の部屋に閉じこもっていますよ」

「それならどうしてぼくに、彼女はどこにいるのか訊いたんです?」

「あなたを心配させるためですよ」

「彼女が自分の部屋にいることはちゃんとわかっています」

「それなら、無駄でしたね。話は以上です」

「彼女のところに行ってきます」アンジェルが言った。「でも来ないと思いますよ」

「いや、来るでしょう」

「アンヌのことを愛していたんですよ」

「あなたとだって喜んで寝るでしょう。自分でそう言っていましたよ。昨日」

「あんたはろくでなしだ」アンジェルが言った。

　アマディスは言い返さなかった。まったく無関心な様子だった。

「アンヌがまだ生きていたなら、彼女はぼくと寝たでしょう」アンジェルが言った。

「違う。いまだってそうしますよ」

「あんたはろくでなしだ」アンジェルが繰り返した。「いやらしい同性愛者だ」

「ほうら」アマディスが言った。「やっぱり言いましたね、通説というやつを。では、行ってきてくれますね。一般的なるものは個別へと至るんでしょう」

「わかりましたよ、行ってきます」

彼が立ち上がると、ベッドのばねがわずかにきしんだ。

「彼女のベッドは音がしないでしょうね」アマディスが言った。

「もう十分です……」アンジェルがつぶやいた。

「でもやっぱり、お返しはしておかなければ」

「もう十分ですよ……。あんたには我慢できない……。出ていってください……」

「ほう、今日は自分がどうしたいか、ちゃんとわかっているんですね」

「アンヌは死にました」

「それで、あなたは何から自由になったと？」

「ぼく自身からです。目が覚めたんです」

「そんなことはない」アマディスが言った。「自分がこれから自殺しようとしていることは、自分でよくわかっているんでしょう」

「それも考えました」アンジェルが言った。

「とにかく、まずロシェルを呼びに行ってください」

「呼びに行きますよ」

「急がなくてもいいんですよ」アマディスが言った。「もし彼女を慰めてあげようというのなら……あるいは別のことでもいい。でも、あまり疲れさせないようにしてください。手紙がかなり溜まっているんで」

アンジェルはアマディスの顔も見ずにその前を通りすぎた。部長は椅子に坐ったまま、ドアが閉まるのを待った。

ホテルの廊下は、いまや片側が直接、虚空に面していた。アンジェルはその縁まで近寄ってみてから、ロシェルの部屋に向かった。ホテルの建物に挟まれて鉄道が太陽に輝いていた。廊下のもう片側は残りの部屋に通じていた。レールと枕木のあいだでは、灰色の清潔なバラストが雲母を含んだ角をぴかぴかと光らせていた。

鉄道はファサードの端から端へ、見渡す限り延びていた。アンジェルのいるところからは見えなかったが、枕木とレールの山はほぼ消えていた。トラックの運転手二人によって組み立てられた車輌と機関車が、すでにレールの上に載っている。小型起重機を動かす重油エンジンの規則的な回転音に、起重機の滑車が回るしゅるしゅるという音が彩りをそえていた。

アンジェルは部屋の側に顔を向けてドアを二つ通り過ぎた。三つ目で立ち止まり、ノックした。どうぞというロシェルの声が聞こえた。

彼女の部屋の内装は他の部屋と同じで、シンプルで飾り気がなかった。ロシェルはベッドに横たわっていた。昨日と同じワンピースを着ており、ベッドには寝た形跡がなかった。

「ぼくだよ……」アンジェルが言った。

ロシェルは体を起こし、彼を見た。顔には疲れがにじみ、目には光がなかった。

「いったい何があったの？」彼女が尋ねた。

「昨日は会えなかったんだよ」アンジェルが言った。「プチジャンから説明があったと思うけど」

「彼は立坑に落ちてしまったんでしょう」ロシェルが言った。「彼は体重があるから、あなたにはつかまえることができなかった。重いのはわたしも知っているわ。でもどうしてアンヌがこんなことに？」

「ぼくのせいなんだ」アンジェルが言った。

「そんなことない……。あなたにはつかまえる力がなかっただけよ」

「ぼくはきみのことが本当に好きだった」アンジェルが言った。

「知ってるわ」ロシェルが言った。「いまでもまだ、とっても好きなんでしょう」

「そのせいで彼は落ちたんだ」アンジェルが言った。「そう思う。ぼくがきみのことを愛せるようにって」

「もう遅すぎる」ロシェルがどこか媚びを含んだ調子で言った。

「事故の起きる前だって、もう遅すぎたんだ」

「それなら、どうして彼は落ちたの？」

「落ちたんじゃない」アンジェルが言った。「アンヌは落ちたんじゃない」

「でも」ロシェルが言った。「事故だったんでしょう」

「昨晩は眠らなかったの？」

「寝てはだめだと思ったから。だってやっぱり、人が死んだんだから、おろそかにはできないわ」

「でも眠りはしたんだよね……」

「ええ。プチジャン神父がくれたものがあって、それを飲んだの」

彼女はアンジェルに液体で満たされた小瓶を差し出した。

「五滴ほど飲んだわ。ぐっすり眠ったの」

「それはよかった」アンジェルが言った。

「人が死んだからって、嘆いてばかりいても何も変わらない」ロシェルが言った。「わかるでしょう、今回のこと、とても悲しかったわ」

「ぼくもそうだよ。これからぼくたち、どうやって生きていけばいいのかな」

「生きていてはだめなのかしら？」

「さあ、わからない」

アンジェルは小瓶を見た。

「もしこれを半分飲んだら、目が覚めなかったかもしれないね」

「とてもいい夢を見たの。わたしに恋をしている男性が二人いて、わたしのために戦っていた。すてきだったわ。物語の主人公になったみたいで」

「なるほど」アンジェルが言った。

「ひょっとしたら、まだ遅すぎはしないのかもしれない」ロシェルが言った。

「アンヌの遺体は見た？」

「見てないわ！……」ロシェルが言った。「その話はしないで。聞きたくない。そのことは考えたくないのよ」

「きれいな死に顔だったよ」アンジェルが言った。

ロシェルは彼を不安そうに見た。

「どうしてわたしにそんな話を聞かせるの？」彼女が言った。「落ち着いた気持ちになっていたのに、あなたが来て怖がらせたり、動揺させたりするんだわ。そんなあなたは好きじゃない。あなたっていつも悲しそう。起こってしまったことをくよくよ考えてもしかたがないでしょう」

「考えずにいられる？」

「だれにだってできることだわ。わたしは生きているんだもの。あなただってそう」

「ぼくは生きているのが恥ずかしい……」アンジェルが言った。

「ねえ」ロシェルが言った。「あなた、わたしのことがそんなに好きだったの？」

「そうだよ」アンジェルが言った。「そんなに好きだったのさ」

「わたし、もう少ししたら悲しみが和らいでくると思うの」ロシェルが言った。「長いあいだ悲しみに浸ってはいられないたちだから。もちろん、アンヌのことはしょっちゅう思い出すでしょうけど……」

「ぼくほどではないと思うよ」アンジェルが言った。

「何よ！　面白くない人ね」ロシェルが言った。「わたしたち、二人とも生きてるんじゃないの！」

彼女は伸びをした。

「手紙の仕事が待ってるってアマディスが言ってたよ」アンジェルはそう言って、苦々しげに笑い出した。

「やりたくない」彼女が言った。「薬で頭がぼうっとしている。もう本格的に眠ってしまいそう」

アンジェルが立ち上がった。

「ここにいていいのよ」彼女が言った。「気にならないから。考えてもみて。あんなことがあったあとなのよ。もったいぶっていてもしかたがないわ」

彼女は服を脱ぎ始めた。

「薬を飲みすぎたんじゃないだろうね」アンジェルが言った。

彼は小瓶を手にしたままだった。

「そんなことない。プチジャン神父が、五滴を超えたらいけないって言ってたから」

「その分量を超えたら」アンジェルが言った。「どうなるかわかってるんだろうね」

「ずっと眠ったままになるんでしょう」ロシェルが言った。「きっと危険なのね。もしかしたら死ぬのかもしれない。そんなことしちゃだめだわ」

アンジェルは彼女を見た。服を脱いで、体を起こしていた。成熟した、力感あふれる肉体とはいえ、脆弱なところにはことごとく皺が寄ったり、一見それとはわからないひび割れができたりしていた。白いブラジャーの繊細な生地を垂れ気味の乳房が圧迫していた。肉づきのいい腿には青みを帯びた血管がくねくねと走っているのが透けて見えた。アンジェルと目が合うと、彼女は微笑みながらうつむき、シーツのあいだにさっともぐり込んだ。

「そばに坐って」彼女が言った。

「もし二人で小瓶を半分ずつ飲んだら……」アンジェルがつぶやいた。

彼はロシェルのそばに坐って話し続けた。

「そうやって逃げ出すこともできるはずだ」

「どうして逃げ出すの？　人生はいいものだわ」

「きみはアンヌを愛していた……」

「そうよ。蒸し返さないで。そういう話を持ち出して、わたしを苦しめてるのがわからないの？」

「こんな砂漠にいるのはもう耐えられない。ここにはみんなが死ににやってくるんだ」

彼女は枕の上で伸びをした。

「みんなじゃないわ」

「みんなだよ……。マンジュマンシュ、ピッポ、インターン、アンヌ、刑事……きみとぼく」

「わたしたちは違うわ」ロシェルが言った。「わたしたちは生きてる」

「小説の登場人物みたいに」アンジェルが言った。「一緒に死のう。互いに寄りそいあって」

「やさしく抱きあって」ロシェルが言った。「すてきね、イメージとしては。そうでしょ？　本で読んだことがある」

「そうやって、順に死んでいくのさ」アンジェルが言った。

「そういうのは小説の中のことでしょう……」ロシェルが言った。「実際にはありえない」

「そうできたらいいだろうな……」アンジェルが言った。

彼女は考え込み、頭の後ろで腕を組んだ。

「映画みたいでもあるわね。そんなふうに死ぬことができると思う？」

「無理かもしれない」アンジェルが言った。「残念だけど」

「そういう映画を見たことがあるわ」ロシェルが言った。「二人寄りそって、愛に身をささげて死んでいくの。あなた、わたしへの愛のために死ぬことができる？」

「できただろうね」アンジェルが言った。

「ほんとにできる？　そんなのおかしいわ……」

「これでは無理そうだけど」アンジェルは小瓶の栓を開けながら言った。

「無理？　眠るだけってこと？」

「たぶんね」

「試してみましょうか」ロシェルが言った。「いま眠れたら、とてもいいと思う。またあの夢を見てみたい」

「そんな夢をいつも見せてくれるような薬だってあるんだよ」アンジェルが言った。

「そうね」とロシェル。「これもそういう薬かしら？」

「そうかもしれない」とアンジェル。

「できるなら……。またあの夢を見てみたい。わたし、一人では眠れないわ」

彼女は問いかけるように彼をちらりと見た。彼はうなだれたまま小瓶を見つめていた。

「ちょとずつ飲んでみる？」彼女が言った。

「そうやって逃げ出すこともできるかもしれない」アンジェルが繰り返した。

「面白いじゃない」ロシェルが坐りながら言った。「そういうの、とっても好き。ちょっと酔っぱらうとか、薬を飲んで、自分が何をやっているのかわからなくなるとか」

「プチジャンは大げさに言ったんだと思う。これを半分ずつ飲んだら、きっとぼくら、素晴らしい夢が見られるよ」

「それじゃ、わたしと一緒にいてくれる?」ロシェルが言った。

「でも……そんなの、よくないよ……」アンジェルが言った。

彼女は笑った。

「馬鹿ね。だれが来るっていうの?」

「アマディスが待っているよ」

「ふん……。こんなつらいことがあったんだから、今日は仕事なんかしない。小瓶を貸してちょうだい」

「気をつけて」アンジェルが言った。「全部飲んだらきっと危険だよ」

「一緒に飲むんでしょう!……」ロシェルが言った。

彼女はアンジェルから小瓶を受け取り、口もとに運んだ。飲む直前で手を止めた。

「一緒にいてくれるわね?」

「うん……」

彼の顔はチョークのように白かった。

ロシェルは小瓶の半分の量を飲んで彼に渡した。

「まずい」彼女が言った。「今度はあなたよ……」

アンジェルは小瓶を手にしたままでいた。彼女から目を放そうとしなかった。

「どうしたの？　具合が悪いの？」

「アンヌのことを考えてるんだ……」

「もう！……いいかげんにしてよ！……またそんなことを言って！……」

一瞬、沈黙があった。

「飲んで」彼女が言った。「そしてわたしのそばに来て。そのほうがいい」

「そうするよ」

「長くかかるのかな、眠れるまで」彼女が尋ねた。

「そんなにはかからない」アンジェルが低い声で言った。

「来て」ロシェルが言った。「体を支えて」

彼はロシェルの枕元に坐り、背中に腕を差し入れた。彼女は苦労して上体を起こした。

「もう足が動かなくなってる」彼女が言った。「でもつらくはない。気持ちがいい」

「アンヌのこと、愛してた？」アンジェルが尋ねた。

「好きだった。あなたのことも、好き」

彼女はかすかに体を動かした。

「重いでしょう」

「そんなことないよ」

「アンヌのこと、愛してたけど……でもたまらなくなっていうほどじゃなかった」彼女がつぶやいた。

「わたし、馬鹿ね……」

「きみは馬鹿なんかじゃなかったよ」アンジェルも同じようにささやき声で言った。

「馬鹿よ……。すぐに飲むの？」

「飲むよ……」

「体を支えて……」彼女の言葉はささやき声になっていた。

彼女はアンジェルの胸に頭をあずけた。彼はロシェルの美しい黒髪を、そして豊かな髪のふさにふちどられて明るく映える肌を見下ろした。まだ左手に持っていた小瓶を置き、ロシェルのあごをつかんだ。彼女の顔を上に向かせてから手を放した。頭がゆっくりと落ちていった。

彼は何とか身を引き離し、彼女をベッドに寝かせた。ロシェルの両目は閉じられていた。

彼は窓の前に立ち、オレンジの花をつけたエパトロールの枝を見た。枝は音もなく揺れながら、部屋に差し込む陽光に影を落とした。

アンジェルは褐色の小瓶をつかみ、ベッドのそばに立ったままでいた。顔に恐怖を浮かべてロシェルの体を見つめていた。ベッドのロシェルを抱えて起こそうとしたときの感触が、まだ右手に残っていた。そしてアンヌを虚空に突き落としたときのあの感触が。

彼はプチジャン神父が部屋に入ってきたことに気がつかなかった。肩に置かれた手に促されるがまま、神父と一緒に廊下に出た。

X

彼らは残った階段を下りていった。アンジェルはまだ褐色の小瓶を手に持ち、プチジャンは何も言わずに彼の前を歩いていた。赤い花の香りが、分断された建物のあいだの空隙を満たしていた。

階段の最後のステップを下りるとそこはレールだった。彼らは切っ先鋭いバラストの小石の上を互いによろめきながら歩いていった。アンジェルは表面が平らでより歩きやすい枕木の上を進もうとした。やがてプチジャンはレールから砂丘の砂の上に飛び降り、アンジェルもそれに続いた。彼はすべてをもはや目だけではなく頭全部を使って見ていた。彼は目覚めようとしていた。麻痺状態が自分の内部に封じ込められるのを感じた。あとは一気に自分を空っぽにするのだ。ただしそのためにはだれかに壁を破ってもらわなければならなかった。プチジャンがそれをやりにきてくれた。これで彼は小瓶を飲み干せるだろう。

「どうするつもりだったんです？」プチジャンが言った。

「説明してください……」アンジェルが言った。

「あなたが自分で見つけるんですよ」プチジャンが言った。「あなたが見つけたら、わたしがそれを確認させてもらいましょう。あなたが自分一人で見つけなくちゃならないんです」

「眠りながらでは見つけられません」アンジェルが言った。「ぼくはこれから眠ります。ロシェルみたいに」

「だれかが死んだとなれば、あれこれ言わなくてはならないという気持ちになるものです」プチジャンが言った。

「ぼく自身がそれにかかわっているのだから、当然です」

「自分がかかわっていると本当に思うのですか？」

「もちろんです」アンジェルが言った。

「だれかを殺して、しかももう目を覚ますことができない、そんなふうに思っているんですか……」

「そうではありません。ぼくは眠ったまま彼らを殺したんです」

「それは違う。あなたの言い方はまちがっている。彼らはあなたを目覚めさせるために死んだのです」

「知っています」アンジェルが言った。「わかっています。ぼくが残りを飲まなければならないんだ。でもぼくはもう、穏やかな気持ちです」

プチジャンは立ち止まり、アンジェルのほうを振り返って、アンジェルの両目のあいだをまじまじと見た。

「何と言いました?」

「これから残りを飲みます」アンジェルが言った。「ぼくはアンヌとロシェルが好きだった。でも彼らは死んでしまった」

プチジャンは自分の右のこぶしを見た。二、三回握り直してから、袖をまくり上げると言った。

「気をつけて!……」

するとアンジェルは黒いかたまりが飛んできて自分の鼻を直撃するのを見た。彼はよろめき、砂の上にへたり込んだ。頭が銀の鐘のような澄んだ音を立てた。鼻から血が流れ出た。

「くそ!……」彼は鼻声で言った。

「すこしはまともになりましたか?」プチジャンが尋ねた。「ではちょっと失礼して」

彼は数珠を取り出した。

「星がいくつ見えました?」

「三百十個ほど」アンジェルが言った。

「それじゃ……四個にしときましょう」プチジャンが言った。

彼はこうした折に示す巧みな腕前をここでも発揮して、数珠を四回まさぐった。

「ぼくの小瓶はどこです」アンジェルが不意に尋ねた。

褐色の小瓶は砂の上に落ち、口から湿った染みが広がっていた。そのあたりの砂は黒くなり始め、油断ならない感じの煙が立ち昇っていた。

アンジェルは両膝を開き、そのあいだから頭を突き出していた。鼻血が地面に黒い点々を描き出していた。

「休戦！」プチジャンが言った。「それともまたやってほしいですか？」

「どうでもいいですよ」アンジェルが言った。「死ぬためのやり方はほかにもありますから」

「たしかに」とプチジャン。「言っときますが、鼻づらを殴りつけるやり方だってそうですぞ」

「でも、あなたはずっとそこにいるわけじゃないでしょう」

「たしかにそうです。無駄なことですな」

「ロシェル……」アンジェルがつぶやいた。

「鼻血を出しながら女の名前を口にするなんて、あなた、なかなか気のきいた様子ですね」プチジャンが言った。「ロシェルはもういない。まったくうんざりだ。わたしが彼女に小瓶を渡したのはなんのためだったと思うんですか？」

「知りません」アンジェルが言った。「とすると、ぼくは無関係ということになるんですか？　今回もまた？」

「あなたは、それで何か困るとでも？」

アンジェルは考えようとした。頭の中をさまざまな物事が、猛スピードでというわけではないが、すし詰め状態で震動しながら通り過ぎていくので、考えをまとめることができなかった。

「あなたはなぜすぐに飲まなかったんです？」

「もう一度やり直しますよ」

「おやりなさい。もう一瓶あります」

プチジャン神父はポケットを探って、先ほどのものとまったく同じ褐色の小瓶を見つけ出した。アンジェルは手を伸ばして小瓶を受け取った。彼は瓶の栓を開け、砂の上に数滴たらしてみた。ごく小さな染みができ、そこから黄色い煙がゆっくりと渦巻を描いて、風のない空気中を漂った。

アンジェルは栓を放り投げ、小瓶をきつく握りしめた。袖で鼻をぬぐってから、袖についた血痕をげんなりした表情で眺めた。鼻血は止まっていた。

「鼻を拭きなさいよ」プチジャンが言った。

「ハンカチがないんです」アンジェルが言った。

「きっとあなたの言ってたとおりなんでしょう」プチジャンが言った。「あなたはものの役に立たないし、何も見えていない」

「見えてますよ、砂、鉄道……バラスト、まっぷたつになったホテルが……そして何の役にも立たないこの工事の全体が……」

「そんなふうに言うだけなら言えるでしょう」プチジャンが言った。「そんなふうに言うというのも何事かではあるが」

「見えるんです。わからないけど。アンヌとロシェルの姿が……。また鼻を殴られそうですね」

「いいや」プチジャンが言った。「ほかに何が見えます?」

アンジェルの表情には少しずつ明るさが戻ってきたようだった。

「海がありました」彼が言った。「ここに来る途中に。甲板に二人の子どもたち。鳥」

「太陽だけで、あなたには十分じゃありませんか?」

「悪くはない……」アンジェルがゆっくりと言った。「隠者もいるし、黒人娘もいる」

「そしてアタナゴールのところの娘も……」

「ぼくに任せてください。見るべきものが山ほどある」

彼は小瓶を見た。

「でもやっぱり、アンヌとロシェルが見える……」彼はつぶやいた。

「見たいものが見えるんですよ」プチジャンが言った。「それに、見るのはけっこうだが、それだけでは十分ではない」

「何かをすることだって、きっとできるでしょう……」アンジェルが言った。「ほかの人たちを助けるとか……」

彼は薄笑いを浮かべた。

「でもすぐに邪魔が入るけれど。おわかりでしょう、アンヌとロシェルを殺すなんていうことだってできるんですから……」

「そうかもしれません」プチジャンが言った。

「それに、何の役にも立たない鉄道を作ることだって」

「もちろん」

「それで？……」

「それで、あなたに見えるのは以上ですべてですかな？」

プチジャンは砂の上のアンジェルの横に腰を下ろした。

「それなら、飲みたまえ」彼が言った。「その程度の想像力しかないのなら……」

二人は黙り込んだ。アンジェルは懸命に考えた。その顔は憔悴し切っていた。

「わかりません」彼は言った。「見るべきもの、感じるべきものは見つかるんですが、すべきことがまだ見つからない。自分がこれまでに何をしたのかなら、自分でわからないはずはないんですが……」

「もうたくさんです」プチジャンが言った。「屁理屈を並べるのはよしたまえ。飲むんだ」

アンジェルは小瓶を放り投げた。プチジャンはそれを拾い上げようとせず、瓶はあっという間に空になった。アンジェルは体をこわばらせ固まっていたが、やがて筋肉の緊張が解け、両手がだらりと垂れ下がった。彼は顔を上げ、鼻を鳴らした。

「わからないけど……」彼が言った。「見ることだけでも、始まりにはなる。もう何にも意欲がなくなったときには、遠くを見なければならないんだ」

「見えるのは確かかね？」プチジャンが言った。

「たくさんのものが見えます」アンジェルが言った。「見るべきものがあんまりたくさんあって……」

「多くのものを見てしまえば」プチジャンが言った。「何をすべきかがわかる」

「何をすべきかがわかる……」アンジェルが繰り返した。

「簡単なことだよ……」プチジャンが言った。

アンジェルは何も言わなかった。何か思いをめぐらせていた。

「マンジュマンシュ教授は黒の地帯に行ってしまったんですね」彼が言った。

「きみと同じことですよ。もしあれを飲んでいたならばね」プチジャンが言った。「わかるでしょう、そうすることだってできるんです」

「そのほうがいいんでしょうか？」アンジェルが言った。

「あれは失敗だったと思いますがね」プチジャンが言った。「でもまあ、実例にはなります。失敗の実例というのも必要ですからね」

彼はしばし考え込んだ。

「ちょっとお祈りでもしますか？」彼が提案した。「ぼくが、きみの、きみが、ぼくの、やぎひげ、つかむ……」

「さきに、笑ったら、ほっぺを、ペタン……」

「きみが、笑ったら、パチン、パチン。アーメン」神父が締めくくった。

「アマディスにこれを歌ってやらなければ」アンジェルが言った。

「わが子よ」プチジャンが言った。「きみは冷やかし好きで、意地が悪い」

彼らは立ち上がった。彼らの前には列車が、ほぼ完成した姿でレールの上に載っていた。トラックの運転手たちはボイラーの鋼板をハンマーで勢いよく叩き、太陽の下、黒いはがねが音を響かせていた。

XI

真面目な青年であるボリスが、一八八九年にこうしたお巫山戯《ふざけ》を書き写そうなどという妙な考えを抱いたのは、わたしには不思議なことと思える。

Ch・シャセ『「ユビュ王」の出典』フルーリ社、四四頁デュデュ部長は全スタッフを招集した。一同はマランとカルロが大急ぎで建てた仮設ホームにつめかけた。列車は二両編成だった。カルロ、マラン、そしてそれぞれの家族、ろくでなしのアルラン、トラックの運転手三人。そのうちの一人はすでにボイラーに石炭をくべ始めていた。さらにはアマディス自身、そしてアタナゴールの黒人使用人であるデュポンも特別に招かれていたが、不安げな様子だった。なぜならアマディスが彼のために特別個室を用意しており、そこで二人は差し向かいになるはずだったからである。汽笛が力強く鳴り渡り、全員、われがちに乗降用ステップに向かった。

アンジェルとプチジャン神父は砂丘の上から眺めていた。アタナゴールと助手たちはやってきておらず、隠者は黒人娘とやっているはずだった。

デュデュ部長は予約したコンパートメントの扉の前に姿を見せた。そして出発の合図に三回、手を振り下ろした。ブレーキがきしみ、煙が吐き出され、車体は陽気な音を立てながら徐々に動き出した。車窓でハンカチが振られた。

「あなたも乗っているはずだったのに」プチジャンが言った。

「ぼくはもう会社の人間じゃありませんから」アンジェルが言った。「あんな汽車、うんざりです」

「何の役にも立たんことはわたしも認めますよ」プチジャンが言った。

彼らはホテルの廃墟の狭間に蒸気機関車が入っていくのを眺めていた。太陽が客車の屋根のラッカーを輝かせていた。破壊されたホテルの正面にエパトロールの赤い花が点々と咲いていた。

「レールの上で、なぜあんなに音が反響するのだろう?・」プチジャンが言った。「まるで空洞になっているみたいじゃないですか」

「バラストを敷くと普通ああいう音がするんです」アンジェルが言った。

列車は去って行ったが、白い綿のボールのような煙が宙に浮いているのが見えた。

「すぐ戻ってきますよ」アンジェルが言った。

「だろうと思いましたよ」神父が言った。

彼らは遠くに消えた列車のあわただしい息づかいが、ふたたび聞こえてくるのを静かに待った。その音が聞こえてきた。

バックしてきた列車がまたホテルの廃墟の中に入ろうとしたとき、何か鈍い音がした。列車がレールの上で揺らめいたかと思うと、一瞬のうちにレールが地面に陥没した。蒸気機関車が消え失せた。線路にそって巨大な裂け目が見る見る延びていき、客車も砂の中に呑み込まれたようだった。地面が次々にいくつものかたまりに砕けては轟音とともに崩れ落ち、線路は上げ潮に道が覆われるようにゆっくりと沈没していった。左右に積み上げられていた砂の山が斜めに帯をなして落ちていった。黄色い砂粒が勾配にそって転がっていくのと同時に、反対側の斜面の下方から砂の波が一気に湧き上がり、頂点に達するかのようだった。

プチジャン神父は恐怖に駆られて、アンジェルの腕をつかんだ。二人の男たちは、目の前に生じた巨大な断層を砂が容赦なく埋めていくのを見た。ホテルの上部が最後にもう一度、揺れたかと思うと、蒸気と煙がとてつもない規模で吹き上がり、音もなく炸裂した。ホテルの建物は降り注ぐ砂に覆われた。陽光のもと、煙はたちまちのうちに散り散りになり、先のとがった緑の草が突風を受けてかすかに揺れていた。

「考えていたんです」アンジェルが言った。「こんなことになるんじゃないかって、このあいだ……でも忘れてしまって……」

「穴の真上に鉄道を敷いてしまったのだな」プチジャンが言った。

「アタナゴールの発掘現場の真上です……」アンジェルが言った。「まさにここだったんだ……子午線の弧から二ムジュールのところ……そのあと、ロシェルが死んでしまった……それで忘れていたんだ……」

「われわれにはどうすることもできないのだよ」プチジャンが言った。「考古学者が一命をとりとめたことを願おう」

「ぼくのせいです」アンジェルが言った。

「自分が世界のすべてに責任があるなどと考えるのはやめたまえ」プチジャンが言った。「自分自身に対して部分的に責任がある、それだけで十分でしょう。きみの過ちであると同時に連中の過ちでもある。アマディスの過ちでもあるし、考古学者の過ちでもある。それからアンヌの過ちでもある。さあ、彼らが生きているかどうか確かめに行きましょう」

アンジェルはプチジャンのあとに従った。アンジェルの目に涙はなかった。彼は力を取り戻したようだった。

「行きましょう」彼が言った。「ぼくらの行き着くその果てまで」

XII

アンジェルは九七五番のバスを待っていた。彼は地べたに坐って、バス停のポストに背中をもたれさせ、プチジャンも同じ姿勢で、ただしアンジェルには背中を向けていた。二人は顔を合わせずに話していた。アンジェルは自分のスーツケースと、アマディス・デュデュの仕事机の上で見つかった手紙と報告書の分厚い束をかたわらに置いていた。

「アタナゴールさんに見送ってもらえなくて残念です」アンジェルが言った。

「仕事が山ほどあるんでしょう」プチジャンが言った。「機材一式が壊されてしまったんだ。ともあれご無事で何よりでした。あの人も、部下のみんなも」

「そうですね」アンジェルが言った。「バスさえ来てくれればなあ！……」

「このごろは来ないようですがね」

「もうすぐ来ますよ。きっと、運転手が年次休暇を取る時期に当たっていたんでしょう」

「そういう季節ですな……」プチジャンが言った。

アンジェルは咳払いをした。胸にこみ上げるものがあった。

「もうお会いすることもありませんね」アンジェルが言った。「あなたにお礼を言いたかったんです」

「別にお礼なんて」神父が言った。「きみはまた戻ってきますよ」

「一つ、質問してもいいですか？」

「いいですよ……。どんな質問か、わかっていますけど」

「おわかりのはずですよね。いったいどうして、長衣を着てらっしゃるんですか？」

神父は優しくほほえんだ。

「思ったとおりだ……。お答えしましょう。現代的な方法なんですよ」

「何の方法ですか？」

「潜入工作する必要があるんです〔一九四〇年代から五〇年代にかけての「労働司祭」運動への暗示。カトリックの司祭が工場・港湾労働者となり政治的活動にも加わった〕……」プチジャン神父が言った。

「なるほど……」アンジェルが言った。

エンジンの音が聞こえてきた。

「来ましたね……」プチジャンが言った。

彼は立ち上がった。アンジェルも立ち上がった。

「さようなら。また近々」

「さようなら！……」アンジェルが言った。

プチジャン神父は彼の手を握り、振り返りもせずに立ち去った。幾度も飛び上がっては、その都度、長衣を鐘の形にふくらませた。砂の上で跳ねる彼の姿は真っ黒だった。

アンジェルは黄色いシャツのカラーをふるえる指先でなでてから手を上げた。九七五番は彼の真ん前で停まった。車掌がオルゴールの箱を回し、きれいな音楽が流れ出た。

乗っている客は一人だけで、A・Pと記されたかばんをもっていた。アンテンヌ・ペルノの頭文字である。オフィスに出勤するような恰好をしていた。彼は落ち着き払った様子で通路を進み、軽くジャンプしてバスから降りた。すると運転手と鉢合わせした。運転手は運転席を離れて、様子を見にやってきていたのである。彼は片目に黒い眼帯をしていた。

「いやはや！」運転手が言った。「一人降りて、一人乗るというわけか！……で、おれのタイヤはどうしてくれるんだ！　重量制限をオーバーして乗せる権利は、おれにはないんだぞ」

かばんの男は気まずい様子で運転手を見た。そして運転手がパイプクリーナーを使って目の位置を直しているすきに大急ぎで逃げていった。

運転手は額を押さえた。

「慣れてきちまった。いまのやつで二人目だな」

彼は運転席に戻った。

車掌はアンジェルが乗車するのを手助けした。

「さあ、さあ！」車掌が言った。「押し合わないでください！……整理券をお願いします！……」

アンジェルが乗り込んだ。彼はスーツケースをデッキに置いた。

「荷物は中にお願いします！……」車掌が言った。「邪魔にならないよう、お願いします！……」

車掌は紐の握りにぶらさがると紐を何度も揺り動かした。

「満員！……」車掌が叫んだ。

エンジンが唸りを上げ、バスが発車した。アンジェルはスーツケースをシートの下に置いてから、デッキに戻った。

太陽が砂と草の上で輝いていた。先端刺激性スクラブがあちらこちらに茂みを作っていた。地平線には黒い、不動の帯がぼんやりと見えていた。

車掌が彼に近づいてきた。

「終点まで！……」アンジェルが言った。

「飛んでいきな！……」車掌は指先を空に向けて言った。

パサージュ

少したってから、理事会が開催された。ユルシュス・ド・ジャンポラン理事長がアンテンヌ・ペルノからの書簡を読み上げたのち、会長の要請により、エグゾポタミーに標準軌鉄道を敷設する可能性を検討するため、技術者と実動隊員の一団を派遣することが決定された。ただし、最初の工事を終焉《しゅうえん》せしめた残念な事故の再発を防ぐため、前回とは別の場所に敷設するものとする。出席したメンバー一同は、故アマディス・デュデュの努力によって収集された情報の豊かさを喜んだ。アンテンヌ・ペルノ新部長は大いにそのおかげを被るであろうし、それに伴い彼の給料を大幅に割り引くことができるだろう。よって派遣団の編成は以下のとおりとなる。女性秘書一名、エンジニア二名、実動隊員二名、トラック運転手三名。エグゾポタミーにおける太陽の特性ゆえに、そして土壌の性質からして、特殊な現象が起こる恐れがある。同様に、エグゾポタミーにはすでに考古学者一名とその助手、隠者、黒人娘、そしてプチジャン神父がいることも考慮に入れなければならない。神父は監督すべき隠者たちを大勢抱えている。実動隊員は家族同伴で派遣される。計画全体の複雑さゆえに、過去の経験にもかかわらず、これから彼らに何が起こり得るかはまったく予測もつかないし、いわんや想像に余る。それを記述しようと試みても無駄である。なぜなら、どんな解決であれ、いくらでも思い描くことができるからである。

訳者あとがき

『北京の秋』はボリス・ヴィアンが一九四七年に発表した作品である。この年、若き作家は大忙しだった。そして収穫は目覚ましかった。ざっとご紹介しておくと――

- 長篇小説三冊を出版（二月に『ヴェルコカンとプランクトン』をガリマール社から、四月に『うたかたの日々』を同じくガリマール社から、そして九月に本書をスコルピオン社から刊行）
- 長篇小説の翻訳二冊を出版（六月にケネス・フィアリング原作のミステリ小説『大時計』の翻訳をレ・ヌリチュール・テレストル社から、九月にヴァーノン・サリヴァン原作の『死の色はみな同じ』をスコルピオン社から刊行）
- 短篇小説を三篇書き、二篇を雑誌に掲載
- 戯曲一篇（『帝国の建設者』）を完成
- サルトルとボーヴォワールの雑誌「現代（レ・タン・モデルヌ）」にエッセイ「嘘つき時評」を三回掲載

しかも、厚紙商工専門公社という立派なところに勤務しながらの執筆活動である（ただし公社は

六月にクビになってしまったが）。そのうえ、四月にオープンしたサン＝ジェルマン＝デ＝プレの話題のジャズクラブ「タブー」にトランペッターとして夜な夜な出演し、かつまたジャズ評論を手がけ、映画シナリオ数篇を書き上げ、小説『心臓抜き』にも着手しているのだから、いったいいつ眠っていたのか？（ボリスは極端な宵っ張《よいっぱ》りにして早起きだったという最初の妻ミシェルの証言がある）。

しかしこの時期にヴィアンは、おちおち眠っていられないような心配事を抱えてもいた。前年、彼はアメリカの黒人作家ヴァーノン・サリヴァン原作の長篇小説『お前らの墓につばを吐いてやる』の翻訳を出していた。ところが、サリヴァンとは、じつはヴィアンのペンが生み出した架空の人物であり、『お前らの〜』の原作はどこにも存在しない。まるごとヴィアンがフランス語で書き下ろした作品だった。ところが、お遊び気分で書いたこの本があれよあれよという間にベストセラー入り。「過激」な内容が批判の的となり、社会道徳運動家たちによって告訴されてしまう。ただでさえ忙しい四七年、ヴィアンは「翻訳」という偽装を貫くため、大慌《おおあわ》てで『お前らの〜』の「原作」を英語で執筆しなければならない羽目に陥った。先に挙げたサリヴァンものの第二作『死の色は〜』も、原作の存在しない「翻訳」だった。

かくも波乱に富み、稔《みの》りも多かった一九四七年、ヴィアンは二十七歳。以後彼は三十九歳で死を迎えるその直前まで、目くるめく活躍を続けることになる。

小説家ヴィアンに話を限るとしよう。「わたしは『うたかたの日々』によってデビューした」という彼自身の言葉を尊重するなら、ヴィアンが生前、自らの名で発表した長篇小説は結局のところ、『うたかたの日々』、『北京の秋』、『赤い草』（一九五〇年刊）および『心臓抜き』（一九五三年刊）の四作である。そのなかで『北京の秋』こそは、もっとも重要な力作にして破格の傑作である、と訳者としては主張したい（もちろん『うたかたの日々』の素晴らしさは、言うまでもないのですが）。

何よりも、これはヴィアンが書いた最長の作品である。そもそもヴィアンは「短さ」を好むタイプだった。大忙しの日々においては、長大重厚な作をものすことができなかったとも言えるし、長大重厚がはなから肌に合わなかったとも言えるだろう。いずれにせよそんなヴィアンが、たっぷりと字数を費やし、アイデアを豊かに盛り込んで壮大な物語を描き上げたのが『北京の秋』なのである。喜ばずにはいられないし、実際ここには、ぼくらがヴィアンに求めるものがすべてそろっているという感動を覚える。

まずは徹頭徹尾、「奇想」の小説である。地図のどこにも載っていない土地を舞台に、何のためだかわからない鉄道敷設計画が推進される。その企図のために雇われた若者三人、男二人と女一人のあいだには、三角関係がこじれていきそうな気配が立ち込めている。いっぽう、医務室の医師はインターンをいたぶりつつ、模型飛行機に入れあげている。神父はといえば、たえず罰当《ばちあ》たりな言葉を口にしては、そのつどすばやく数珠《じゅず》を繰り、罪障消滅に努める。隠者は聖なるみだらな出し物を力演し、子どもたちはリュメット採集に余念がない。

この「リュメット」とは「虹のように色を変える」生きものなのだが、正体は不明である。また「エパトロール」の花が色鮮やかに咲き乱れているが、これまた実体はわからない。実体のないものに実体（らしきもの）を付与するのが言葉の力だとすれば、ヴィアンはその力を活用して自在に戯れる達人だった。『北京の秋』はそうした〝言語的空中楼閣建築家〟としての作者の異才が、最大限に発揮された小説なのである。なにしろここでは「エグゾポタミー」なる一国がまるごと創り出されているのだ。

メソポタミアを連想させる名前が、そもそも国名なのか地方名なのか、よくはわからない。一帯は砂におおわれていてエジプト風でもあり、植生やクラゲの生態にはオーストラリアを思わせるところもある。いずれにせよ、砂漠という設定がこの作品にとって決定的な意味をもち、魅惑の源泉になっている。広々とした砂漠を思い浮かべること。それはパリジャンのヴィアンにとって、周囲の一切を消し去ってしまうことであり、自らの想像力を羽ばたかせる場所を立ち上げることであったろう。

しかもその大砂漠は、フランスと地続きのところに広がっている。ただし物語冒頭の街頭がどこなのか、これまた定かではない。「ムジュール」などという聞いたことのない距離の単位が使われていて、実際のところフランスとは言いにくいが、とにかくその都市に暮らすのはフランス語を話すフランス人たちである（らしい）。そこからエグゾポタミーまで、アマディスはバスに乗ったまま運ばれていく。しかるに、同じ都市から出発したアンジェルたちの場合は、海路はるばる船でやってくるのだから、あら不思議……。

会社員ボリス・ヴィアンにとって、バスは日々利用する交通手段であると同時に、ただでさえ行きたくない会社に出かけていく不快さをいやますしろものでもあったようだ。本書と同時期にヴィアンは、バスに乗ろうと突進する人々の「鬼気迫る光景」を描く「乗合バス」なる「科学時評」を草していた（『夢かもしれない娯楽の技術』原野葉子訳、水声社所収）。ヴィアンの尊敬してやまぬ先達アルフレッド・ジャリが、かつて乗合馬車に群がる人々の狂騒を描いた戯文（ジャリ『馬的思考』伊東守男訳、サンリオ文庫所収）に範を取りつつ、自らの毎朝の経験を思い切りデフォルメして描いた本書の冒頭部分は、悲喜こもごものおかしさを醸《かも》し出《だ》して、ヴィアンならではの名文ここにありと思わせる。要するに、発端はリアルな日常なのだ。しかしヴィアンの筆にかかると、たちまちバスは宮崎アニメの「ネコバス」の性格が悪くなったような特異な生命体と化し、運転手や車掌は異様な殺気を帯び、さらに停留所では「聖体パン弾」が乱れ飛ぶといった具合で、すべては喜ばしきナンセンス感覚に浸されていく。とりわけ、バスの中で居眠りなどしてしまったなら、そのまま異界に連れ去られてしまうこと必定だ。黄色い砂が広がる砂漠へまっしぐらなのである。

ヴィアン的砂漠の特徴は、それが大いなる逆説の空間となっていることだ。砂漠《デゼール》とは本来、「無人の」「人の住まない」という形容詞としても用いられる語なのに、この作品ではむしろ「人は群れたがるもの」という真実を浮き彫りにする舞台となる。そこでは老若男女が行き交い、混じり合い、ドラマが生み出される。まんべんなく陽光に照らし出されて陰ひとつないところかと思いきや、さにあらず。太陽が「黒い帯状の光を放つ」ため、闇に包まれた「黒い地帯」が砂漠を分断しているのだという。ジェラール・ド・ネルヴァルの「憂鬱《ゆううつ》の黒い太陽」(『火の娘たち』所収の「幻想詩篇」冒頭「廃嫡者」に出てくる名高い表現)を想起させるではないか。光と闇、熱と冷気の併存はそのまま、ヴィアンの諸作に顕著な「交替」や「対比」のモチーフにつながっている。

「対比」への好みは、タクシーが「黄色と黒」に塗り分けられているとか、スーツやシャツがストライプ柄だとかいった描写の示す「縞《しま》」への偏愛と重なりあう。「縞」や「交替」にかかわる細部が、ヴィアンの長篇・短篇をとおして全部で四〇〇カ所ほどあると数え上げた研究者までいるのだから恐れ入る。コントラストの技法はとりわけ、人物設定に明らかだろう。アンジェルとアンヌという友人同士は、外見からしても、女性観からしても、そしてロシェルとの関係のあり方からしても、かなり対照的なコンビだ。また彼らとアマディス・デュデュとのあいだには、部下と上司という立場の違いのみならず、一方は異性愛者たち、他方は同性愛者という相違点がある。一方が激しく欲望する対象が、他方にとってはぞっとするような嫌悪を催させるのであり、双方のものの見方は決して相容れない。

アマディスの同性愛をめぐる記述には、今日の読者の目からみると、ツッコミを入れるべきところがかなりある。とはいえこの時期、同性愛者を取り上げたという点ですでに意義があったとも考えられる。『お前らの墓につばを吐いてやる』で黒人問題に鋭く切り込んだヴィアンのこと、彼自身が差別意識に凝《こ》り固《かた》まった人物だったとは到底考えられない。そもそも物語は、アマディスがバス通勤で苦労する様子から始まったのであり、部下たちの憎しみを一身に集める男とはいえ、読者としては同情も抱いてしまう。ちなみにアマディスが、スペイン騎士道文学の一大傑作『アマディス・デ・ガウラ』（一五〇八年）の英雄を思い出させる由緒ある名であることも忘れるまい（デュという姓のほうは、幼い子がお気に入りのぬいぐるみ等に用いる呼称「ドゥドゥ」に通じてかわいらしい）。

名前と言えば、この作品の主だった男たちにはいずれも「ア」の音を含む名前が与えられている。アマディスを始めとして、アンジェル（英語の「天使」そのまま）、アンヌ（男女いずれの名にもなるが一般には女性名）。そして『うたかたの日々』に続く登場となるマンジュマンシュは「アン」の鼻母音を二つ含み、アタナゴールのほうは「ア」音を三つも含んでいる。ヴィアンはときおりこの考古学者の名を「アタ」などと省略して書くのだが（「コバヤシ」を「コバ」なんて呼ぶような感じか）、短くすることでいっそう「ア」音が強調されている。なお隠者となるクロード・レオンは、ヴィアンの会社の同僚にしてジャズ仲間だった親友の名前である。

では「ア」音の反復がいったい何を意味するのかと問われても困るが、結局のところ彼らのふるまいや行く末が「アア！」という嘆息を誘わずにはいないものであることは確かだ。なんとふざけた、はた迷惑な、考えの足りない男たちばかりだろうか。とりわけ、天使の名をもつ美青年くんが懸命に考えている「システム」に、男なるものの無力と愚かしさが究極的な形で示されている。彼の言う「あらゆることに対する解決策」とはどうやら、ひとり腹這《はらば》いになって横たわり、よだれを垂らしていることらしい。

ところが、そんな情けないアイデアをぐずぐずと思いめぐらしているアンジュルでも、この物語の中では、どこか純粋でひたむきで、哀切な印象を与えるのである。

いっぽう、女たちのほうははるかにしっかりとしてたくましい。ロシェル（「岩石《ロシュ》」に通じる）やキュイーヴル（「銅」の意味）という名前は、彼女たちの堅固さや力強さに対応している。彼女たちについて男どもは、いささか不用意な発言をしているので、こちらにもまた大いにツッコミを入れていただければと思う。アンジェルはロシェルにひたむきな愛を捧げるかに見えるが、ロシェルがアンヌとの愛欲にふけることで「すり減って」いき「台無し」になるという彼の嘆きには、かなりの身勝手さがある。そうやって悶々と気を揉み続けることで、皮肉にもほかならぬ彼自身が自分の青春をすり減らしているのは明らかだろう。

人間だれしもすり減っていく過程にあるのだし、また女だけでなく男もまた激しくすり減っていく。ヴィアンの書いた小説に通底する主題だが、『北京の秋』では砂漠を背景とすることで、その事実がひときわ鮮やかに析出されている。砂漠とは、古代の遺跡さえもがそのままに原形を保つ場所であるのに、人間たちは大急ぎで滅びへと向かっていくという逆説的な構図がそこにある。本書を書き上げたのち、ヴィアンは手帳にこんな一言を書きつけている。すなわち、砂漠とは「建設によってしか破壊され得ない唯一のもの」であると。これぞ、みごとなパラドクスではないか。

建設による破壊か、それとも破壊による建設か。『北京の秋』とはその両極を、おとぎ話のように、あるいはSF的に――ヴィアンはヴァン・ヴォークトの仏訳などをとおしてフランスにSFを導入したパイオニアだった――、はたまたユーモア小説、恋愛小説、そしてもちろん幻想小説として描き出した、あまりにオリジナルな作品なのである。

それに加えて、音楽小説と呼べる側面があることも強調しておきたい。『うたかたの日々』のようなジャズ小説とは言えないだろう。しかし「楽章」形式を選択することで、本書にはヴィアン流交響曲と呼びたいような構造が備わった。最初の「A」「B」「C」「D」は全体としてプレリュードを形作る。主要人物たちがエグゾポタミーへと集まってくるプロセスを同時並行的に提示するパートだ（ただし「A」と「B」以降のあいだには時間差がある）。各「楽章」では、ストーリーは時系列にそって進行していく。そこに「パサージュ」が四回挟《はさ》まれることで、構成にはいわばメタレベルの要素が加わる。小説本文に比べて一見もったいぶった調子の文章だけれども、これから登場人物をどう出し入れしたものかといった作者のつぶやきが洩れ聞こえ、机に向かって思案するヴィアンその人の素顔を透かし見るような面白さがある。パサージュは「通行」「通路」「アーケード」等々、多義的な語だが、ここでは音階の「移行」を表す音楽用語としての用法が意識されている。かくしてこの小説は、ヴィアンの作品としてももっとも複雑な構成のもとに、独自の形式美を実現しているのだ。

かつて安部公房は、本書の最初の翻訳（岡村孝一訳、早川書房、一九七一年）に寄せた一文「氷の壺から水を飲む」で、「すべてが独創すぎる」「あまりにも繊細で美しい」と称賛した。「あえて比較するなら、カフカが書いた『不思議の国のアリス』、もしくはルイス・キャロルの手になる『審判』と言ったところだろうか」と記し、「この作品に出会えたよろこびを、あらためて嚙みしめてみる。生涯かかっても、これだけの出会いはめったにあるものではない」とまで書いている。カフカ、ルイス・キャロル、そして安部公房。ヴィアンは文学史において、素晴らしい国際的ファミリーに恵まれたのである。

最後に、もう一言だけ、本書のアクチュアリティについて触れておこう。「だれもが毎日、人を殺している」「彼らはみんな死んでしまう」といったせりふは、この作品が第二次大戦直後に書かれたことを思い出させる。随所に顔をのぞかせる残酷な暴力は、スラップスティック調の笑いに昇華されながらも、ヴィアンの心の傷を垣間見せている。いまの時代に本書と新たに出会う（あるいは再会する）読者は、そのことを痛切に感じずにはいられないはずだ。

★

翻訳にあたっては Boris Vian, *L'Automne à Pékin*, Les Editions de Minuit, 1956 を底本とした。ヴィアンが一九四七年の初版に手を入れた決定版である。ヴィアンの小説として唯一、生前に再刊の機会を得たのは、ミニュイ社の編集顧問をしていたヌーヴォー・ロマンの旗手、アラン・ロブ＝グリエが本書を高く買っていたからだった。ミニュイ社版の裏表紙に付された紹介文を、以下に訳出しておく。

「いうまでもないことだが、この作品には『中国』も『秋』も出てこない。たとえそれらの時空軸に接近することがあるとしても、それは意図せざる偶然の結果にすぎない。

ボリス・ヴィアンとはシャルロ［＝チャップリン］のごとし。恥知らずなトランペッター、サディスト的中央工芸学校出身者にして、センチメンタルなリアリストである彼は、退屈な作家に求められるすべてを備えているかに見える。ところがどっこい、まったくそうではないのです。ロード・ラグランが『近親相姦のタブー』でじつに的確に述べているとおり、『この問題を研究したことのない人々は、過ちへと誘い込まれがちである』。

かくして好奇心旺盛な読者には、この作品において「問題を研究」することが強く求められる。『北京の秋』は文学の一古典となりうるものかもしれない。それは、忌まわしきもののあらゆる段階――ロマン主義から自然主義、社会主義から神秘主義まで――を猛スピードで駆け抜けたのち、突如として、自らがエグゾポタミーの砂漠のただなかに出たことに気づいた文学。すなわち、ついに笑うことが許されるようになった文学なのだ」

筆者名はないが、これがヴィアン自身の綴った紹介文であることは明らかだろう。中央工芸学校とは、ヴィアンの学んだフランス最高の国立理工系・技術系高等教育機関《グランゼコール》であり、エンジニア養成の名門として、有能な人材を陸続と輩出してきた。それに加えて愛すべきお茶目な作家をも世に送り出したのだから、立派な学校ではないか。

翻訳の企画から刊行まで、すべてにおいて島田和俊さんにご尽力をいただいた。原文の解釈については東京大学大学院でヴィアンを研究する佐野夕香さんにお知恵を拝借し、かつて青春の一時期ジャリ研究に打ち込んだ妻・真紀子にもあれこれ相談に乗ってもらった。装丁を名久井直子さんが、そしてイラストは名うてのヴィアン・ファンであるヒグチユウコさんが担当してくださった。みなさんに心から、感謝を！

ヴィアンの命日を間近にひかえた二〇二二年六月某日

野崎歓

本文中、今日からみれば不適切と思われる表現がありますが、
書かれた時代背景と作品の価値とに鑑み、そのままといたしました。

著者略歴

ボリス・ヴィアン

Boris Vian

1920年パリ郊外に生まれる。中央工芸学校を卒業し、公社に勤務しながら、執筆・翻訳活動を始める。アメリカ文化に造詣が深く、ジャズトランペッターとしても活躍。46年、ヴァーノン・サリヴァン名義で『お前らの墓につばを吐いてやる』を発表、たちまちベストセラーとなるが、過激な内容によって訴えられる。47年自らの名義で長篇『うたかたの日々』と『北京の秋』を発表。ほかに『赤い草』(50)、『心臓抜き』(53)がある。また、シャンソンの作曲や映画シナリオの執筆なども手がけたが、59年、映画『お前らの墓につばを吐いてやる』の試写会中に心臓発作を起こし、急逝。死後、ジャン・コクトーやレーモン・クノーらによって再評価され、後年はとくに若い読者から熱い支持を受けるようになった。

訳者略歴

野崎歓（のざき・かん）

1959年新潟県生まれ。フランス文学者・翻訳家・エッセイスト。放送大学教養学部教授。東京大学名誉教授。著書に、『ジャン・ルノワール——越境する映画』（青土社、サントリー学芸賞）、『赤ちゃん教育』（青土社、講談社エッセイ賞）、『異邦の香り——ネルヴァル「東方紀行」論』（講談社、読売文学賞）、『水の匂いがするようだ——井伏鱒二のほうへ』（集英社、角川財団学芸賞）、『無垢の歌——大江健三郎と子供たちの物語』（生きのびるブックス）など多数。訳書に、ヴィアン『うたかたの日々』、サン＝テグジュペリ『ちいさな王子』、スタンダール『赤と黒』（いずれも光文社古典新訳文庫）、バルザック『幻滅（上・下）』（共訳、藤原書店）、トゥーサン『浴室』（集英社）、ウエルベック『素粒子』『地図と領土』（ともに、ちくま文庫）など多数。

Boris VIAN:
L'AUTOMNE À PÉKIN, 1947

北京の秋

2022年8月20日　初版印刷
2022年8月30日　初版発行

著　者　ボリス・ヴィアン
訳　者　野崎歓
装　画　ヒグチユウコ
装　丁　名久井直子
発行者　小野寺優
発行所　株式会社河出書房新社
〒151-0051　東京都渋谷区千駄ヶ谷2-32-2
電話　(03) 3404-1201〔営業〕(03) 3404-8611〔編集〕
https://www.kawade.co.jp/
組版　株式会社創都
印刷　株式会社亨有堂印刷所
製本　大口製本印刷株式会社

Printed in Japan
ISBN978-4-309-20862-6

河出書房新社の海外文芸書

ランサローテ島

ミシェル・ウエルベック　野崎歓訳

カナリア諸島のリゾートで過ごす快楽の一週間。そこで知り合った男が起こす犯罪的事実。現代の自由とカルトをめぐる傑作。地震と火山で荒涼とした島を著者自身が撮影した写真80点も収録

セロトニン

ミシェル・ウエルベック　関口涼子訳

巨大生化学メーカーを退職した若い男が、遺伝子組換え、家族崩壊、過去の女性たちへの呪詛や悔恨を織り交ぜて語る現代社会への深い絶望。世界で大きな反響を呼ぶベストセラー

服従

ミシェル・ウエルベック　大塚桃訳

2022年フランス大統領選で同時多発テロ発生。極右国民戦線のマリーヌ・ルペンと、穏健イスラーム政党党首が決選投票に挑む。世界の激動を予言したベストセラー

ある島の可能性

ミシェル・ウエルベック　中村佳子訳

辛口コメディアンのダニエルはカルト教団に遺伝子を託す。二千年後ユーモアや性愛の失われた世界で生き続けるネオ・ヒューマンたち。現代と未来が交互に語られる SF 的長篇

河出書房新社の海外文芸書

プラットフォーム
ミシェル・ウエルベック　中村佳子訳

なぜ人生に熱くなれないのだろう？　――圧倒的な虚無を抱えた「僕」は、旅先のタイで出会った女性と恋におちる。パリへ帰国し、二人は売春ツアーを企画するが……。愛と絶望を描くスキャンダラスな長篇作

闘争領域の拡大
ミシェル・ウエルベック　中村佳子訳

自由の名の下に、人々が闘争を繰り広げていく現代社会。愛を得られぬ若者二人が出口のない欲望の迷路に陥っていく。現実と欲望の間で引き裂かれる人間の矛盾を真正面から描く著者の小説第１作

洪水
フィリップ・フォレスト　澤田直・小黒昌文訳

百年前の洪水、第二次大戦、母と娘の死、秘密裡に猛威を振るう「伝染病」……破局の徴に満ちたパリを舞台に、火事の夜に出会ったピアニストと恋に落ちる主人公が綴る美しき消失の物語

十二月の十日
ジョージ・ソーンダーズ　岸本佐知子訳

中世テーマパークで働く若者、賞金で奇妙な庭の装飾を買う父親、薬物実験のモルモット……ダメ人間たちの何気ない日常を笑いとSF的想像力で描く最重要アメリカ作家のベストセラー短篇集

河出書房新社の海外文芸書

ブロの道　氷三部作1

ウラジーミル・ソローキン　松下隆志訳

ツングース隕石探検隊に参加した青年が巨大な氷を発見し、真の名「ブロ」と「原初の光」による創造の秘密を知る。20世紀ロシアの戦争と革命を生きた最初の覚醒者をめぐる始まりの物語

氷　氷三部作2

ウラジーミル・ソローキン　松下隆志訳

21世紀初頭のモスクワで世界の再生を目指すカルト集団が暗躍する。氷のハンマーで覚醒する金髪碧眼の男女たち。20世紀を生き抜いたそのカリスマ的指導者。世界的にも評価の高まる作家の代表作

23000　氷三部作3

ウラジーミル・ソローキン　松下隆志訳

「原初の光」を目指す教団は、23000の金髪碧眼の仲間を捜索し、ある少年を得る。対する肉機械（＝人間）達は教団を揺さぶる。20世紀初頭ツングース隕石に始まる驚異の氷三部作、完結

テルリア

ウラジーミル・ソローキン　松下隆志訳

21世紀中葉、近代国家が崩壊し、イスラムの脅威にさらされる人々は、謎の物質テルルに救いを求める。異形の者たちが跋扈する「新しい中世」を多様なスタイルで描く予言的長篇

河出書房新社の海外文芸書

丸い地球のどこかの曲がり角で

ローレン・グロフ　光野多恵子訳

爬虫類学者の父と、本屋を営んだ母。かつて暮らした家には蛇が住み着いていた。幽霊、粘菌、オオカミ、ハリケーン……自然との境界で浮かびあがる人間の意味を物語性豊かに描く11の短篇

なにかが首のまわりに

チママンダ・ンゴズィ・アディーチェ　くぼたのぞみ訳

異なる文化に育った男女の心の揺れを瑞々しく描く表題作のほか、文化、歴史、性差のギャップを絶妙な筆致で捉えた、世界が注目する天性のストーリーテラーによる12の物語

アメリカーナ（上下）

チママンダ・ンゴズィ・アディーチェ　くぼたのぞみ訳

高校時代に永遠の愛を誓ったイフェメルとオビンゼ。米国留学を目指す二人の前に、現実の壁が立ちはだかる。世界を魅了する作家による、三大陸大河ロマン。全米批評家協会賞受賞

もう行かなくては

イーユン・リー　篠森ゆりこ訳

リリアは三人の夫に先立たれ、五人の子を育て十七人の孫を持つ。昔の恋人の日記を手に入れ、それに自分の解釈を書き込んでいく過程で驚くべき秘密が明らかになっていく。喪失と再生の物語